东方利剑

（五）

《东方利剑》编委会 编

群众出版社

图书在版编目（CIP）数据
东方利剑．五 /《东方利剑》编委会编．— 北京：群众出版社，2021.3
ISBN 978-7-5014-6070-0
Ⅰ．①东… Ⅱ．①东… Ⅲ．①中篇小说 – 小说集 – 中国 – 当代 ②短篇小说 – 小说集 – 中国 – 当代 Ⅳ．① I247.7
中国版本图书馆 CIP 数据核字 (2021) 第 029277 号

东方利剑（五）

《东方利剑》编委会 编

出　版：群众出版社
地　址：北京市丰台区方庄芳星园三区 15 号楼
邮　编：100078
经　销：新华书店
印　刷：北京市泰锐印刷有限责任公司

版　次：2021 年 3 月第 1 版
印　次：2021 年 3 月第 1 次
印　张：13
开　本：787 毫米 ×1092 毫米　1/16
字　数：316 千字

书　号：ISBN　978-7-5014-6070-0
定　价：30.00 元

网　址：www.cppsup.com.cn　www.porclub.com.cn
电子邮箱：zbs@cppsup.com　zbs@cppsu.edu.cn

营销中心电话：010-83903991
读者服务部电话：（门市）010-83903257
警官读者俱乐部电话：（网购、邮购）010-83901775
文艺分社电话：010-8390130　010-83903973

编委会邮箱：dflj@126.com

本社图书出现印装质量问题，由本社负责退换

《东方利剑》编委会

时代警魂

大案追踪

警察手记

剑胆琴心

精彩小说

时代警魂

隐秘犯罪的克星

■ 缪国庆

2020 年 12 月，上海市公安局刑侦总队原副总队长钱海军当选第四届全国“公安楷模”。从警 28 年来，他将法治精神融入城市平安建设，努力让老百姓在每一起案件中感受公平正义。

△ 钱海军生前留影

夜深沉，别人都入梦了。

钱海军却大睁着眼睛，站在 803 刑侦大楼 16 层办公室的窗前，凝然不动。

眼前，一路灯火璀璨。顺着思绪极目望去，就是黄浦江的浪奔浪流；而沿着黄浦江溯流而上，就是吞吐万流的吴淞口，就是横贯九城的万里长江，就是处世不凡的东中国海，就是广远无际的浩瀚太平洋……

他与海有缘。

一出生，他就被毫不犹豫地取名为“海军”，因为他的父亲是军人，当的就是海军；一出生，他的耳边就涌起了阵阵海涛声，因为他的诞生地宝山就处于长江入海口；后来，他一直被人“海军、海军”地叫着，甚至叫他“海总”。

海纳百川，海让人澎湃、让人浩瀚。

喜欢那一身“警察蓝”

海蓝，他也蓝，他穿着那一身“警察蓝”。

当一名警察，是他的夙愿。他的妹妹就是这样述说青少年时期的哥哥的：“哥哥读高中时，父亲把他从宝山盛桥中学转到了宝山中学，让他住进了离学校很近的公安局集体宿舍。从那一天起，我就知道哥哥今后不是去参军就是去当警察。虽然哥哥的学习成绩常排在年级组前三名，很有希望考上名牌大学，但他唯一的初心就是当一名人民警察，当一名刑警，这符合他正气、踏实、善良的人格品质。”

1989 年，钱海军如愿考入了上海公安高等专科学校，全家都很高兴。

军人家风，他记住了父亲摩挲着那份录取通知书时欣慰的神情，记住了父亲随后勉励他的那一句话语：“将来你超过我就可以了。”他应诺了父亲。从那时起，他就一直在向一位老革命军人交出自己的“成绩单”：在校时，他入了党、当了班长，捧回了一本又一本荣誉证书；从警后，他从一名侦查员一步一步成长为一名探长、支队长、副总队长，曾荣立一等功 1 次、二等功 1 次、三等功 5 次，荣获嘉奖 2 次……一诺千金是男儿，难怪老父亲在弥留之际，看到儿子接受央视访谈的录像节目时，情不自禁地留下了他人生中最后的也是唯一的一句对儿子的由衷赞叹：“这小子不错！”

不错，知子莫若父。

从警 28 年来，钱海军始终纵横驰骋于刑侦一线，反扒、缉毒、扫黑……几乎体验了刑警的全部惊心动魄，将碧血丹心融入了城市血脉。

在打击犯罪、为民破案的道路上，从一开始，就不断闪回着他的勇往直前的瞬间——

1992 年，刑侦总队成立“五反”（反黑、反毒、反诈骗、反恐怖、反走私）支队，经过层层选拔，从各队抽调了约 40 人。刚刚踏进 803 大门的钱海军入选。

为了侦破一起贩毒案，那一次，刚从警校毕业不久的钱海军临危受命，化装成“马仔”卧底，单刀赴会前去“验货”。一个人面对十几个穷凶极恶的毒贩子，出现任何一丝疏忽都有可能“爆”掉，招来杀身之祸。但是，他应对自若，消除了毒贩的种种质疑，获取了情报，最终将这个贩毒团伙一网打尽。

接着，“五反”支队又获得线索：有人专门从澳门贩进新型毒品摇头丸，在上海的“场子”里出手。钱海军再次肩负重任，进行联合侦查，终于在嵩山路上的一家“夜猫子”卡拉 OK 厅里锁定了正在贩卖摇头丸助“嗨”的毒贩子，破获了上海第一起摇头丸毒品案。

在打击犯罪、为民破案的道路上，同样不间断地闪回着他神机妙算的场面——

上海市公安局刑侦总队通过数据比对，于 2004 年春夏之交发现了一条积案 19 年的新线索：1985 年 5 月 4 日至 6 月 6 日期间，在上海普陀、闸北、虹口、卢湾的居民小区内连续发生四起抢劫杀人案。此后，杀人恶魔“销声匿迹”。眼下，恶贯满盈的犯罪嫌疑人身份信息渐渐浮现：顾满保，目前是一家装潢公司老板的司机。为了防止恶魔狗急跳墙，对抓捕进行了精心策划：顾满保所驾驶的轿车在一个路口遇上了红灯，刚踩下刹车，后面一部轿车就追尾“撞”上了他的保险杠。顾满保怒气冲冲地下了车，刚想怒斥一下后面的“冒失鬼”，不料周围一下子围上来好几位彪形大汉，一下子把他死死摁在了车盖上……这个巧妙的抓捕方案的制订者，就是时任六支队支队长的钱海军。在他的策划与指挥下，整个抓捕过程一气呵成，下令、制伏、上铐、带离，只用了短短两分钟。

2007 年 5 月 8 日，一位居民报案称其丈夫陈某失踪数日，打其电话一直无人接听。接报后，有的民警认为：没有犯罪现场，没有尸源信息，失踪人又曾对其妻子说过在外做生意要过一段时间才能回来的话，因此，很难判断是否具备立案条件。但在时任三支队支队长的钱海军看来，在陈某最后的行踪里，苏州河边的一处出租屋疑点重重。出租屋由女子张某所租，而张某与陈某关系密切。可张某夫妇到案后，大呼冤枉。钱海军说：“你们不肯说，我替你们说，陈某在河里……”张某夫妇一听，脸色大变。随后，钱海军带头跳进出租屋附近的一条河道里，和侦查员一起摸索了 20 多个小时，果然找到了 7 块被嫌疑人肢解后扔入河中的陈某的尸块。案子破获了，参与办案的民警向钱海军求教，钱海军说：“张某所住出租屋在前几天被拆迁了。你们想，既然他们知道出租屋拆迁在即，又怎么会舍近求远去抛尸呢？”民警们顿时恍然，却又庆幸，“如果再晚几天行动的话，场地一平整，恐怕就找不到犯罪现场了。”

要有海一样深沉的爱

对国家、对人民、对需要帮助的认识或不认识的人们，钱海军满怀爱心，不仅为挽救鲜活生命而奔走，也为死不瞑目的受害人伸张正义。

在升任副总队长前，钱海军在刑侦总队三支队做了 12 年的支队长。成为总队领导后，他仍分管三支队。

上海市公安局刑侦总队三支队，全称“有组织犯罪侦查支队”。他们的对手，都是一些成团伙、有分工、作案手法成熟、社会影响恶劣的犯罪嫌疑人，包括严重危害社会稳定的黑恶势力。在钱海军的带领下，三支队屡破惊心动魄的重案、大案，多次荣立战功，为上海治安稳定立下了汗马功劳。

1

一起由钱海军直接指挥侦破的跨境绑架案，曾经历时五天五夜——

陆姓报案人：作为一个父亲，那是一个曾经让我五雷轰顶的电话。

电话里，一个陌生的声音告诉我，我那正在英国伦敦留学的儿子在他们手里，要人可以，但必须交出 1000 万美元的赎金。一开始，我还心存侥幸，认为这是一个惯常的电信诈骗的套路，但是，当我随后一次次拨打儿子的手机但一次次打不通时，我才相信一场噩梦已经开始。

好不容易回过神来，我第一时间就想到了警察，想到了报案。

没费多少周折，接警的民警就让我见到了钱警官，我死命地抓住他的手，声泪俱下：儿子不能死，儿子是我的命！

专案组警员：真刀真枪并不可怕，难抓的是藏在暗处的罪犯，更何况受害人远在国外，此刻正命悬一线。

事不宜迟！钱支队长在第一时间牵头成立了专案组。在紧急征得公安部国合局的授权后，他立刻与英国警方建立了热线联系，恳请当地警方连夜上门核实。

小陆的父母心急如焚，为远在海外的儿子的命运忧心不已。其实，和他们一样焦急的还有钱支队长，还有我们。毕竟人命关天！钱支队长让小陆的父母住进了宾馆，始终陪伴在他们身边，指导他们与绑匪周旋，以拖延时间。与此同时，他克服上海与伦敦两地时差带来的不便，不分昼夜地与英国警方共享信息、共商对策。

◁ 钱海军与伦敦警方交流案情

更加紧迫的是，他必须从绑匪与小陆父母通话的点滴线索中推断出小陆是否仍然和绑匪在一起。那样，只要能找到绑匪，也就找到了小陆。

要命的是，绑匪所打的都是网络电话，无法对其进行定位。

第五天，绑匪又一次打来电话，勒令小陆父母按时去松江交付赎金。由钱支队长导演的一幕“戏”终于上演了：小陆父母哭着答应了绑匪提出的所有要求，不过，他们也有一个要求，就是希望能够听到儿子的声音，以证明儿子还活着……这个要求并不过分，从而成功诱使绑匪打出了五天来第一个手机，暴露了绑匪的藏匿地点。

英国警方紧急行动，即刻冲进了西约克郡一幢荒废的别墅，成功解救了人质。此时，离绑匪设定的最后期限仅剩两个小时……

陆姓报案人：我在英国警察传来的视频中见到了那幢荒废的别墅，见到了别墅院子里已经挖好的准备埋尸的土坑，还有土坑边上摆着的几把铁锹……啊，我不要看见这个让我毛骨悚然的场景，我要见到儿子……哦，儿子还活着！活着、活着，他脸色苍白，正在那个土坑边上瑟瑟发抖……

专案组警员：好险啊！小陆终于获救了！小陆的父亲长长地吐了一口气，情不自禁地给了钱支队长一个有力的拥抱。

然而，对于我们来说，事情远远没有结束。钱支队长强打起十二万分精神，开始指挥抓捕绑匪在国内的同伙。五天五夜的不眠不休，就是铁打的人也困了。可钱支队长不能困，我们都不能困，国内的犯罪嫌疑人到案后，还需要审讯，还需要提供关键证据，助力英方将身处国外的5名绑匪定罪。

2

由钱海军主导的首起国外服刑后又被我国法律追诉、审判的案件，彰显了我国打击跨国跨境犯罪的坚定决心！

案件回放：2004年7月19日，犯罪嫌疑人黄某金在日本持刀杀害中国公民孟某。同年12月，当地法院以故意杀人罪判处黄某金有期徒刑11年。但孟某父母认为判决偏轻，与我国《刑法》对故意杀人罪的量刑显著不对称。2008年，上海市杨浦区人民法院受理了该起民事诉讼，最终判决黄某金夫妇赔偿孟家45万元人民币，并为孟家申请了5万元司法救助金，可赔偿执行一直未能完全履行。2014年11月初，孟某父母得知黄某金即将获释并被遣返回国后，特意赶到刑侦总队，要求按照我国《刑法》对其进行追诉。

钱海军：那天，一对白发苍苍的老夫妻，“扑通”一声跪倒在我的面前，他们哭泣着、呼喊着，要我为他们伸张正义。

扶起颤颤巍巍的两位老人，我不禁想起了自己老迈体弱的父母。将心比心，白发人送黑发人，心里该多么痛啊！可此案系中国公民在国外杀害中国公民，已经在外国审判并已在当地服完刑，再对其进行追诉并无先例可循。同时，作案时间已逾10年之久，当年许多现场物证都已灭失，此外，还存在证据规格不同和证据转换等现实难题。

送走两位白发苍苍的老人，我的心里沉甸甸的。是那种令我感到胸闷的沉，是那种牵扯着神经的痛！老人家晚年丧子，这是他们的痛，而我的无奈，是一个执法者的痛。我们所努力和为之奋斗的，不是公平和正义吗？

在此后的一段日子里，我查阅了几十本涉外法律书籍和相关法律工具书，仔细钻研了《中日刑事司法协助条约》，还专门请教了长期研究日本法和比较法的专家，并且组织同事们进行了专题研究，分析中日法律的不同。同事们什么都没有说，但我明白他们的心思，一个字：“难！”我始终坚持：“进行追诉于法有据、于理可行，执法和司法机关应该有责任也有能力保护好我国公民在海外的权益！”

我迅速通过日本驻上海总领事馆核实了黄某金将被遣返回国的日期：2014年12月12日。已经近在眼前了，时不我待！

我知道，此案要进入司法程序，固定证据是关键的一步。

为了促成日本警方尽快移交全部涉案证据，我就证据复核一事多次去北京，与日本驻中国大使馆官员会晤，在《中日刑事司法协助条约》的框架下，经过多轮磋商，最终促成了我方联合工作组赴日开展调查取证。日方出具了一份详尽的综合报告，为日后顺利进行诉讼、审判程序奠定了基础。当然，鉴于中日司法制度上存在的一些差异，对日方转交的证据材料，我认为还应当按照我国法律的诉讼要求和标准进行必要的转换，尤其对一些关键证据需要进一步复核，才能完美体现跨国（境）执法合作的原则。

打击跨境犯罪，检验的是我们的执法能力，展示的是我们国家的形象。

2017 年 4 月 6 日，黄某金被上海市杨浦区人民法院判处有期徒刑 8 年，成为首起我国公民在国外犯罪且在国外服刑完毕后又被我国法律追诉、审判的案件。

孟老夫妻：得知黄某金被成功追刑，我们夫妻俩特地在儿子的遗照前焚了一炷香，在袅袅青烟中告慰了他的亡魂，儿子有灵，一听就流泪了，真的，他流泪了，镜框玻璃上都是他的泪……啊，苍天有眼！

追求，也是一种澎湃

夜深沉，只有夜潮在不息地澎湃，他的胸中涨满了时代大潮，也在澎湃。

他永远都不记得哪个长夜是可以用来陪伴家人的，即使与家人在一室同眠。2018 年年初，公安部部署的扫黑除恶专项斗争开展之后，钱海军已经记不清这是第几个不眠之夜了，只有深深的黑眼圈、布满血丝的眼睛，在默默地告诉人们这是一场充满艰辛的斗争。

1

扫黑除恶专项斗争事关巩固党的执政基础、国家长治久安和群众切身利益，而打击新型犯罪“套路贷”更成为上海开展扫黑除恶专项斗争的“首选”。

事情还得从 2016 年年初说起。

那年 4 月，因生意上需要资金周转，许女士向一家小额贷款公司借款 20 万元，写下了一张充满陷阱的借条。随后，噩梦接踵而至，不仅借条上的金额不断飙升，而且因为没有“及时”偿还莫须有的高额欠款，这家小额贷款公司三天两头派人到她居住的小区，采用“拉横幅”“喊高音喇叭”以及侮辱人格等手段逼债，她的母亲因精神受刺激而中风，她和家人甚至被非法拘禁。

不只是许女士，还有更多有着相同遭遇的人：有个老人为了帮家人还贷，不得不把赖以养老的房子抵押转让，在应该安度晚年的时候反而被人“扫地出门”；有个家长因为儿子欠钱，无力偿还，受不了威胁、侮辱，在自家浴室门框上悬梁自尽。

摆在钱海军案头的，哪里只是卷宗？！这是犯罪团伙嚣张的气焰以及受害人的悲惨境遇！

尽管他敏锐地察觉到这并不是一起普通的借贷纠纷，但要还原事情真相却面临着重重困难：多份借条上不仅有许女士的亲笔签名，账户流水也证明这些钱汇给了许女士，银行探头甚至留下了她取现金的身影……“当时，被害人已经输了官司，房子被犯罪团伙‘合法’侵占了。”

“朗朗乾坤，岂容黑恶势力横行！”钱海军拍案而起。

“‘套路贷’之所以称为‘套路’，是因为表面看起来合法，一些犯罪团伙甚至有自己的法律顾问。作为近年涌现的新型违法犯罪，打击层面的法律支撑薄弱，其中还涉及虚假诉讼。”侦查员张琛回忆，在侦破上海首起“套路贷”案件时，钱海军每天都坐在办公室翻阅法律条文、研究全国各地的类似案例，经常钻研到凌晨两三点才回家，有时就干脆在办公室的沙发上和衣躺一下……

2017年，一起看似“证据确凿”的还有执业律师“把关”的“民间借贷纠纷”，在三支队专案组的努力下，上演大逆转：“纠纷”中看似“受害”的一方终被以刑事案件定罪。“套路贷”第一次被媒体引用，出现在公众面前。

成功侦破首起“套路贷”案件后，钱海军立即带领专案组总结经验，与各公安分局交流，并主动与检察院、法院沟通研商，出台了《关于本市办理“套路贷”刑事案件的工作意见》，而逐渐形成的打击“套路贷”犯罪的“上海模式”，也在全国推广。

更让钱海军感到由衷欣慰的是：截至目前，上海已经打掉“套路贷”犯罪团伙726个，破案1083起，刑事拘留3966人，为被害人挽回经济损失超过26亿元；此外，曾经为犯罪团伙出谋划策、提供帮助的20余名律师和公证人员被依法追究刑事责任。此后，连续两年，“套路贷”在上海零发案。

2

带着问题去思考，在执法实践中寻找答案。

作为上海市法学会刑法学研究会理事，钱海军不但注重对黑恶犯罪的打击整治，还从更高的法治层面思考源头治理问题，积极推动打击相关犯罪的立法工作，努力用丰富的执法办案实践反哺立法进程。

一份由上海公检法司四部门联合出台的《关于办理聚众斗殴犯罪案件的若干意见》中，渗透着钱海军的心血。

2006年，上海发生多起在娱乐场所内聚众斗殴案件。

而这是其中的一起持械聚众未斗殴的案件：金某与林某因争夺“地盘”一直纷争不已，这天，也是冤家路窄，他们在一家娱乐场所不期遭遇，彼此恶言相向之后，各自召集人马，带着砍刀、钢管、棍棒等器械在此会合，一场血腥气十足的聚众斗殴即将开打，后因有人报警，才骂骂咧咧地离场而去……

有人把电话打到了扫黑办，钱海军再一次陷入了沉思：根据以往的惯例，只要没有人员致死、致伤，此类案件就会作为普通治安案件查办，那样，其背后深藏的涉黑涉恶苗头就会被忽视，国家法纪常常被公然藐视、社会公共秩序常常被肆意破坏。“绝不能听之任之！”在此后的一段时间里，钱海军主动牵头对接检察院、法院，促成上海公检法司四部门于当年出台了《关于办理聚众斗殴犯罪案件的若干意见》，其中，既明确了“聚众斗殴可以由单方构成”，也明确了“行为人已经实施聚众斗殴行为的，即构成犯罪既遂，是否造成伤亡后果，不影响既遂的成立”，为上海相关部门日后办理此类案件、实施精准打击提供了法律依据。

一份由“两高两部”出台的《关于办理非法放贷刑事案件若干问题的意见》，也渗透着钱海军的心血。

近年来，民间借贷案件大量涌入，其中很大一部分涉及民间经营性放贷行为。民间经营性放贷业务快速发展的同时，也引发了诸如暴力催收、与黑恶势力勾结、侵犯个人隐私、

◁ 钱海军与同事们一起分析案情

过度信贷、虚假诉讼等一系列社会问题，严重破坏了金融、市场和社会秩序，侵犯了人民群众的生命和财产安全。而非法放贷行为的地下性、隐蔽性、逃避性，又给行政机关执法带来了重重困难。

“非法高利放贷是许多新型犯罪的根源。”钱海军一语中的。

在总结了大量实践案例后，他积极探索从源头上遏制黑恶犯罪的有效途径，助力“两高两部”出台了《关于办理非法放贷刑事案件若干问题的意见》。该《意见》的第一条，即提出：“对于违反国家规定，未经监管部门批准，或者超越经营范围，以营利为目的，经常性地向社会不特定对象发放贷款，扰乱金融市场秩序，情节严重的，以非法经营罪定罪处罚。”同时特别明确：“有组织地非法放贷同时又有其他违法犯罪活动，符合黑社会性质组织或者恶势力、恶势力犯罪集团认定标准的，应当分别按照黑社会性质组织或者恶势力、恶势力犯罪集团侦查、起诉、审判。”

业内人士表示：这是“针对民间借贷市场乱象的一剂猛药”！

一份《关于办理实施“软暴力”的刑事案件若干问题的意见》同样渗透着钱海军的心血。

这是钱海军的一个发现：为规避警方打击，黑恶犯罪手段正由打架斗殴等传统方式转变为滋扰纠缠、聚众造势等新形态，“能吓不骂、能骂不打、能打不伤”成了黑恶势力的看家招数。

为了使刑事打击尽快适应这种变化，他从繁忙的工作中挤出时间，一头钻进了相关理论研究，他的办公桌上、他的书橱里，甚至他的宿舍床头上堆满了专业工具书，就连吃饭、走路都在思考，最终，他从家庭“冷暴力”现象中受到启发，创造性地提出了将“软暴力”纳入刑事犯罪范畴，推动出台了《关于办理实施“软暴力”的刑事案件若干问题的意见》，为相关案件办理提供了依据。

我们在撰写这篇追记的时候，钱海军的办公桌上还静静地摆放着一份文件，上面字迹工整，密密麻麻地写满了修改建议与心得体会，墨迹未干、余温犹在……这份《反有组织犯罪立法建议》是他生前签署的最后一份文件。

他一直致力于推动我国反有组织犯罪的相关立法。

他是公安部《反有组织犯罪法》立法草案起草组成员，他提出将“重视预防管控，着力打早打小”作为打击有组织犯罪的基本原则，并配套提出了“扩大包庇纵容的犯罪主体”“增设‘非法高利放贷罪’”“对‘黑社会性质犯罪组织’重新进行定义”等刑法修改建议。

据统计，自开展扫黑除恶专项斗争两年来，钱海军率先就打击黑恶犯罪向人大等部门提出了十余项立法意见和建议，有力推动了相关立法进程。

3

2019 年，中央扫黑除恶督导组到上海督导扫黑除恶专项斗争工作，数千条来源复杂的举报线索汇集到钱海军这里。他既要做好线索核查的布置、落实、反馈，还要负责几个专案的侦办工作。“那几个月，他干脆住在了办公室里，凌晨办公室灯火通明是常态。”现在想起来，原刑侦总队三支队支队长、现闵行公安分局副局长张琛觉得钱海军“太拼了”。

不能不拼，爱拼才会赢。

这一年，十几名商铺的租赁业主来到刑侦总队，一见到钱海军，就声泪俱下地纷纷哭诉起来：明明和房屋租赁公司签了一年的商铺租赁协议，到了年底却发现合同被做了“手脚”，他们面临巨额的违约赔偿。如果拒绝支付，第二天就会有一群彪形大汉或是一帮残疾人坐在商铺门口“围观”，故意让你做不成一笔生意，甚至大门被人连夜用水泥封死……

来访群众的一声声哭诉，揪紧了钱海军的心。

迅速立案侦查，犯罪嫌疑人的犯罪手法昭然若揭：通过大量注册空壳公司，渗透于商业房产租赁领域，一方面通过贿赂等方式设套拉拢、腐蚀国家工作人员充当“商业保护伞”、垄断低价房源；另一方面精心预谋设计陷阱合同，把敲诈勒索包装成经济纠纷，或者在合同中设下陷阱制约承租方。在犯罪团伙的威逼胁迫下，许多受害群众不得不承担财产损失，涉案金额高达上亿元。

受害商户群情激愤，要求将犯罪分子绳之以法。全国“扫黑办”挂牌督办此案，指令上海限期破案。但是，由于司法、行政、国企等部门的个别工作人员充当“保护伞”，此案涉及的利益关系错综复杂，案件取证工作困难重重。

面对前所未有的挑战，钱海军顶住压力，迎难而上，指挥民警细致核查每一条犯罪线索，走访每一位受害群众，终于从租赁合同中找到了突破口，将这个犯罪团伙的“画皮”一层层揭开。2019 年 5 月，钱海军果断下令收网，一举摧毁了这个涉及敲诈勒索、强迫交易、组织卖淫等 10 余项罪名的黑社会性质犯罪组织，抓获 50 余名犯罪嫌疑人，9 名具有一定级别的相关部门的国家工作人员也被依法采取刑事强制措施。

案件侦破后，受害群众无不拍手称快，赞扬上海警方敢于动真碰硬，为民除害。

受害群众有所不知的是，在短短的两个多月时间里，由钱海军亲自核发的扫黑除恶线索达 4000 多条、签阅的材料达 12000 多份。后来有人对他说，海总啊，如果把这些材料集中起来，足足可以装满一辆小货车呢。“是吗？”他说，“不能放过任何一条涉黑涉恶线索，我们办的每一起案件都要经得起人民和历史的检验。”

这是一组经得起人民和历史检验的数据：自 2018 年以来，上海打掉涉黑组织 4 个、恶势力犯罪集团 90 个、恶势力犯罪团伙 482 个，破获刑事案件 1307 起，抓获犯罪嫌疑人 4517 人，查扣冻结涉案资金 21.09 亿元。

这是中央扫黑除恶督导组给予上海扫黑除恶的评价：上海公安坚持露头就打，有力遏制了黑恶势力坐大成势。

而在这组数据和这个评价的背后，有钱海军的战友给出的一个沉重注解：

“在外人面前，他永远一副精力充沛、情绪饱满的样子。不管昨夜通宵到几点，第二天早上 9 点他都准时出现在办公室，脸上看不出多少疲倦。”张琛回忆说，“他的身体一直很好，但是去年查出了高血压。看得出来，他很累，身体疲劳，心也累。面对同事，面对工作，他是凭意志力在硬撑着。”

海在我在，我就是海

2020 年 5 月 10 日夜，其实不是钱海军的故事的结尾。

事实是，他把那行“面朝大海，春暖花开”的诗句改了，改成了“海在我在，我就是海”，然后就顺这个思绪朝海而去，他是穿着那身“警察蓝”走的，把自己也走成了一片起起伏伏的大海……

1

妻子杨蕴：我就当海军是和以前一样去加班了，去加一个很长很长的班……

在和海军正式确定关系前，他诚恳地对我说过：“我这个职业很可能顾不了家，不能像其他人那样花前月下、卿卿我我，我以后肯定会以工作为重，你能接受吗？”我想了想，用力点点头：“我可以接受。”为了当年这个承诺，我坚守了 25 年。慢慢习惯了作为恋人的海军的临时爽约，习惯了作为丈夫的海军的很少回家，习惯了作为父亲的海军的无暇眷女。

确实，从认识那天开始，到后来两人结婚生女，他始终处于忙碌状态。

谈恋爱时，有一次周末约会，海军因为办案临时爽约，让我空等了整整两个小时。第二天他特意打电话来道歉，我本想责备他，可想到自己的承诺，话到嘴边又咽了回去。

结婚后，海军不能按时回家吃饭，经常搞“突然袭击”。他想的是：有啥吃啥，不给家里人添麻烦。可我却想：他这么忙，必须补充营养，不能将就。开始，在冰箱里囤原料，包括包馄饨的香菇肉馅，后来，就囤半成品的菜，红烧肉、豆腐干、肉酱甚至连米饭都冷冻起来，保证他回家后一刻钟内就能吃上热腾腾的饭菜。

关于自己的工作，他一直守口如瓶，我也从来不问。海军常说，这也是对家人的一种保护。他从探长到副支队长、支队长，再升到副总队长，我都不知道他具体在干什么，只知道他的工作很危险。因为结婚时，有一次他在无意中提到，那天他穿着防弹衣，举着枪，第一个冲进房间抓人。这让我后怕不已，我太了解海军的性格了，凡事都要带头冲在前。因此，我特别害怕家里半夜电话响。有一次，一位亲戚偏偏在半夜里打电话过来，恰好海军不在家，我吓得从床上跳起来，以为出了什么大事。

在我的记忆里，海军有时会像小孩子一样乐呵呵的，那是他最得意的时候，一定是破了什么大案，或是又被上级机关肯定或者表扬了。虽然不知道具体是什么内容，但我一样很开心，我的牵挂全部给了这个男人。

2

女儿多多：那一桌团圆饭还等着，我还等着……

5月10日是母亲节，我特意下厨，准备了好几道菜，有爸爸喜欢吃的芦笋、三色蛋、白菜包。菜都放在蒸笼里，只等爸爸打电话回来就开始蒸煮。

在我成长的过程中，我记得最清晰的一次家庭聚餐是在我读高中的时候。那天，爸爸提前在外面订了座，下班后就陪着妈妈和我一起吃了一顿团圆饭。对于一个普通家庭来说，一家人在外一起吃顿饭，根本不算什么，可我还是一直记到了现在。在我们家，见不到爸爸是常态，就是见，也是我就要上床睡觉了，他才回来。我们家，没有什么节日的概念，只要爸爸回来，一家人在一起吃饭就是节日。可这样的日子真的不多。有一次，我问爸爸，为什么你老是值班？他说，他多值一次班，他的兄弟们就多一些陪家人的时间。在我的记忆里，越是节假日，爸爸越忙。

爸爸得了一等功，一直都没告诉我和妈妈，过了半年多才把奖章拿回家。妈妈和我当时的反应不是惊喜，而是担心和害怕。我们知道，他的职业能得一等功是非常不容易的，不知道爸爸经历了怎样的危险才拿到这个奖章。平时，爸爸在家里从来不提工作上的事，但我能感受到近些年他回家越来越晚，眼里总是布满了血丝，回到家一句话都不说，躺在沙发上就睡了。在家的时候，我对爸爸说得最多的一句话就是："快起来，去床上睡吧。"

这么多年来，我知道爸爸忙，已经习惯了有什么事都靠自己解决，不去烦他。久而久之，在我的心里，爸爸就成了最熟悉的陌生人。妈妈常常对我说，我们要尊重你爸爸的选择，支持他的工作，更何况，你爸爸在他的岗位上也为社会的安全做出了贡献。只要说803，我怎么会不明白呢？

眼下，我操持的那一桌团圆饭还等着，我还等着，等着爸爸打来电话，等着家里的门铃响起。然后，一起上桌，我想给他拉一曲完整的手风琴曲，不是以前他听到的那些练习曲；我还想为他跳一曲古典舞，我上大学时那次演出，他都没时间前来观看；当然，我更想用我所学的法律知识来帮助他，因为我在华东政法大学本科毕业后，又到英国读了两年的法律专业的研究生，刚刚毕业，而且这是他特地为我选定的专业。

海军终于融入了大海，大海将英雄拥入怀抱。人生有限，英灵永存，如波涛翻滚的大海，奔腾不息！■

反扒“麦考尔”

■ 齐　军

20世纪80年代电视剧《神探亨特》风靡全国，男主角亨特，女主角“麦考尔”成了女神探的代名词。本文的主人公陈峥在近20年的时间里共抓了1200多个扒手，她的神勇和机智堪比电视剧里的女神探“麦考尔”。

陈峥获奖无数，最高荣誉当数“全国十大优秀人民警察”荣誉称号和“二级英模”称号。

◁时刻牵挂着反扒的陈峥

1983年夏天，陈峥大学毕业后投笔从警，在上海市公安局后保处从事科研工作，几年后被评为化学工程师，她很满足当个粮草官。1999年机构改革，陈峥没想到市局统一将她分配到新成立的公交分局，听说与扒手打交道，她一下子蒙了，心想我一个已近不惑的女人，怎么能与体壮横蛮的男扒手打交道？于是，她就去找市局领导要求调换与自己专业对口的岗位，但领导就一句话，必须服从。无奈，陈峥回到家里委屈地哭起了鼻子。丈夫劝她道：“别难过，你的适应能力很强，你先到那里试试，不试怎么知道自己不行呢？”

陈峥抹去眼泪，心想那就先去试试吧，倘若不行，三个月后走人，另谋出路。她抱着试试的心理被赶鸭子上架了。

陈峥走进办公室接受我采访时，嘴里叼着一根香烟，身高只有 1.5 米，体重 88 斤，她怎么也不是我想象中的反扒女侠。然而，就是这个小个儿女子克服了常人难以想象的困难，与男搭档一起昼夜跟踪，转战在车厢反扒第一线，经过多年的磨砺，她的反扒技术从生涩到娴熟，从娴熟到身怀绝技。她以非凡的胆略、敏捷的身手和骄人的战绩，令大老爷们儿刮目相看。近 20 年来，她与搭档共抓获 1200 多个扒手。

平静的生活全被打乱

当刑警前，陈峥每天早晨骑车从浦东送儿子到浦西徐汇区高安路小学上学，下午请老妈先将孩子接回，等自己下班后再骑车到娘家接孩子回浦东，虽然每天骑车 20 多千米，来回两个多小时，但陈峥一点也不感到辛苦。儿子 8 个月大的时候，陈峥就开始驮着他去幼儿园，风风雨雨一直送到小学 5 年级毕业，儿子可谓是在妈妈的自行车上长大的。

骑车送子上学有许多甘苦，最让陈峥难忘的是那个冬天，窗外大风呼啸，她给孩子裹了几层衣服，戴上帽子，又戴上口罩，把孩子像包粽子一样包了里三层、外三层。上路不久，听到儿子哭哭啼啼，还以为是他不愿意去幼儿园，便哄着儿子不断地说："宝贝，马上就到了，幼儿园阿姨会给你们讲老鹰抓小鸡的故事，可好听啦。"但是儿子还是哭个不停，陈峥便加快了速度。到了幼儿园下车后，抱下儿子才发现他的鞋子掉了一只，仔细一看，自行车的轮子将儿子的袜子也磨破了，小脚丫被磨出了血。陈峥见之心一惊，吓得一下子抱着儿子的脚"哇"地哭了起来。她赶紧抱着儿子来到幼儿园医务室包扎，卫生员反复劝慰她："没事的，不要着急。"陈峥才恋恋不舍地离开。

虽然那次意外令陈峥难过不已，但当刑警前接送儿子的日子比较正常，波澜不惊。

1999 年 3 月，自陈峥改行当刑警后，每天早出晚归几乎没有休息，越是节假日越忙。她刚当反扒便衣时，忙得两头见星星，加班成了家常便饭。倘若晚上加班，她就给母亲打电话，让她帮忙去接一下儿子，晚上八九点钟，她便心急火燎地赶到娘家，有时儿子睡着了，叫醒他再回家。

倘若陈峥上早班，早晨 5 时就得出门。凌晨 4 时就被刺耳的铃声吵醒，她睡眼惺忪匆忙起床、洗漱，来不及吃早点就急急踏着晨霜赶路，赶 5 时的头班车，上早班就无法送儿子，也睡不够觉。

第一个月里，同来的 8 个男刑警都抓到了对象，唯独陈峥还是光板，她心里特别着急，难道女的真的不如男同胞，陈峥心里不服。第一次抓住扒手是一个月以后的事。那天晚上，她与搭档李沪生乘上 58 路公交车，不久，搭档悄然告诉她："对面过来个扒手。"她仔细观察对象，只见他的手不停地摸他人的口袋，由于陈峥观察得太直露被对象发现了，他伸出手来边给她看，边嬉皮笑脸地对她调侃道："你看有东西吗？"那人走后，陈峥上前问其身边的乘客："你是否少了东西？"他摸了下口袋说："没少，但我感到好像那人在摸我口袋。"

有了被害人的指证，陈峥果断地上去一把抓住扒手，立刻将其带下车，虽然没有搜出钱包，但从其身上搜出了一个文曲星。对方一副坦然的样儿，不服气地问："你有证据吗？凭什么抓我？"

首次出手就遇到了尴尬，陈峥左右为难。她灵机一动，打开那个文曲星一查，发现里面有文曲星主人的地址和电话，而眼前这个男子说不出文曲星主人的名字，这下露了馅儿，有了铁的证据，扒手无话可说。

当晚，陈峥骑车接儿子回家时特别高兴，她将抓获坏蛋的故事讲给了还在读二年级的儿子，儿子听到妈妈抓到坏蛋后拍手鼓掌，特别高兴，并提出一定要跟妈妈一起去抓坏蛋，陈峥随意地哄他说："你好好听老师话，等你放暑假了，妈妈一定带你去。"

她按照搭档李沪生传授的"猫抓老鼠的游戏"反复琢磨，慢慢地悟出了"一辨二等三抓赃"的窍门，三个月里，她竟然和搭档一起抓了15个扒手。陈峥直呼过瘾，对反扒这个活儿来了兴趣，但是真正要将反扒窍门融会贯通且运用自如，还得通过实战反复琢磨和长期琢磨。

牵挂家庭更牵挂反扒

陈峥最讨厌早班，经过一段时间的操练，她又变得最喜欢上早班。虽然早班起得早，但是下班也早，这样她就有时间去接儿子，途中顺便买点菜，回家做晚饭。看着儿子和丈夫吃得很香，她心里有种难言的满足感。陈峥像许多上海女人一样特别爱干净，不管下班多晚，也要擦洗桌子、拖地板。

陈峥的丈夫是搞消防科研的，属于那种业务上很精，生活能力较差的事业型男人。因工作经常出差在外，每次丈夫出差，陈峥都将其换洗的衣服给他放在箱子里，连毛巾、牙刷以及剃须刀之类的东西也一一放好，陈峥把自己的丈夫当成了大儿子，像老妈似的反复嘱咐注意事项。

老百姓喜欢过节，但是警察最不喜欢过节，越是节假日警察越忙，尤其是反扒工作，每次节日陈峥都要加班，而且白天黑夜连轴转。每次加班，陈峥都会早早起来给丈夫和儿子做好早饭和午饭，到了吃饭时还打电话回去问吃得怎样。倘若来不及做饭，她会打电话问丈夫你们中午吃什么。丈夫就会笑她，都什么年代了，没吃的就叫外卖，吃还成问题吗？

更让丈夫哭笑不得的是，一家三口好不容易在休息日外出游玩来到车站，陈峥却习惯性地四处扫描，一旦发现目标，就会忘了丈夫和儿子，跟踪对象而去。

那天，陈峥和老公、儿子出去逛街，在车站候车时，陈峥指着一个时尚的女人说："我敢断言，她肯定是扒手。"丈夫没好气地说："你是出来玩的还是出来工作的？"陈峥笑笑说："是和你们一起出来玩的。"但好奇心驱使她一定要看个究竟。车子来了，丈夫和儿子都上了车，但陈峥却没有上车。

陈峥鬼使神差地跟踪两个年轻女子上了车，见她们肩上挎着空荡荡的四方包。经验丰富的陈峥一看其装束就感到有戏。于是盯住其中那个漂亮的穿花衣服的女孩儿，只见她眼睛四处扫了一下，瞄准了一名反应慢的老太，慢慢靠上去，用大包遮住其右手，在包下悄然伸出了贼手，虽然大包挡住了陈峥的视线，但陈峥却不露声色地斜眼观察着。

公交车到镇宁路站时，陈峥感觉对象已出手成功，便上去出其不意地用右手捏住女孩儿手里的黑色皮夹，陈峥扭过头来问老太："这是你的皮夹吗？"老太看了看，惊讶地道："是我的……怎么可能是姑娘，这么漂亮，又年轻。"老太禁不住地感叹，她被偷了还不相信眼前的事实。

两个花季少女被带回队里，她们一点也不惊慌，一问三摇头，三缄其口，最后方知原来是哑女。打电话请来了哑语翻译，经翻译才知她俩是安徽人，两人虽然年轻，却已非常老到，都一口咬定这是平生第一次，因为到上海来找不到活儿，饿得没法，只能偷钱。她俩似乎事先商量好了，口供一致，无懈可击，也不愿说出幕后指使者，偷窃的钱尚不够处理标准，对于如此弱势对象，只能教育一番后放人。

回到家里，丈夫和儿子都埋怨她："你怎么搞的，偶尔出去一下，还这么顾工作。"陈峥给他们讲起了哑女扒手的故事，丈夫和儿子听得入了迷，对她的擅自离去表示理解和支持。

还有一次，已近晚上 11 点了，丈夫已钻进了被窝看晚报，陈峥突然打来电话，喘着粗气兴奋地说："老公，你快过来，我抓了个小偷，你帮我开车押回去。"丈夫上了一天的班有点疲惫，但这么晚了也担心妻子有危险，他赶紧爬起来驾车火速赶到现场，帮助陈峥将扒手送到局里，回家时她也不谢谢老公，却自我陶醉地扳着手指说："这个月已抓了 18 个扒手了。"

五擒五纵"时迁"服输

与陈峥过招的扒手大多是"熟悉的陌生人"，抓住一个就清除一个祸害。有个叫大冯的老贼仗着自己技艺娴熟，死不改悔。大冯 40 多岁，1.77 米的高个儿，人瘦如猴。陈峥与他打了四年交道，先后生擒其五次。他每次被抓都不服输，待第五次被抓才甘拜下风。

第一次抓老贼是 1999 年的一个秋天，在 71 路公交车上。陈峥与搭档李沪生一起发现车上共有三个窃贼。瘦猴是单吊，他与李沪生一对眼神，彼此认识，自然不能再盯老贼，师傅便去盯梢另两个陌生对象。陈峥是新手，又是矮小的女子，不会引起瘦猴的注意。老贼见克星在车上，本想老实不动手，但见对手去抓别人了，心想机会来了，狗改不了吃屎的本性，刚偷了一中年男子的皮夹，未料突然冒出一个小女子将其现抓。可惜动手早了。他叹息道："我已听别人说新来的女警察特别厉害，今天真的领教了，但你没有证据。"是的，这次陈峥太急了，没有人赃俱获。

一年后，陈峥在 837 路车上反扒，说来也巧，车上又是三个扒手，瘦猴也在。他手上有个马甲袋，以此掩护动起手来。陈峥凭感觉他偷成了，便与搭档交换了眼神，同时出手。三人被一起活捉，但瘦猴身上没有赃物，他脸上露出了得意的笑容，只能放人。

第三次生擒老贼是在春天的一个下午，陈峥和搭档在 13 路车上机警地搜寻着，车行至新客站时，老对手悄然上车，陈峥躲到了胖乘客后边，搭档则找了个座位低下了头。瘦猴一上来就瞄准了一个女乘客，悄然伸进其左口袋掏包，瞬间就成功了。陈峥凭借第六感觉知道他偷成了，便上去拍了一下他的肩膀，瘦猴回头一看顿时惊呆了。陈峥将老贼交给了搭档，自己立刻下车叫住了被害人，她翻看口袋后说："是少了 50 元钱。"陈峥带被害人返回车里，问老对手："钱呢？"对方一脸冤枉地摊开双手道："没有。"被害人说："刚才他是在我的边上。"瘦猴豹眼圆睁地骂她："放你的狗屁！"陈峥让他下车，但他就是站着不动，最后在其脚下发现了 50 元赃款，因数额太小难以处理。

回到队里，陈峥纳闷地问老对手："你为什么屡抓屡犯？"瘦猴无奈地道："我每天要吸毒，没有钱，难以满足毒瘾。我保证以后戒毒，再也不偷了。"陈峥没理他，但他说起家里还有年幼的儿子，陈峥的心一下子软了，想到了自己的儿子，将心比心，便放了他，同时告诫他说："我看在孩子的面上放了你，为了儿子一定要改邪归正啊！"瘦猴点头如小鸡啄米。

第四次抓住老贼是在第二年的一个冬天。那天上午，陈峥见到老对手又上车了，便来到最后一排坐下躲避其视线，跟了一圈没有下手，跟了第二圈还是没有动静，到第三圈他又换车从长风公园上了 837 路车，至枣阳路下车，还是没有下手，陈峥认定他如此换车必定会动手，自己却像贼一样躲着他。

最后，瘦猴还是下手开戒了，当他在车上掏一女乘客皮包里的皮夹子时，突然被女乘客发现，陈峥神奇地从人群里钻了出来，问老对手："你怎么又偷了？"瘦猴尴尬地说："老阿姐，还没拉出来，她就叫了。"偷窃未遂，被罚款 200 元放人。

第五次较量是又一年后盛夏的一天，陈峥与女搭档小徐在 15 路公交车上，至常熟路时，发现瘦猴在站台上等车，她们悄悄下车盯上。瘦猴上了 830 路车，因为彼此熟悉，无法跟踪。陈峥开始跑步沿路追车，公交车吃了红灯，使陈峥得以跟上，她看到瘦猴下车后又从前门上了 71 路车，陈峥从后门悄然跟上。

瘦猴神情悠闲，开始寻觅猎物。他挤上去贴近一女乘客的皮包，熟练地拉拉链，陈峥感觉其得手后，在他尚未转移赃款之际，一把抓住他，他见又是陈峥，辩解道："阿姐，今天我没出货。"陈峥提醒被害人，让她打开包检查一下。老贼乘机辩解道："我不会偷 800 元以上的东西，我'抽心'（偷部分钱）也只是一两张'分'（一分为一百元）而已。"陈峥让老对手松开手，见 200 元现钞在其手上。陈峥让女乘客再数一下，果然少了 200 元。

这次老对手服气地说："他们都说你抓扒手很厉害，今天我是真正领教了，我服输。"这次老对手终于被送进了监狱。陈峥没有就此完事，而是将老贼 7 岁的儿子送给了他的奶奶抚养。

带着儿子去抓坏蛋

早出晚归、上下拥挤、耐心盯梢、见机出击，反扒活儿可谓疲惫不堪，甚至要冒着危险，但对手千奇百怪，颇为刺激，也充满挑战。每个扒手的偷法不一，身份各异，每一次擒贼都有一段趣闻逸事。

如果说对于哑女一时难以处理，那么对于新疆的孕妇更是令人感到棘手。那年夏天，有个卷发碧眼的新疆女子挺着大肚子，怀里还抱着一个小孩儿，艰难地在车站上来回扫描路人腰间的手机套。陈峥一看敏感地感到有点像扒手，但见她大着肚子，还抱着孩子，感到不可思议，但好奇心驱使陈峥看个究竟。陈峥在其后面静静地观察，来了一辆中巴车，孕妇艰难地在门口挤车，乘客礼貌地让她，她就是不上去。身边的另一个小男孩儿也拥挤着用手挡住别人的视线，孕妇在怀里小孩儿的掩护下，迅速掏走了一部乘客腰间的手机，然后传给了同伙小男孩儿。这一切虽然快如流星，但整个过程却被机警的陈峥纳入视线。陈峥一个箭步上去抓住孕妇，突然遭到了对方的极力反抗，孕妇抓住陈峥的头发拼命地挣扎，边上的乘客见有人抓住抱孩子的孕妇，都指责陈峥说："人家是孕妇，还抱着孩子，你怎么如此无礼？"

陈峥也来不及解释，严肃地警告孕妇："我是警察，不许动！"孕妇仗着大肚子"特权"，抓住陈峥的头发不放，陈峥不敢反击，万一对方有什么闪失，那可就麻烦了。她只能松手放了孕妇，反正对象手里抱着小孩儿，又挺着大肚子，跑不了。陈峥回过头来先抓那个佯装看热闹的搭档小男孩儿，并立刻打电话向队友求助。须臾，赶来的警察将孕妇和小孩儿带回了队里。

原来年轻漂亮的女子系新疆人，已有5个月的身孕，加上怀里的孩子刚一岁半，按照法律无法处理。陈峥教育她说："你已经是有孩子的母亲了，马上还要生孩子，你对自己不负责，但你对孩子也要负责啊！"对方平静地说："我没有工作，我要吃饭，孩子也要吃饭，我没钱怎么办？"陈峥问："你丈夫在哪里？"孕妇似乎明白了危险性，故意说："在新疆老家。"陈峥劝导她说："你回新疆多好，在上海又没有工作，靠什么挣钱？你在上海与谁住在一起？"孕妇还是不说。孕妇怀里的孩子突然哭闹起来，她当着大家的面解开衣服给孩子喂奶，陈峥见她可怜，从包里取出了自己当早饭吃的饼干递给孕妇，孕妇感激地接过去，马上塞进了嘴里，看着她一副狼吞虎咽的模样，陈峥心里顿时发出悲天悯人的情感。

再询问那个漂亮的小男孩儿，他也是新疆人，仅13岁，按照法律也不到处理的法定年龄，陈峥想从孩子嘴里问出幕后的指使者，但是孩子虽然小，却已是窃场老手，始终不说，又不能动手逼着他交代，更不能关押超过时限，最后只好教训一番后放人。回家的路上，陈峥想到了自己的儿子，工作再忙也不能忽视对孩子的教育，自己一定要关心孩子的成长，使之成为有益于社会的有用之才。

陈峥几个月前哄儿子说，等他放暑假了就带他去抓坏蛋，她是随便说说哄儿子的，自己早已把这事抛到九霄云外去了，但儿子却记住了，寒假时，陈峥送儿子去娘家，儿子吵着非要跟妈妈去抓小偷，儿子理直气壮地说："你教我不要骗人的，你自己为什么骗人？"为了做出榜样教育孩子，陈峥只能破格带着儿子一起出征。

那天早晨去抓坏蛋的途中，陈峥反复叮嘱儿子："一旦有情况，你千万不要靠近我，离我越远越好，在原地等我，我会来找你的。"儿子太小，还体会不到这些。但当儿子亲眼看见妈妈在车上猛地冲上去抓扒手时，怎么也不敢相信平时温柔的妈妈竟如此厉害。车行至中山西路时，陈峥发现一个中年男子突然神色慌张地往车后挤，职业的敏感使她立刻意识到此人定是扒手，且"货"已到手。她果断地挤上去盘查道："警察，请接受检查！"对方吓得立即将身上那只绿色皮夹子往车底下一扔。

陈峥一声断喝：“不许动！我是警察。”然后敏捷地与坏蛋扭在了一起。

陈峥给对手上铐时，对方突然打了陈峥一拳，儿子望着母亲被人打后，心里怒火万丈，他真想冲上去帮着妈妈一起制伏坏蛋，但是他记住了妈妈反复关照他的话：千万不要上来，离我越远越好。儿子没有上去帮妈妈。那一刻，儿子急得差点哭出来，吓得差一点尿裤子。他只能干瞪眼，只见妈妈也使出牛劲，死命地抓住对象的手，经过几个回合，陈峥终于给其铐上了手铐。妈妈制伏了那个大个子后，累得脸色苍白，直喘粗气。妈妈在众目睽睽之下押着扒手下车，车上的乘客鼓掌为她送行，儿子此时特别为妈妈感到自豪。

当陈峥拉车门将扒手推进了前来接应的警车时，她突然感到大拇指钻心地疼，望着战友押走扒手后，她起先也没当回事。等送儿子回家后，陈峥感到大拇指还是很疼，到医院去检查，没想到拍片的结果是大拇指骨折。无奈戴上了夹板，医生开了两周病假，嘱咐其不要多动，好好在家静养。陈峥绑着石膏回家后，反复叮嘱儿子：“今天的事，千万不要告诉爸爸，就说我是不小心扭伤的。”儿子认真地点了点头。

儿子为妈妈保守着秘密，没想到一年后，往事重演。陈峥与搭档李沪生在新疆路车站为抓获两个高大的男扒手，对方见来者是一个小女子，自然不肯束手就擒，两人从车上扭到了车下。身单力薄的陈峥显然不抵牛高马大的对手，他拼足力气一把将陈峥举起，狠命地向地上摔去，千钧一发之际，陈峥反应极快，一把拉住对方的皮带，只听“啪”的一声，陈峥背朝下重重地摔在地上。疼得她心跳加剧，呼吸困难，大脑一片空白。大个子开腿就溜，陈峥见他想脱逃，奇迹般地爬起来，拼命紧追上去。大约追了 1000 米，对方累得趴下了，坐在地上直喘气，陈峥也喘着粗气上去一把将其铐上。原来他是个瘾君子，故没有耐力，不堪一击。从其身上搜出 1.5 万元现金支票。

陈峥与搭档李沪生押他们上警车时，她开车门之际，“哎哟”一声惨叫，大拇指又是一阵钻心的刺痛。送完扒手，陈峥到医院去检查，虽然不是骨折，却是韧带撕裂，比骨折还要头疼，陈峥扶着戴着夹板的手狼狈回家。

儿子见妈妈的手又受伤了，心疼得直掉泪，陈峥安慰他说：“妈妈是警察，干的是正义的事，神在保护着妈妈，不会有事的，只是受了一点小伤。”儿子信以为真。

自从那次见妈妈被人打了一拳后，这事一直像阴影一样笼罩着儿子，儿子晚上老是做噩梦，梦见妈妈又被人打了，所以每次妈妈去上班，儿子都会提醒她说：“妈妈一定要当心坏蛋的拳头。”每次妈妈加班晚回来，儿子睡觉都不踏实，等听到妈妈开门的声音后才能安心睡去。等到读高中住校时，儿子每天晚上都会与妈妈通电话，只要妈妈晚接一会儿，他心里就特别紧张，妈妈有时正在跟踪扒手，不便接手机，儿子就会替妈妈担心。陈峥知道儿子会担心，只要有机会就会及时给儿子回电话或者发个短信。

风险每天都在身边

陈峥熟练地掌握了反扒技巧，也在警校学会了擒拿格斗技术，但女人天生体力不及男人，加上她人瘦个小，每抓一个扒手往往要比男人们付出更多的努力和心血，甚至面临更多的危险。

几年来，陈峥曾多次面对拳头和利刃，但都化险为夷，有惊无险。她轻松地对儿子笑着说：“妈妈运气特好，每次遇险都似有神助。”这个神其实就是自我保护和战友互救。

第一次遇险是2000年2月的一个黄昏。那天，陈峥与搭档霍达仁一起出车，趁下班高峰来到74路车站台寻觅猎物。突然发现有5个新疆人在车站前转悠，有4人打掩护，一人在后门动作敏捷地偷了一乘客腰部的手机。螳螂捕蝉，黄雀在后。陈峥立刻将其现抓，厉声道：“我是警察，别动！”对方见是一个小女子，先是求饶：“大姐，我把手机还了，你就别抓我了。”陈峥坚决地说：“这哪行？”于是，他就开始反抗，两人扭在了一起，突然，另一个同伙见状拔出一把15厘米长的单刃刀向陈峥刺去，搭档霍达仁在30米开外冲将上来，猛地将手持单刃的男子扑倒在地。另三个新疆人以为来了许多警察，作鸟兽散，四处逃窜。他们铐上两个新疆人返回途中，陈峥见利刃后，才感到刚才有多危险，今天差点“光荣”了。想到此，她惊出一身冷汗。

那天半夜，陈峥做了个噩梦，梦见自己“光荣”了，儿子没人管，一个人背着大书包乱穿马路，吓得她突然从噩梦中惊醒。她擦着冷汗直哆嗦，心想以后千万要小心，否则孩子才上小学三年级，没了妈妈谁来管他。想到此，她不寒而栗。丈夫从梦中醒来，眯缝着眼吃惊地问：“啥事儿？”陈峥摇摇头说：“没事，你睡吧。”但陈峥却一人悄悄地流泪，她不想让丈夫为自己担忧。

从此，陈峥出门时格外小心敏感，加强了自我保护意识。以后她又两次遇险，都警惕地及时出手，化险为夷。每次出车不仅自己警惕小心，还注意留心搭档的安全，并多次救战友，使战友幸免于难。

早春二月的一天，陈峥与搭档钱成以及女搭档许维媛一起在徐闵线上反扒。在徐家汇车站发现两个外地男子眼神飘忽不定。三人不约而同地跟上对象，果然一个男子从衣服内侧下手用双面刀割开乘客腰部手机外套底部，偷走手机后，迅速撤离。钱成上去抓扒手时，对方也不言语，迅速拔出弹簧刀对准钱成就捅去。陈峥在后面见对象手伸向右裤袋时，敏锐地意识到对方有刀，便大声断喝：“住手，我们是警察！”对方一愣，她立刻冲上去抓住对象的右手，与之扭在了一起，尖刀在陈峥的面前不停地晃动。钱成回过神来马上抓住其左手，将其摔倒在地，他倒地的同时，弹簧刀也摔了出来，立刻给其上铐；另一个对象被他们默契的配合吓住了，两人被铐在一起带回了队里。

更危险的是2008年9月的一天上午，陈峥与刘嘉勇、袁锋等同事在44路愚园路站执行任务时，突然听到一个女孩儿对边上的男子喊：“你干啥翻我的包？”对方凶狠地说：“谁偷你的东西？”袁锋是警校的散打冠军，他发现情况后，立即出手抓住了对象，正当他准备给对方戴手铐时，其同伙在袁锋的背后突然举起一块厚厚的水泥板对着他的脑袋砸去，陈峥反应极快，倏地冲上去推掉大石块高喊：“不许动！我们是警察！”对方见来者是个小女子，突然对着她的胸口就是一拳，陈峥的胸口被打得生疼，这时同事们一起冲过来，迅速将两人擒住。事后，袁锋看到那块厚厚的水泥块，心里很是后怕，但他却调侃地说：“大姐，我们关系好，如果不好你就不会救我了。”

陈峥却笑不出来，她心想，如果小袁的脑袋被砸了，挂彩受伤是肯定的，甚至会“光荣”了。她不敢往下想，他们之间的关系不是一个“好”字诠释得了的，而是你的命在我的手里，我的命在你的手里，是生死与共的铁血姐弟。

有一天早晨，陈峥去上班，丈夫突然从被子里伸出来头，大声说：“你当心一点，我们俩现在已是一个人了，谁也不能出事的！”陈峥却扮着鬼脸，笑着说：“你放心好了，我会当心的。”

走出家门，望着高楼大厦上空的满天繁星，她心里特别感动，突然有种莫名的害怕，眼泪“唰”的一下流了下来。

陈峥这时才感到公安里面最危险的其实是反扒民警，他们每天与歹徒打交道，危险每天都可能发生。反扒队伍里已有一半以上的民警受过伤，他们每天与歹徒人贴人、面贴面地对峙，有时猝不及防，对手会突然拔出利刃，这就要靠加强自我保护和彼此关照。

那天陈峥与儿子聊起了安全的话题，她对儿子说：“我们平时工作都很警惕，同事之间也都非常关照，大家像提醒司机的广告语那样要求自己‘高高兴兴上班，平平安安回家’。

◁每天都面临着危险

你放心好了，我不会出事的。”孩子长大了，不像小时候那样好哄了，他深情地提醒说：“你尽量小心一点，我和爸爸都离不开你！”

受苦孩子早成熟

丈夫一出差，孩子就无人管了，但吃苦的孩子早当家，他没有让妈妈多操心，小学五年级就自己挤公交车上学了，还学会了自己下面条，并会放一个鸡蛋进去，知道注意营养。儿子知道妈妈为了少上厕所，每天尽量不喝水，每次回来就拼命喝水，所以他每天放学回家第一件事就是烧水，给妈妈倒上一大杯水，妈妈对儿子的善解人意非常感动。

陈峥虽然生活上对儿子关心不够，但她对儿子的品德和学习非常重视，她曾对儿子说：“让我放弃家庭，放弃你，我是决不干的！因为养育孩子是一个母亲的天职，是一个女人首要的大事。如果因为工作而放弃了儿子的教育成长，这绝不是一个合格的母亲，也绝不应该提倡。”是的，工作和家庭虽有矛盾，但把握眼前的主要矛盾，注意及时调节，是可以两全其美的。

儿子考初中时，陈峥对儿子说：“妈妈对你的要求不高，只要你考上个住读的学校就可以了，这样妈妈就解放了。”儿子瞪着眼睛说：“还要求不高，住校的都是市重点学校。”

儿子要上高中了，而高中学校的选择是电脑派位的，西南位育中学离娘家很近，但是儿子的户口不在娘家，陈峥带着许多钱找学校去商量，可是接待的老师双手一摊，无奈地说：“非常理解你，但是名额早就满了，爱莫能助。”

这下陈峥没有方向了，她急得像无头苍蝇一样到处乱跑。这时局里正在开展“铁鹰二号”行动，陈峥忙得不亦乐乎，但是她果断地决定公休 5 天。她到上海中学、上师大、交大附中等名校到处询问，经过一番比较，最终决定让儿子报考上海师大附中，共 400 个名额，报名时已是第 392 名，已经到了尾声。

几天后，陈峥带着儿子去报考，她站在门外羡慕地望着美丽的教学大楼，心想学校收多少钱，我都心甘情愿，哪怕我们省吃俭用，每天粗茶淡饭也在所不惜，但要通过考试竞争，只能看儿子的造化了。陈峥一连两天伫立在学校门口，静静地等着儿子考试。

儿子考完试后，陈峥来到单位上班，副局长见到陈峥后说：“你们以前行动都名列前茅，这次行动成绩不佳。”陈峥笑着说：“下次一定好好干，一定补回来！”

虽然陈峥受到了领导婉转的批评，但是她一点也不后悔，她心想，工作耽误一下是暂时的，以后可以弥补，但儿子读书如果耽误了，是一辈子也无法弥补的。我生出他来，一定要对他负责，要培养他成为对国家有用的人，决不能让他成为社会的渣滓。

一个月后，报考成绩出来了，儿子终于如愿以偿地被录取了，陈峥双手捧着录取通知书，泪水长流。心想这下彻底解放了，可以安心地干活了。不久，陈峥给儿子绣了一匹活灵活现的红鬃烈马，还特意镶在了镜框里，挂在了儿子的房间里，儿子是属马的，每每看到他，心里有种无言的激励。

半年后，陈峥被评为“上海市十大平安英雄”，儿子捧着妈妈的奖杯不服气地说：“你被评为平安英雄，主要是我平安了，你才能评上，如果我不平安，你能平安地上班吗？”陈峥搂着儿子，发自内心地说：“确实是儿子的功劳，没有你这么争气，妈妈真的不能安心上班。谢谢你，好儿子，晚上带你去吃麦当劳！”

妈妈鼓励儿子好好读书，儿子提醒妈妈注意安全，互相支持，各自努力。苍天不负有心人，陈峥被评为“全国十大优秀人民警察”，并被授予“二级英模”，儿子如愿以偿地考上了上海交通大学。母子俩望着书橱里的荣誉证书和大学录取通知书，笑得合不拢嘴。

如今，陈峥感到自己身上的压力更大了，毕竟已年过半百，大自然的规律无法抗拒，现在她与那些年轻的男扒手过招，虽身怀绝技，但有点体力不支，每天回到家甚感疲劳。如今分来了几位大学生跟着她学技艺，陈峥感到后继有人，望着这些与自己儿子一般可爱的后生，甚感欣慰。她热心传授绝活儿，以自己的成功经验和失败教训为徒弟出谋划策、指点迷津，为培养新一代“亨特”言传身教、尽心尽力。■

这支先进警队曾被中共中央授予“全国先进基层党组织”，被国务院授予“模范经侦支队”，它被上海市民亲切地称为——

蓝色刀锋

■林 楣

立于黄浦江畔，眺望屹立江畔鳞次栉比的摩天大楼，“金融中心”就会跃入脑海，这几乎是上海的另一个代名词。

金融，一个与国家、与百姓、与上海，也与上海市公安局经济侦查总队一支队息息相关的词——

一支队被称为“金融安全的守卫者”，更被上海市民誉为“蓝色卫士”。

蓝色，因为他们守护着浦江之蓝；

蓝色，因为他们身着蓝色战服；

蓝色，因为他们经蓝色火焰砥砺淬炼！

那个下午，那之后的3天，我用耳聆听、用笔记录、用心感悟，我走近、走进了他们，走进了“蓝色刀锋”！

愈走近，我愈深知淬炼的艰辛、淬炼的煎熬，我体察他们的难处、苦处、气闷处、伤心处和喜悦兴奋处。我从一个个经济民警的身上，看到了随着时代变化经济侦查工作的变化，也看到了他们从老一辈经侦民警血脉中继承的英雄气概。而在时代价值多元化并存的今天，我更看到了一支充满时代特色的现代警队！

于是，我的笔便从淬炼开始，解答我心中的一个个疑问——

淬炼从啃硬骨头开始

《刑法》中关于经济类犯罪的罪种共有89个，其中涉及金融类犯罪的有43个，也就是说，几乎一半经济案件的侦破工作，由一支队承担。2013年3月，根据新形势的发展需要，总队将一支队和负责金融秩序类犯罪案件的二支队进行了整合，由此，新组建的一支队负责管辖上海金融领域犯罪的所有罪种。这样的调整，顺应了上海金融快速发展的形势，同时对承担打击金融犯罪的一支队提出了更高的要求。

2015 年年底的一天。

轮到杜孔值班。杜孔 30 出头，探长，手下四五个人，年富力强。天冷，他刚倒了杯热水坐下，从门口进来一中年妇女。

妇女失魂落魄地说："银行说我欠了 12 万元。我根本没办过这个信用卡啊！警察同志，到底是哪里出了问题？"

杜孔问："你的身份证平时随身携带吗？"

妇女说："装在包里啊！"

"身份证丢过吗？"

妇女一下子缓过神来，"丢过。难道是身份证出了问题？"

杜孔略有所思，手里的笔在桌上"噔噔"敲了两下，一个想法跃入脑海。

此前十多天，杜孔他们刚结了个案子，一起关于公民信息泄露的案件。由此案，一条线索延伸开来。

分管此案的是一支队副支队长张瀛，一个大高个，30 出头。前两天，他去有关金融机构详细了解过，办理信用卡，必须持有身份证。那么，受害人本人并未到银行办理过信用卡，这个卡从何而来?

此时，妇女来报案，杜孔把脑子里的想法与张瀛一说，两人不谋而合。6 位报案的受害人都称身份证或遗失或被盗，那么这个共同点就是此案首先要突破的症结。

此案的难点在于，之前，一支队从未碰到过个人征信系统与银行卡挂钩的案件，而且数量如此巨大。身份证、银行、窗口……哪个环节是要害？如何突围？是否有有关机构的内部人员参与？直接调查，是否会打草惊蛇？等等。

张瀛与杜孔一商议，决定先来个大面积"安全检查"。

向总队报告后，一支队向上海多家银行机构发出协查函，要求梳理筛查一段时间内办理信用卡的录像资料。张瀛和杜孔是这样想的，在窗口办理信用卡的这个面孔若与所持身份证上的面孔不同，那么就是重点排查对象。

这是一个海量的排查工作。按照既定原则，银行大堂内的录像、办理窗口的录像，以及银行门口周边的社会探头录像全在范围之内。

总共二十多家银行，能够保存留有的一个月内的所有录像资料，加起来共有 10GB。这是一个怎样的概念？一般人没有感觉。打个比方，将这 10GB 的图像资料全部打印出来，可以堆满一个房间；也相当于 20 部电影，连续不断分秒不停地观看，要看两天两夜。

然而，这 10GB 并不是电影，并非轻松愉悦地浏览，而是要一帧一帧地仔细辨别。整个专案组，总共 8 人，一个星期日夜连轴转。4 人在外调查，4 人在内看录像，6 小时后，换班。结果，跳出了 11 张可疑面孔，通过大数据比对，失败了 70%。不过，其中 3 人露出了蛛丝马迹。

这 3 人身材矮小，长得精瘦，年龄都在 20 出头。在窗口办理信用卡时沉着冷静，有问必答，填写相关资料信息时，无一错误。也就是说，为办理一张信用卡，他们不仅要持有被办理人的身份证，还要准备好所有信息，作案准备工作相当缜密。

然而，事情并未如预料中的顺利。仅有的线索，也就是浮出水面的三个马仔忽隐忽现，始终未暴露与上家的联系痕迹。

中止？还是终止？

此案不结，社会征信系统将受到严重危害，那些受害人对公安机关的期盼也会大打折扣。张瀛、杜孔，还有沈兴源、郑洁良等8人都憋了一口气。有时候破案就像解谜，在不知谜底的旋涡中徘徊，不停进击、不停被冲击，与旋涡斗争，也与自己较量。

为了这个坚持到底——专案组的8人使用了最原始、最艰辛的跟踪策略，跟！跟着三个马仔，上北下南，十几个省市，马不停蹄，未有停歇。

整整一个月，8人未归家。终于，3月下旬，一个“提现”的马仔冒出来了，接着，两个，三个，专门到处购买居民身份证和居民信息的出来了，专门接听银行办卡查询电话的也出来了……

这个具有强大反侦查能力的团伙逐渐浮出水面。他们在银行作案时刻意回避摄像头；在平日生活中几乎不使用任何电子通信设备；使用POS机套现时一层转一层，到第十张二十张卡时，才真正将钱提出，而其本人署名的银行卡始终不会出现；甚至在银行打来核实信息电话时，通过所谓的技术手段，将外地手机号全部改为上海本地的，以增加可信度。这是一个文化水平不高，犯罪技术含量却不低的作案团伙。

然而，他们的这些所谓的技术，在经侦一支队的蓝色刀锋面前，完败！

此时已是5月，江南桃花灼灼、菜花烁烁，一片春光明媚。

5月6日凌晨，专案组会同湖南、广东警方三地同步收网，将王文、刘旭等8名主要犯罪嫌疑人抓获。24日，剩余15名犯罪嫌疑人全部归案。专案组捣毁信用卡窝点4处，缴获作案用身份证2000余张、手机400余部、手机卡2000余张、私刻公司印章300余枚、征信报告5000余份！在作案期间，犯罪嫌疑人盗刷资金近1000万人民币！

当然，案件的最后，应该为读者作几点说明，一是怎么会有那么多的真实身份证流落到犯罪分子的手中？经查，其中一部分是身份证遗失后被人挂到网上出卖的，还有一部分是窃贼盗窃成功后掠去财物，再将身份证卖给了另有“用途”的不法分子。二是那么多的征信信息为何会到犯罪分子的手中？近年来，随着公民个人参与市场经济的机会增多，个人信息被暴露的机会亦增多，被非法泄露转卖的可能性也增大。三是如何杜绝防范？公民应最大限度地保管好自己的证件及财物，若被不法分子利用，应及时报案，只要完整取证，就可避免损失。

一支队成功侦破此案，还有之后的“8·23”21世纪传媒敲诈案，“7·9”以高频交易手段操控市场、牟取暴利的新型操纵犯罪等新型大案，为全国同行做了范例，更向国际社会有力地展示了中国警方打击新型金融犯罪的坚强能力，有效树立了中国政府维护金融市场的坚定决心。

淬炼要与时间争分夺秒

侦办金融案件有个特点，那就是时不待人。

雨声淅沥，雨雾迷蒙。

2016年2月6日，上海人俗称的小年夜。这个晚上对警察具有重要意义。因为年三十这天，多数民警会参加节日安保工作，不会在家吃年夜饭，所以很多人就提前一天也就是在小年夜和家人吃个团圆饭。

一支队副支队长蔡晔从警十多年，几乎一半的春节都是这样过的。他给老婆打电话，让她早点动手准备，别等几位老人来了，菜还没齐全。老婆嘟囔一句：年货都是我准备的，你也没帮忙，瞎操心，真是！

蔡晔"呵呵"傻笑一声，想想也是，好像真是瞎操心！看看手表，下午5点16分，还有十几分钟就下班了。嗯，待会儿回去给老爸老妈，还有老婆大人敬杯酒……想到这儿，蔡晔走出办公室到处看看。隔壁房间很热闹，五个小伙子在打扫卫生，节前卫生总动员。蔡晔很高兴，这事没指挥，他们几个就行动了，真不错！于是连声表扬："还知道干净了，不错不错！快收拾好，早点回家吃团圆饭！"

小年夜吃团圆饭，在一支队，在很多警察家庭已是约定俗成的。

兄弟们应着："知道知道。挂个红灯笼！"

蔡晔笑了，知道这红灯笼的意思……

傍晚6点15分。走廊里安静了，兄弟们都撤了，各自奔赴在回家团圆的路上……蔡晔起身关灯、锁门，就在电梯门开的一刹那，手机响了！

是值班室的电话！蔡晔心一沉，听着听着，便迅速回身开门，然后在微信群里发出信息："速回！有急活！！！"

三个感叹号代表着回的速度要快！要超快！要绝快！

还在往家赶的弟兄们看到这三个感叹号，个个一身鸡皮疙瘩，说无所谓那是假的。一边赶一边给家人发信息："先吃，有情况！别等我。"

侦查员有个坏毛病，那就是给家里人发信息时话都极短。生怕说长了，家人会多问，那时说也不好不说也不是。所以，就短，短得像命令，短得冷飕飕。

说警察家属不难过那更是假的，但是，不能问哪！憋着，一直憋到人家干完活儿，回来给个拥抱，算是回答了一切问题。

这晚，一支队四十多名侦查员全部赶回支队。四十多个家庭的所谓的年夜饭就这样泡汤了！虽说这是常事，但也不免遗憾。

那三个感叹号的威力来自一个报警电话。

上海一国企单位紧急报案，说他们在某银行山西省分行营业部存有20亿元资金的银行账户被他人控制、资金被盗划。

再过12小时，也就是2月7早上8点。全中国人民将进入春节长假状态，而银行内部系统也将"休眠"——这可以概括为一句话，作案人仍可以通过外部系统将钱转移，而警察却失去了支持破案的内部系统。

12个小时！一次绝命的考验。

所有办公室齐刷刷地亮灯，一个简短的案情通报会后，几路人马各自领活儿……这种角色的转变是职业化的。窗外霓虹闪烁，万家温馨团圆，此时都已与他们毫不相干。

而唯一刻在脑子里的是“12”这个数字！

一查，发现已有2亿元资金流出。而这些资金已陆续转了4层，被分散到全国，涉及30多家银行200多个账户。这些账户大部分开设在太原、唐山、青岛、北京等地，开展冻结工作难度极大。但是，资金划转速度远远快于民警赶赴外地开展工作的速度。怎么办？专案组决定放弃传统的纸质文书冻结流程，充分发挥警银协作机制，跨越空间限制，异地冻结。在市局、总队的组织协调下，在上海银监局的大力支持下，先后冻结赃款19.4亿元。

那么，这个能够神不知鬼不觉地将2亿元资金转走的家伙是谁？

原来，2016年1月中旬，自称在某银行山西省分行营业部工作的张大权通过多人居间介绍，来到上海该企业，向企业有关部门人员介绍了该行一款一年期固定利率4.5%的产品，相关人员不禁心动。企业财务人员就跟着张大权直飞太原到该行办理了20亿元的一年定期存款。随后，张大权暗地做了手脚，他使用早已伪造好的该企业印鉴章作银行预留印鉴章，等到企业将20亿元资金划入该账户后，张大权立即用事先伪造的印鉴章盗划了2亿元。

选在这个时间节点作案，他是有预谋的。他想到了警察会找到他，也想到了银行会冻结他的账户，所以，在春节前一天动手，是个好时机！

凌晨2点，张大权的同伙刘一水浮出水面。

此人系在沪游荡的山东籍男子，是幕后推手，之前吃过官司，吃官司的原因与此案如出一辙。

刘一水是个老官司，估计警察会找到自己老家去。他突然后悔了，这事不该在春节前办，弄得现在有家不能回。又寻思，警察不会吃饱饭没事干，一个春节都守在我家门口吧？他左思右想，这个年到底回不回去过？于是就问张大权春节在哪儿过。张大权很严肃：肯定不能回老家。于是这两人就像见不得光的老鼠到处转悠，最后选择各自出逃，一个去了太原，一个到了北京。

2月7日。雨声停，雨雾散。

连续鏖战12个小时的专案组进行了重新编队。抓捕小组出发。

当冒着冰霜、顶着严寒，似人非人、似鬼非鬼的刘一水鬼鬼祟祟地溜进银行大门，准备把划走的资金做进一步处理时，“哐当”，冰冷的手铐锁住了他的黄金美梦。

张大权在正月初七被抓。

这起特大金融诈骗案从接警立案到将犯罪嫌疑人抓捕归案，仅用了九天时间！

副支队长蔡晔笑着对我说：“那天兄弟们在墙上挂个红灯笼，是图个喜庆，是希望能安安稳稳过个年，结果愿望没实现，反而‘保佑’了迅速破案。”

淬炼要敢于创新勇于开拓

一支队支队长周海峰对我说，一支队成立至今，屡破大案，与在侦查破案中科学研判、注重开拓创新分不开。金融环境日新月异，金融犯罪的专业化、衍生性、穿透力在不断增强。若固守阵地吃老本，那就要被动，就要落后，就打不了胜仗！

他的这段话可以此案例证。

21 世纪初，P2P 进入国内后，很快被贼人盯上，给它披上了“互联网金融”的美丽外套，粉墨登场。但是广大投资人并不能识别美丽外套的真假，加上投资心切，往往上当受骗。

根据此类案件的特点，一支队创建了金融犯罪的前期防控机制，开展“网上巡查”，将 P2P 纳入视野。

林植，1979 年生人，一支队探长。2015 年 4 月，一个叫“沪易贷” 的网站映入了他的眼帘。

此公司在网站上发布了一则信息，意思是经营困难，暂停兑付投资人的返利资金。林植想，难以按时兑付返利资金具有极大隐患：一是公司经营不善，暂无能力返款；二是本来就无能力返款，利用拆东墙补西墙的办法维持骗局。

林植马上将案情向上级汇报，支队领导同意按照前期防控机制介入调查。

结果，这一查，问题大了去了。佰强公司为达到快速、大量募集资金的目的，在网上发布的投资信息有相当一部分存在虚假成分。万一资金链断裂，负责人极有可能逃之夭夭，那么投资人将无处追款。

在制定前期防控机制时，一支队特别强调了两点：一是要最大力度地打击犯罪，迅捷地破获案件；二是要最大限度地挽回老百姓的损失。

为坚守这两点，林植和他的战友们巧动脑筋，循序渐进，可以说是殚精竭虑。

先将公司负责人吴啸风“请”进来，对他“软硬兼施”，既像尊重金融老大哥一样地将他稳住，以防他狗急跳墙逃之夭夭；又像教育犯错误小学生一样地给他严厉警告，责令他尽快兑付投资人钱款；同时，利用大数据平台，冻结、查封涉案资金和房产。

吴啸风回去了，林植他们没抓他。

不能抓，得让他回去把该处理的处理了，有个别合法的投资项目赶快接洽理顺，能够运转起来。还有一些碰到阻碍的项目，专案组给予专业的金融和法律知识支持。同时，专案组与当地警方迅速联系，确保在一定程度上限制吴啸风的自由，又给他一定的自由空间，抓紧时间去干那些正经事儿。

五个月后，上海市公安局经侦总队大门前一下子涌来几十个人。男男女女，情绪激动。投资人左等右等没有消息，就到处打听。一打听，不得了，听说公司负责人被警察抓走了！那还了得，人抓进去，那还有啥机会翻身。不行，去闹，把人“闹”出来！

老百姓的想法很直接、很实际，他们认为只要公司的负责人是自由的，他们的钱就会回来。但是他们从未想过，这钱为啥会“没有”了。

支队长周海峰告诉我，公安工作是司法工作，更是群众工作。和老百姓打交道，不能马虎、不能不耐烦，更不能敷衍了事，如果有这种情绪、这种想法，我情愿少一个侦查员，也绝不会让他的“敷衍了事”影响我们的经侦工作！

周海峰的这种斩钉截铁，在之后的采访中我深有感触。

半年多来，部分受害人家庭失和、纠纷不断、亲朋反目成仇，受害人无心工作，生活质量大幅下降，精神压力巨大。

在上海市公安局经侦总队大门口一次又一次集合上访的正是这样一群受害人。作为办案人员，林植他们从未吐过一个“不”字。

一二百人一次、两次、三次地集合而来，上班来、下班来，到公安局来，也想方设法到民警家门口堵着……

△ 向受害人耐心解说

这一次次来的内容没有任何变化，就是重复叙述事情的经过，提出自己的诉求，还有就是向警察摸摸案子的情况。不能因为这种“无变化”而一拒了之。林植说，得换位思考，若是我的钱没了，我是一种啥心情？我需要跟人交流。和谁交流最可靠？那就是警察。所以，我们决不拒绝！

向受害人如实告知案件推进情况，提供法律援助，同时讲明为何在一定期限内有条件地限制犯罪嫌疑人的自由……要取得受害人的理解，也要根据法律规定公开可以公开的案件内容。这是新时代办理经济案件的特点。往更深层次说，应该是新时代群众工作的特点。

那阵儿，开会、午休、吃饭、上厕所甚至晚上睡着了，侦查员都会接到受害人的电话，但从没有侦查员把电话挂掉过，都是耐心接听、仔细回答。

正是这份“用心”，也正是提前介入的防控机制，使整个案件得以顺利推进，嫌疑人吴啸风尽最大可能返还了受害人的钱款，同时受到了法律的制裁。

结案后，受害人送来锦旗，上书：为民破案立警威，人性执法暖民心！

“暖民心”真真切切，情深意浓！

正是由于建立并完善了前期防控机制等一系列创新机制，一支队在侦查工作中，扁平化指挥、立体化打击、集约化取证，从打到打防结合，始终处于“战备状态”。

未雨绸缪，倾力护航！

◁ 受害人送来了锦旗

淬炼蓝色刀锋还需找漏洞、提建议

采访时，几日未见支队长周海峰，后再三约定，终得一见。原来他有重任在身，每日在城市另一边的“据点”指挥工作。

不便问他手里是个啥活儿。但是，一见面，周海峰就说，不能光写一支队是怎样打击犯罪的，不够全面。现代警队一定是打防结合的队伍。防范有两种，一种是提前介入的防控机制，另一种就是破获案件后的补漏洞机制。尤其是经侦警察。在打击金融犯罪的同时，还要善于发现漏洞，发现那些金融业界工作环节中的漏洞，可能被犯罪分子利用的漏洞。我们每侦破一起案件，都会做这项工作，梳理“漏洞”，及时与有关部门联系，并提出合理化的建议和意见，通过专业部门制定规范措施，最大限度地防止案件再次发生。

这是大金融意识，也是大公安精神。

2013 年 8 月，有两个普通的字眼让上海市民频频热议——泛鑫。热议原因有两点，一是泛鑫公司还不出保险人投保的钱，这个钱高达 13 亿元；二是泛鑫公司有个美女高管，名叫陈漪，把钱卷走了。

8 月 12 日下午，上海保监局报案称，在日常监控中，他们发现有家名叫泛鑫的保险代理有限公司擅自将寿险产品变造为固定收益理财产品，并大肆对外销售。

保险公司与保险代理公司有本质区别。保险代理公司应按照法律规定与监管部门许可承担“居间”工作，将保险公司的保险业务推销给需要的特定人群，从中收取居间费。然而，陈漪操控的泛鑫公司却以保险的名义，推销理财产品，实际上，他们玩的是“长线短做”，将 20 年期寿险产品拆分包装成“一至三年期高收益理财产品”，号称年收益在 10% 左右。同时制作多个版本的理财协议，年收益从 6% 到 12% 不等。

通过这种模式，保险代理人，也就是业务员至少能拿到 50% 的佣金。后面呢？后面就靠拉到的新客户来填补前面的资金亏空。一旦资金链断裂，“游戏”便无法继续。

再问，这么多客户对自己的钱到底买了个啥玩意儿是否清楚？其实，很多人压根儿不知道自己买的是保险，业务员只告诉他们“保本保息”。

这条违法轨迹复原，是通过专案组与近400个业务员逐一对话取得的。在获取证据的同时，也厘清了泛鑫的所有账目。

参与办案的副支队长杨杰告诉我，这么大的取证量他们仅仅在三天内就完成了，这是前所未有的。

这是一项艰巨的工作。是什么力量支持着杨杰他们将破案当作绣花、当作织锦？他们哪里来的“打井要见底”的韧劲？

杨杰跟我说，侦查破案就是获取证据、还原真相。特别是金融犯罪的案子，没有人赃（证据）一起到位，就很难将真相辨明，就不是我们说的铁板钉钉。那么，罪罚相当如何实现？而且，在追查搜集证据的过程中，我们可以挖掘梳理此类犯罪的特点，也可以知晓犯罪分子到底钻的是什么空子。我们不仅要破案，还要补漏洞。

杨杰这番话和周海峰说的是同一个意思。我想，这个理念已经渗透到他们办案的时时刻刻、骨髓里和血液里。

2013年8月17日，在公安部、上海市公安局有关部门，以及斐济执法部门的配合下，专案组精确掌握了陈、姜二人的落脚点。

抓捕组出发！

这次万里大追捕极其辛苦。韩伟峰等7名侦查员从上海起飞，至香港地区转机，马不停蹄地准备办理转飞斐济航班时，却发现当日已没有班次。若等，就得耽搁几日。担心嫌疑人在这个时间段内“洗白身份”，那么抓捕工作又会遭遇新的阻碍。怎么办？抓捕组当即决定乘坐飞往新西兰的航班，再转斐济。

在新西兰移民局的紧急协调下，抓捕组终于在起飞前不到5分钟坐上了香港地区至新西兰奥克兰的航班。

飞抵斐济，已是30个小时后。未合眼，抓捕组马上会同斐济移民局和警方开展工作。

在机场，已取得瓦努阿图身份证的陈漪、姜皆正准备登机逃亡他国。当中国警察出现在面前时，两人惊恐、颓丧、无奈，一句话都没有说。

8月19日晚上7时30分，两名犯罪嫌疑人被押解回沪。

飞机落定，暮色满天。

我问：“你们喝酒了没有？案子破了，要放松下吧？”

杨杰和韩伟峰说：“案子破了，第一件事是梳理‘漏洞’，来不及喝酒。”

专案组针对保险中介套取保费、骗保等问题梳理了三个大项七个小项，提出了针对性的防控措施，并将一份完整的建议和意见交给了相关部门。

至此，专案组认为案件完美收官。

它是一种纯粹的职业精神，是使命与责任的体现，是对“经侦”二字的生动诠释，更是保卫上海金融的坚定决心！

淬炼刀锋需打造坚韧刀背

采访最后一天，我有幸参加了一次“视频”会议。

那天，一支队政委李江晖楼上楼下跑个不停。他说：“等会儿有个重要会议在七楼召开，待忙定再与你聊。”

我一探头，看到会议室里不是大人就是小孩儿。总共十多人，有两个孩子才两三岁，胖嘟嘟的，煞是可爱。

一群人中，三个警察，其中一个就是李江晖。

我纳闷，这是一个什么会？两岁小孩儿也来开会？

下午2点，会议室的两台电脑开启。会议室当中的一台大屏幕电视机也开启。

一阵杂音之后，电视屏上出现了一张英俊的脸庞，有点诧异的神态，过会儿大概看到了坐在这边电脑前的老人，一下子笑了，喊了声：“姆妈！侬好！”

老人很激动，“好！好！你好不好？”

“我很好。你们放心！这段时间你们辛苦了。带宝宝很辛苦的，我知道……我知道……”

“不辛苦。宝宝胖了，你看看！来，宝宝来……”

老人叫着那个两岁的宝宝，还在满地踢皮球的小胖墩被硬叫到电脑前。

“快看，这是谁啊？”

电脑里的年轻爸爸兴奋又期待地看着宝宝，不停地喊：“宝宝，宝宝……”

可惜小宝宝只看了他一眼，也没叫爸爸，就跳到地上踢球去了。

年轻爸爸显然有点失落。老人连忙安慰他：“孩子太小，不懂。两个月不见了，他是不认得的。你回来后，马上就认得了。”

哦哦。年轻爸爸应着，不停左顾右盼寻找宝宝。可惜宝宝再也不肯过来……

过了一会儿，一对母子坐在了电脑面前。

那边是位头发乱糟糟的中年男子。儿子一看到爸爸，就大笑。

“老爸，你头发怎么这样？”

爸爸不好意思地说：“没时间剃，没时间剃。今天应该剃个头。很难看啊？呵呵呵！”

“老爸，我参加足球队了。刘宇跑得太慢，老师让我上了。咋样？我说我能进足球队吧！”

“不错，不错！踢球注意安全，别硬跟人撞。伤到身体耽误学习可不好。”

“我知道！”

……

显然这对父子还未疏远，话很多。坐在一旁的妈妈都插不上嘴。末了，这位刻意打扮了一番的妻子深情地看着丈夫，只说了一句：“注意身体。少抽烟！”

……

两个多小时的视频会议结束。我知道了这是一个怎样的会议。

那头是离家在外工作的5位专案组成员，因案件关系，没有上网通信的条件，平日里只能与家人短信联系。

五十多天，担心、思念，牵着两地。于是，支队政委李江晖想出这么一个办法：远程视频会议。在与专案组指挥部取得联系后，选了个合适的时间，然后5个人就找能上网的地儿。这边，把家属们统统组织起来。一场隔空对话就开始了。

那天，除最后一个小女孩儿哭哭啼啼不让爸爸走，弄得大家有点伤感，其他老老少少十多人离开会议室时都很高兴。至少，有个平安的消息。这已足矣。

做警察的家属，其实他们早就适应了，适应了这种离别、这种牵挂、这种担心，甚至这种陌生！

但是，这种种的种种绝不是理所当然。

李江晖说，队伍在外面打仗，若无坚强的保障，日久，难免兵力损伤、气力殆尽。

这保障从组织到物质、精神，缺一不可。警察也是普通人，有普通人的脆弱和无奈，需要宣泄和帮助，需要扶持与关心。说警察屹立不倒，那是假话。

今天组织这个远程视频会，就是为了让在外工作的侦查员和许久没见面的父母妻儿聊上几句。别小看这几句聊天，作用大着呢！两头都安心，一个安心工作，一个全力支持。

家稳定了，才能安心工作，才不会有心事。几位支队领导有分工，每天上班先到各自分管的探组转一圈，打个招呼问个好，顺便“察言观色”。谁今天脸色不好、心情不爽，那就多问两句。确认到底是身体不舒服，还是有难事缠身，然后用对方能接受的方式给予关心和帮助。

李江晖说：“你想想，我们侦查员穿着警服开着警车出去工作，他不是代表个人，而是代表国家、代表法律，每天思想要高度集中。如果脑子里思虑重重，那就干不好工作。说难听点，我还要担心他们的安全。开车、说话、办案，别岔了神。”

李江晖和一支队党总支的担忧不无道理。

影响一支队民警的因素不仅仅来自家庭、个人，还有社会。

经侦民警不比其他警种，他们所接触和面对的个体或群体可能更“财大气粗”，身家动辄千万上亿，即使不是嫌疑人，只是案件调查中的关系人，也开名车、戴名表，房产四五套，对于守着一套房、有的还在为房贷而节食缩衣的经侦民警来说，这种差距显而易见。防范“金融腐蚀”是个很现实的问题。

在办案过程中，当事人以各种方式拉拢腐蚀侦查员的不在少数。

举个小例子。在侦办“3·5”非法集资案时，民警小王发现有人给自己的手机充值话费1000元，还在想这是咋回事儿时，门卫通知他有个快递。他拿到快递打开一看，是一套价值3万元的纯金纪念品。小王马上向组织汇报，同时以恰当的方式将礼品退回给了当事人，不过那1000元话费，他费了他好大的劲才给退回去，自己还倒贴了手续费。

现金、礼品，请吃请玩，甚至有人把心思动到了办案民警的家属身上，真是无孔不钻。因为他们知道只要打开了这个缺口，一丁点付出就可换回之前所谓的巨大“损失”。

不过，这个缺口从未打开过！这是一支队引以为傲的。

李江晖说：“一支队党总支，一支队领导，我们要做的是，时时刻刻提醒每一位侦查员保持头脑清醒。绝不能因小失大！”

对民警个人及家庭的关心爱护是解除他们的后顾之忧，而帮助提高侦查员的综合素质则是给他们配发精良的武器。

李江晖说带我去侦查员的办公室转转。当时是下午4点半。几乎所有的办公室都没人，都出去办案了。

我们推门而入，几乎每个办公桌上都有几本书，有金融、法律、财务、心理学等方面的书。

之前采访任何一个警种，包括刑警，都没有这种情况。经侦警察为何如此好学？我不禁提问。

李江晖说："这是工作所逼。金融犯罪所涉及的知识面太广。我们这支队伍很多人是法律科班出身，对金融知识不是很熟悉，但是，你不懂就干不了活儿啊！我们每天都在学，每个案子都在学。这是一支队的制度。每月一次或两次的学习制度。经典案例的交流学习、外请专家进行专业知识的授课、党建书籍月度会、核心价值宣传等常态化的理论学习，等等。不学习根本无法与你的对手对话！"

每一个细节、每一个经验，都是相互学习、相互提高的内容。一支队的学习讨论课，其意义绝不止上一节课那么简单。

学习作为一种机制，已是他们的铁定队规，这是工作特殊性的需要，更是一种负责任的职业操守。它能够使每位民警在获取、分享和实战中切实增强能力素质，助力青年民警成长，以点带面、辐射带动队伍整体能力优化升级。

采访到这儿，我想到了一个贴切的词儿——刀背。

刀的性能好坏离不开刀背，就像房子的房基一样。刀口当然是越锋利越好，但是刀背有时也会成为攻击的一部分，而且刀背是受力的支撑处，刀背打造的好坏直接关系刀的最大承受能力和使用年限。一把刀的刀刃裂了还能用，但刀背裂了，它的支撑力将大大减弱，也就是说——这把刀废了。

一支队党总支在加强队伍建设方面的决心和尽心，正契合了刀背的含义。其意义深远而厚重。

近年来，一支队人才辈出。有林植这样的全国特级优秀人民警察，也有业务素质高、被提拔为其他支队领导干部的人才。据统计，上海市公安局经侦总队9个业务支队、2个综合部门的60名领导干部，其中37人是在一支队成长起来的，占到了总队全部领导干部的61.7%。我想，正是通过建立梯次表彰奖励、岗位能手破格提拔、培育民警职业成就感荣誉感等一系列机制体系，才让每位民警都能够满怀信心地展现才华、实现自我价值。

也正是因为有了这把坚韧的刀背，蓝色刀锋始终闪亮锋利。近5年来，他们破获金融领域大案、要案200余起，为国家和百姓挽回直接经济损失110余亿元；发挥条线引领作用，牵头指导侦破各类金融犯罪案件9000余起。荣立集体一等功6次，荣获中共中央、全国总工会、上海市委、市政府授予的各类荣誉称号30余项。

采访即将结束，我想到了之前与侦查员韩伟峰的对话。我说每一起案件侦破之后，那是"潮平两岸阔，风正一帆悬"的境与界。

蓝盾在心，不负荣光！■

（文中涉案人物均为化名）

在境内卧底，相对来说，在心理上感觉还是比较安全的，因为毕竟是在祖国。可是在国外，有种危机四伏的感觉。

卧底境外

■ 胡　玥

△ 神圣的国门

那次去 M 国，一次缴获冰毒 87 千克，是和勇卧底生涯中心智和身体均受到极端挑战和考验的一次。

和勇在 M 国独自苦苦周旋，苦熬苦等了整一个月。

他的身份背景是扮成一个开夜店的四川老板。“小弟”和那边的“三哥”熟络。方案是由“小弟”引见带他过去。

第一次就直接去了“三哥”家。“小弟”介绍说：“我兄弟呢在那边是做夜场生意的老板。这两年都知道夜场比较好做，他手底下投有七八个场子，之前呢，都从别人手里拿货，利润不高，而且货的质量不能保障。现在就想找质量比较好，也能供上货，价格上肯定希望比较便宜一点的。我兄弟想除了供自己的场子用也批发一些……”

“小弟”说得很多，旨在介绍和勇的背景让他们认识。和勇只是听，话并不多。他知道初次见面，说得再多谁会信你呀。吃了饭，闲聊了一会儿，二人就礼貌地告辞出来了。

和勇出来后就去当地的手机店买了一款价值4000多块钱的手机。

执行任务前设定和勇就是个花花公子，花钱大手大脚。

第二天，和勇和“小弟”又去了“三哥”家。和勇跟“三哥”的女人说：“昨天听姐说想买化妆品，我的那些女朋友都爱买化妆品，我昨儿就打电话让她们给姐直接买了一套，等下次过来我给姐捎来。”他又转头对“三哥”说：“我看‘三哥’的手机不好使了，我给‘三哥’买了一个。”和勇心知其实他们是很忌讳你给他买手机的。他会疑心你在那手机里装什么东西。所以和勇紧跟着又加了一句：“这手机呢，是昨儿在你们这里的店面买的，哥要是不喜欢这款呢，可以拿着这张票去换。”说着和勇连手机和票据一起诚意地推到“三哥”面前。

不是有钱一定能使鬼推磨，这个时候你送上多少钱都没用，鬼也不敢信你。但钱花得巧妙和温情，于陌生的彼此的确会将使陌生的感情加温变得亲切熟络起来。“三哥”的女人一改头一天见面时的戒备和隔离感，露出了笑意并开口说：“兄弟啊，你看这事是这么回事儿，昨天呢丢了一批货心情不好，咱们也没有好好谈，你看还让你破费。”和勇心说放屁吧，但嘴上却说：“哎哟，还有这样的事儿啊，那我们接下来做起来安全吗？”

她说：“兄弟这你放心，我们负责送货。不到你手里都算是我们的。当然，这送货的话呢，还是要另给送货的钱的。”

和勇说：“别介呀，这还没做呢，就提出要涨价了，不合适呀。”

她说：“那兄弟你想拿什么价的呀？”

和勇说：“那就拿货看看吧！”

所谓的“拿货”，就是进入实质的“肉”（冰毒）戏。

跟毒贩打交道，你把自己百炼成钢不如变成孙悟空。从制到贩再到吸，所有的环节你都要门儿清。否则，任何一个细小的失误和破绽都会要了你的命

“肉”戏是卧底根本无法避开的关隘，你的必答题。答对答错也仅在举手之间。它虽然仅仅是万千种考验之一，但“肉”戏绝对重要。因为这基本上是毒枭和毒贩要验明你正身、辨识你真伪的重要的一场大戏。倘若做“冰”的人不懂冰，那你是什么人？你是真的做“肉”生意的，还是“钩子”（暗指警察）？

这些人吧，他拿货上来的时候百分之百是有各种“诈”的，他考验你的手法有时超出

你的想象。那一次在广州卧底，和勇扮 M 国的老板来买“肉”。工具什么的都放好了，对手当然不给你弄，他要看你怎么弄。他拿出两种货，递出第一种时和勇就说话了，他说：“哥们儿你下次试的时候吧，你怎么也拿块状的，你这跟味精似的我一看就知道是麻黄碱……”

“啊这一袋呢是给做配剂的人看的哦，拿错了，拿错了。”

“这也能拿错？我都得怀疑你们是不是干这行的。不会是‘钩’我来的吧？”

对方是乐意看到这一幕的。要不他凭什么信任你？这是安全谈下去的门槛。

而任何一场考验都是独一无二、不可复制的，和勇只能静观、静待，随机应变。从某种意义上来说，跟毒贩打交道，你把自己百炼成钢不如变成孙悟空。毒贩知道的你要知道，毒贩不知道的你也要知道。从制到贩再到吸，所有的环节你都要门儿清。否则，任何一个细小的失误和破绽都会要了你的命。

想试你，就用一个火就能试出你。它就像泡茶一样。你的火点的距离呀、温度啊，都是很讲究的，如果没有这种经验的人拿过去试，别人一看你就知道是假的，一看就露馅儿了。货拿上来，一烤。和勇就笑了。和勇说：“要是这个就不谈了。拿过去呢，我们的牌子就倒了。”

“三哥”忙说：“啊，这个呢，我就直接告诉你吧，这是最次的了。主要看你……”

和勇面露不悦地说：“咱们做生意要实诚，你们也不要反复地跟我玩，要老玩这些我也没兴趣谈，我就去跟别家谈了。”

“不是，不是的，兄弟，我们还多着呢。”

和勇就是想绕到这个主题上来。因为事前的情报分析他们确实还有很多。他们是有自己的厂子的。

和勇并不想马上给台阶，仍是沉着脸子说：“‘三哥’，说白了，如果你只能做这些东西咱谈不了。你这是从别人手里倒回来的东西，我不跟你谈。我不如直接跟人家老板谈，是不是啊？这么说吧，只要有钱什么货都有，无非就是价格高低罢了。”

“我们是有厂子的。你的意思是怎么个意思？”

“你早说啊，做药片的那种拿出来我看看？”和勇语气转为和缓地说。

“那个，在厂子里。”

“你看吧，你要是不计较，我们就去看看。”和勇其实就是为了到他的厂子实地看看。但他也知这第一次能达成心愿很难。

“三哥”见和勇提出要去厂子还是充满了警觉，他说：“这个事情得商量，我们是两个人合伙做的。”

“哦，既然你们要商量，那你们就先商量，我们先走了，商量靠谱了呢，咱们再联系。反正我就算跟别家做也没事儿。你这儿到时候要是能给我，转头回来咱们再做也一样，做这种事，大家都别互相耽搁是吧？”

这种欲擒故纵的套路和勇自然最拿手。看上去话说得风轻云淡，那“三哥”肯定还是感受到了话里话外带来的那种无形的压力。

果然，他们走后，当天晚上那边就打来电话试探。电话是打给小弟的。

“小弟啊，你们走没走呀？”

小弟说：“我们现在正往小勐腊那边走呢！那边有一个朋友说他们手上资源好，可以做。”

听小弟说有了下一家，对方有点着急。只听他说：“别呀，不要这样啊，我们这边不是正商量吗？商量好了就叫你们过来。”

和勇在一旁示意小弟回对方说：“我兄弟都说了，哪有像你们这样做生意的。我们这边的钱他说了算，你们那边的货你说了不算。还得找这个那个的商量着。怎么做事儿啊，哪有时间给你耽搁，你看人家这边多爽快呀，说看货，人说行，工厂里看吧。就带我们去了，你这边还这样那样。”这一串回话里的重点是“工厂里看吧”，言外之意，人家哪像你们那么介意去工厂看看这件事啊。

话说到这份儿上，对方其实也不好再接话，因为他们这回是真得商量商量了。

对方果然不直接接这个话茬儿，而是绕个话头说：“小弟，你看这多不好意思，你兄弟还给我们买东西。”

小弟说：“这算啥，我兄弟出去喝瓶酒都比这贵，我兄弟说了就算见面礼，初次见面总不能空着手来。事前也没准备给你买点啥，就当认识一个朋友吧，有机会再联系！”

和勇跟小弟说：“你知道吧，他肯定要联系的。咱耐心等着好了。”那段时间打了很多货，和勇知道那“三哥”的货不好走。

没过两天，那边又打来电话说：“怎么着小弟，你帮帮忙联系你兄弟一下好吧。”

小弟说：“我现在也不好开口，现在这边已经同意了，马上就要动了。”

“啊，什么时间动啊？”

小弟说：“什么时间动怎么能告诉你呢，这是规矩啊。跟你说，反正这边要动了，定金都没要直接发货。”

对方一听就着急了：“你约着兄弟再来一趟吧。”

小弟就说：“我兄弟都走了，直接回重庆了。人家那么多生意呢，这个虽然是个大生意，但也没那个闲心在这边空等啊。”

“能不能这样，我们去重庆看你兄弟也行，我们去找他。”这一招有点狠，也含着实地考察的意味。

小弟不好应答这件事，于是只好诚实地说：“那我去问问我兄弟吧。”

和勇说：“当然不能让他们来，来了我就露馅儿了。你就说我兄弟说了，你们那些‘热点’地方的人到重庆来容易暴露他。他做这种生意跟 M 国人接触不好，你要是真有诚意，等他拿来这批货看吧，不行了我们再跟你联系。你等着就行了。”

小弟按照和勇的预案如此一说，对方就问：“等到什么时候啊？”

小弟说：“这次已经拿了 10 个、20 个货了，估计一个星期吧。”

“10 个、20 个一个星期能弄完吗？”

“那当然，我兄弟他们一个月最少七八十个。”

和勇指挥着让小弟说这些信息，就像是无意之中透露给对方的，但这比他跟对方说更具信服力。

让对方等待多久合适呢？三天？五天？还是七天？这还真是个微妙的问题。这个度恰到好处地把握在于你对人性灵活机动的触摸和把控、你的经验还是直觉？都是或者都不是。

就像天边飞来的一片云，云下突然飘下了一阵雨，浇到刚好需要雨水的一株植物上。我们的脑海里有时也会飘过这样一片云，只是它们总是灵光一闪。我们也时常把这种一闪而逝的灵光称作灵感。

就一个星期。不短也不长。若一个灵感，和勇就这么决定了。

三哥破天荒地同意陪着走一趟。应该是出于本能的防范，出发时又喊上了亲兄弟“老二”一起走

一个星期后，“三哥”说：“兄弟，你们这次不要再偷渡了，我们这边有人的，我们直接把你们接过来。”

“三哥”那边的人直接到边境接他们。

“三哥”的女人说：“知道你们讲究，这边的宾馆条件都不好，我们把家里的一幢房子腾出来给你们，你们就好好住着。”

吃橘子的时候，和勇习惯地把橘子肉上的丝撕掉了吃，“三哥”心细发现后就跟小姑娘说：“哎，你去给老板剥橘子啦。”然后不失时机地试探性地说：“要不要安排小姑娘陪你啊？”和勇笑笑说：“哎，我听说你们这边艾滋病特别多，我害怕，我惜命啊。你们要想玩就去重庆找我吧，等这次做完了，你们过去我好好招待你们。”和勇机智地把这件事就这样圆过去了。“三哥”听和勇如此说也属正常。之后，“三哥”带着他们喝酒、玩枪、打猎。这样考验考察了快一个月，那“三哥”非但不怀疑且越来越信任和勇，相处得如兄弟一般。终于有一天，“三哥”带着和勇去看了工厂。和勇对“三哥”的背景做过透彻的摸底。“三哥”是个技师，当年M国打仗的时候，他就有这个手艺。他最早起家是在W邦。在W邦军阀手底下做毒品。后来挣了钱，另立门户自己开始做。因为他懂技术，所以工厂做“冰”的比例技术由他掌控，做“冰”这些苦力活儿底下人干就是了。

后来的一天，他们就开始正式谈到第一次带货。

按照预案和设计，第一次带货要想办法逼对方把货带到中国这边来才能动手。事前讨论过人和货是否能一起打。和勇的判断是“三哥”是一个很难对付的人物，打下他不是难而是连想都别想，就是他手下的二号、三号人物能打一个都难。这事只能随机应变，最好是人赃俱获，但这种事永远没有最好在前边等着你。有时一切还真得看时运如何。但前次在厂子里，和勇做过一次努力。他还是想按设定把“三哥”诱过去。因为自己扮演的角色是从重庆过去的夜场老板，他应该不懂怎么做“冰”，他肯定要装作很好奇地问这问那。最后他直截了当地说：“咦，哥要不你到重庆去帮我做呗，中间环节安全很多，要不然很绕的。钱简单呀，对不对？你出技术，技术占30%，其他硬件材料费用场子等我出，这样我占70%行不？啊，哥你不是嫌钱少吧？四六开行吗？你有这个技术就行……”

“三哥”摇摇头说：“你不懂，不行的，材料带不过去，比如猴子牌香水。这个是M国的一种特殊的香料。”

和勇知道猴子牌香水国内也有买过去的，但是做不好。懂技术的人，他只是告诉你一些面上的东西，但是关键的细节他是不会跟你说的。诱“三哥”去重庆这件事也只能到此

为止了。

在带货这件事的细节上，和勇反复推敲过。身为老板的他亲自押货有点反常。但这个时候中间环节安排其他人不放心。他必须说服“三哥”一道走，所以他对“三哥”说：“哥，你们这边吧我听说‘钩子’也多，这一趟我们也来了两个兄弟，谈到这个份儿上了，咱就是生死兄弟。咱们俩一块儿走，押货的‘骡子’在后，咱们靠前点，或者‘骡子’在前，咱们靠后，咱们是兄弟，你也把兄弟我送过去吧，我的货源先过去，我在那边把钱给你弄过来。”

“三哥”其实一直跟和勇纠结是先付钱还是先拿货的问题。和勇说：“若说诚意，哥，你看我都陪你走了，钱算什么，人才是最重要的。有兄弟我在，钱跑不了啊。对了，哥，你不是说你可以组织押运吗？咱们俩一块儿走，你就让我见识一下哥的组织能力，咱又不是做完这一次就不做了是不是？为了以后的合作，你就陪兄弟这一次。”

和勇游说成功。“三哥”破天荒地同意陪着走一趟。应该是出于本能的防范，出发时“三哥”又喊上了亲兄弟“老二”一起走。

这一路之上全是险途，并不比西天取经容易。他发烧的身体经历了这狂风骤雨反复的抽打和淋浇，越发地重起来

一路上，87 千克的货除了四个“骡子”分摊着背大头，“三哥”“老二”和小弟也都很“敬业”地分担着背了一些。

和勇不背。因为他是买这批货的老板。老板就是老板，老板的谱儿还是要摆足的。其实，他不摆都不行，除了他这身子骨真不及他们壮以外，出发没多久他就有点发烧，这是很糟糕的事情。这一路上全是险途，并不比西天取经容易。好在，这是最后一役了。很快就要回到自己的国土上，就要见到亲爱的战友们，很快就要收兵见分晓了。一想到这些他觉得全世界的人加起来也不如这一刻的他心中有方向、有目标、有希望、有动力。打了鸡血的人的状态应该就是他这样的。所以他根本就没把自己的发烧放在心上。

起初，他们走在漫天飞扬的黄土泥灰里，那些灰土和着脸上身上浸淫湿透的汗水，将每一个人都变成了泥猴，哪里还能分得清谁是“骡子”，谁又是老板。

在这条路上，没有白天，也没有黑夜。只有像发疟疾和神经病一样忽狂暴忽险恶的大雨连小雨，风雨不分昼夜淋漓尽致地抽打着山林大地，人在其中脆弱渺小，不堪自然的一击再击。诡异万端的云雾一刻不停地变幻它们那不可触摸的身形，然后将自己掰开了、揉碎了，仿佛恶魔的使者无休无止地笼罩你、纠缠你，扰乱你的心绪，使你本就的一颗心万难安宁。而周边，远远近近里到底还潜藏着多少随时可能发出攻击的蛇虫野兽？没人知道，这种不安更加剧了一层。

艰难的两天一夜，和勇不敢让自己进入真正的睡眠。就是大白天睁着眼盯视着都不知会发生什么难以预料的不测，路途之中时常还会遇到军方的查堵，好在路上的事是他“三哥”的事。在这方面和勇真是见识了“三哥”跟军方关系的不一般。

他发烧的身体经历了这狂风骤雨反复的抽打和淋浇，越发地重起来。他努力让自己想

过往那些美好的事情。

不知为什么，人在病痛里总是不由自主地想起小时候。是啊，小时候多好，无忧无虑。他那么着迷地喜欢法布尔的《昆虫记》，书中那上万种的昆虫，构成一个无限神奇奥妙的世界。小孩子渴望走进昆虫的世界，去做它们的邻居，在他的心里，全世界的昆虫都是他的亲戚。如果不是后来又迷上了《国家地理》，喜欢上了玛雅文化，对考古学又产生了浓厚的兴趣，说不定，他真的会选择去当一个自然科学家呢。小孩子的心当然说不定，因为，后来他迷上了摇滚，以为会在音乐这条路上走很远，谁知一看《梵高传》，又被梵高丰厚广博的艺术修养、炽热而旺盛的创造力深深打动和吸引。他的绘画的潜质和天分又被激发出来，这一回他真是铁了心要专攻画画了，而且，他第一次给自己设定的人生目标是考四川美术学院。设定目标往前方走的时候，他总是跟自己说：你千万不要放弃你周边所看见的所有风景。

人这一生，真没有办法界定每一个年龄的某个想法是对还是错。其实，没有对和错，只有适合还是不适合。从小到大，他的父母对他的教育是放养式的。他们觉得小孩子只要不违法，不做违背道德良知的事情，就应该尽可能多地尝试各种社会实践。但在人生重要而又关键的抉择上，父母还是适时给出清晰的意见和建议。他的父母和他当警察的叔叔一致认为，对他这样天马行空喜欢追求个性的人，警察这个职业对他有很好的约束力。父母经商多年，家庭已有很厚实的经济基础，父母并不需要他去挣很多钱，只要找一份既有约束力又稳定的工作就行了。

最终他选择考警院并非对父母和叔叔意志的一场妥协。警察这个职业对他有吸引力是因为纪录片《中华之剑》的播放给他的心灵带来了强烈震撼。片中让他印象最深的一个镜头是当时记者采访临沧的一个小伙子（缉毒警察），他指着在伏击毒贩时被毒贩的手榴弹当场炸死的警察说，我的队长已经死了……听完这句话，他的眼泪哗地流下来，他对那些警察充满敬意。他认定警察确实是一个对抗性强，值得付出的职业。他的内心是属意警察这个职业本身带给他的挑战、危险和刺激的。

和勇觉得自己的人生是在对的时间，恰逢对的机缘，做出了一个对的选择，考警院、当警察，而且如愿在保山最英雄的警队里当了一名缉毒警察……

警院是他人生的一场重大转折。在警院，他经历了此生令他永难相忘的一场初恋。他觉得他的人生找到了最契合的伴侣。他们无论兴趣爱好还是性格等方面都彼此适合，特别默契，他喜欢画画，她在一旁写毛笔字；他喜欢听音乐，她愿意陪着听，他们也聊共同喜欢的诗歌和书籍。

上大学的时候，和勇不停地做兼职。他送过电脑耗材，到金融公司里给人家做系统维护。不是为了赚钱，而是为了在不同行业感受各种各样的生活。这为他日后的卧底生涯积累了深厚而必需的生活积淀。

这样的雨夜让他想起在昆明，有一天赶公交车也遇上下大雨，她来接他，在小西门立交桥那儿经常赶不上公交车。他就安慰她说，别着急，10 年以后我们能有自己的车、自己的房子，到时候我再也不让你赶公交车淋雨。事实是 10 年之后，当他实现了这一切的时候，她已经不在他身边了。

分手的那天正好是圣诞节。他在广州，刚接了卧底的任务约对方去见面。那一次，他们打了180万元的毒资和9千克的毒品。

他一直记得她说过，你知道吗，我总是提心吊胆的，你每次出去执行任务的时候我都联系不上你。你知道吗，你去这一趟的时候，我发高烧都快40摄氏度了，也没有人陪我去打针……

那个晚上，他真悲伤。而整个世界是那么热闹而又嚣张……

最大的危机和危险不是他是否能支撑着挺过去，而是他发现“三哥”是背着枪的。路上如果真的动起手来怎么办

和勇精辟总结过缉毒警和毒枭的关系：其实当他被你抓捕归案以后，你和他是猫鼠关系，你是他的天敌。你克制着他。

但当你和他站在同一条起跑线上，在案件经营的过程当中，孰强孰弱是待定的。因为那个时候你背后没有附加值的东西。没有人跟你说，你背后有强大的祖国人民和法律给你兜着，双方是站在一个平等的擂台上的，只有当裁判判定你已经胜了，抓住他的时候，才是猫鼠关系，否则的话缉毒警察和毒枭、毒贩就是博弈的关系。你不存在也没有绝对的优势。博弈是一场超乎寻常的体力和智能的竞技对抗战，当你赢了的时候，你才觉出你人生完美的价值存在。

眼前夜雨迷狂，道路稀烂泥泞，一切虽未可知，但他不能辜负此前全部的艰辛和努力。他必须咬牙撑住挺过去，即使死，也要死在自己的国土上……

越往边境走道路越泥泞。一路上很多地方泥浆没膝深，和勇深切地体会着，这世上，并非只有“蜀道难，难于上青天”。M国运输毒品这条道似乎比登天还难。更何况他还发着高烧。

其实最大的危机和危险不是他的高烧是否能支撑他挺过去，而是他发现“三哥”是背着枪的。路上如果真动起手来怎么办?

和勇装作好奇，直截了当地说：“哎，哥，你的枪不错呀。”

“三哥”说：“美国货，勃朗宁，花3万块钱买来的。”

“这边一支五四式多少钱啊?”

“也就四五千块钱吧。”

“那挺好的，哥也帮我买一支吧。”

“你买那干啥? 买了又拿不过去。”

“下回你送货帮我带过来！我想买一支枪留着玩，等老爷子过生日时送给他一支哄他高兴。哎，哥，你让我看看美国造勃朗宁吧。”

“三哥”往枪口上吹了一下就把枪递给了和勇。因为那时那刻，在那里，是他“三哥”的绝对地盘。他并没什么可担忧的。

和勇拿着枪问“三哥”说：“咱们这儿的森林里不会有狼吧?”

“三哥”回说：“不会，军方在这条道上常设哨卡。”

“要是他们跟咱们发生冲突我就用这个枪打。”

和勇一边说着，一边将枪别在了自己的腰间：“‘三哥’，我别着玩会儿，在这林子里遇到危险，我别着心里有底。”

“三哥”不以为意地说：“你玩，你玩。”

和勇假装研究构造和把玩的时候，趁“三哥”跟“老二”说话时不注意，悄悄把所有的子弹都给卸了。

按原来的约定，快到边境路口的时候和勇得给接应的战友发个短信。这一路又是狂风大作，又是暴雨如注，他一直寻不到机会跟外围取得联系。离边境还有半小时的时候，和勇弯腰捂着肚子痛苦不堪地跟“三哥”说：“哥，我有点发烧，好像不行了，还有点拉肚子，我要上个厕所啊。我这症状是不是你们这边说的打摆子、闹疟疾呀。”

“三哥”说：“快去吧。兄弟，你看怎么办？要不然我让他们把货往前背一段放一放，回来背你！”和勇说：“不用，不用，我去去就来。”

去上厕所的时候一看终于有信号了。短信都是事前编辑好的。和勇按1号键迅速把短信发了出去。

离边境越来越近了。和勇还要解决“骡子”身上的那两枚手榴弹。四个背货的小伙子，其中有两个小伙子背的货上面各放着一枚手榴弹。说好的预伏点过去就开始动手。和勇怕一动手万一拉响了手榴弹，不但前功尽弃，更重要的是伤亡可就难免了啊！必须把损失降到最低，甚至降到零。和勇避开“三哥”和“老二”小声跟背货的小伙子说：“把手榴弹放背篓底下。你们放在上面所有人都能看见，别他妈没发现货却发现这个东西把咱们给全干爆了，要是你们‘三哥’‘二哥’知道你们这么马虎，他们得弄死你们！”马仔挺听话，把手榴弹赶紧放背篓底下了。这样，最起码保证外围动手的时候，他们不会那么容易拿出手榴弹反抗，也就避免给战友带来不必要的损伤。

终于，边境就在眼前了。“三哥”停住步子跟和勇说：“兄弟，哥就送你到这儿吧，你过去吧！”

和勇说：“哥，你怕什么？跟我过去拿钱嘛！”

“我就不过去了，我这身上有案底。让‘老二’跟你过去拿吧！”

和勇知道这帮人绝不会完全信任他，能信任他70%就不得了了。像“三哥”这号人物能送这一程，就是非常相信你了。

和勇只好说：“行吧，哥，就此别过。”

和勇走出去一段，已经过了边境了。忽然听“三哥”喊：“兄弟，把枪给我啊！”

和勇转身说：“啊，我过不去了！你过来拿吧！”

“三哥”当然不肯。他说：“那你一会儿让‘老二’给我带过来吧。”和勇也朝枪口处吹了一口气说：“急啥？玩会儿呗。”

过了预伏点，枪一直在和勇手里。

战斗打响了。

他一直跟着外围的战友们一起行动直到抓捕结束。

战果是缴获了1支手枪、2枚手榴弹和87千克冰毒。

每当他冒着生命危险与毒贩斗智斗勇取得一次胜利、成功破获一起重大案件时，他就在心里默默地给自己升起一面小国旗

战斗结束了，兄弟们却找不到和勇了。

后来，他们在山边的水沟里找到了一身泥浆的和勇。发着高烧的和勇，多想找这样一片清澈的溪流冲洗掉这一身臭汗和泥浆啊……

当时配合外围的是时任大队长的梁军伟，他给发着高烧的和勇买了一件上衣和一条牛仔裤，日后和勇见到梁军伟就说："我参加工作这么多年唯一占队里的便宜就是这条牛仔裤。结果梁队给我买的还是大一号的。"

盖着三床被子都觉得冷的和勇心中不无小得意，因为计划当中连"老二"都抓不到的，结果还把"老二"给骗过来了。

曾经，他跟初恋女朋友坦白地说："我希望在你每一次晚宴结束说祝酒词的时候，我能够很庆幸地举着杯子。"

他说，他并不想成为阿格柳丝到最后死在战场上。"那不是我的期望。也许你觉得那是浓墨重彩的，可以引起大家崇尚、引起共鸣的英雄壮举，那是大英雄，我不需要，我只想活我自己的，因为我不需要做到万众瞩目，我在自己的小圈子里做好我自己就行了。"

有一次，他去欧洲度假的时候，在机场听见正播放中国的国歌。在异国他乡听到这熟悉的旋律，他顿时心潮澎湃、热血沸腾！

那是奥运会上正在为中国的奥运冠军升国旗、奏国歌。他想，自己这辈子永远都不会有奥运冠军那种幸运和殊荣。但每当他冒着生命危险与毒贩斗智斗勇取得一次胜利、成功破获一起重大案件时，他就在心里默默地给自己升一面小国旗。

他喜欢闭上眼，静静地，一个人，自己给自己奏国歌，一次又一次，他感知那永恒的荣光就在星辰的岔路口等待着他。

他是如此享受这漫长而永不迷失方向的等待。■

警察档案：和勇，纳西族，云南保山市龙陵县人。1982年9月出生，供职于保山市公安局禁毒支队，三级警督。

个人爱好：读书、音乐、美术、旅游、运动。

“金牌捕头”梁中心

■ 葛春峰

2020年12月，上海市公安局刑侦总队五支队副支队长梁中心放下手头繁忙的工作，赴北京参加第二届“全国公安百佳刑警”颁奖仪式。认识梁中心的同事们获悉他获奖的消息后，纷纷向他表示祝贺，且不约而同地赞道：梁中心获此殊荣实至名归。

△ 梁中心的心中永远是破案

武艺高强，智勇双全

上海市公安局刑侦总队有一句格言：勇者无敌，智者无畏。梁中心从小习武，获得过上海市散打冠军、全国亚军。运动员退役时，他转行当了一名刑警。他希望自己的一身功夫能有所作为。从一名普通的侦查员到副支队长，他始终奋战在追逃抓捕第一线，直接抓捕在逃人员800余名，其中命案逃犯100多人。每每遇到抓捕任务，他就“兴奋、激动”。

从 2018 年起，梁中心担任刑侦总队五支队副支队长，只要有追逃抓捕任务，他一定亲自制订抓捕方案，自己带头上阵抓捕。抓捕的关键时刻，梁中心往往勇如猛虎，雷霆出击，出奇制胜。

在公安部“云剑——2020”专项行动中，他带领分管探组，对上海历年命案“逐案复盘、循线追踪”，协调外省市公安机关抓获上海命案逃犯 8 人；协助外省市抓获 7 名潜逃二十年以上命案在逃人员。

1997 年冬天，犯罪嫌疑人黄某在黑龙江某市一家歌舞厅与被害人发生口角，持刀将被害人捅伤。被害人经抢救无效死亡。案发后，黄某畏罪潜逃。当地警方通过情报信息研判，发现嫌疑人可能已漂白身份为“于某海”，而且藏身上海的可能性很大。

2020 年夏天，案发地公安局派员来沪抓捕已经漂白身份的犯罪嫌疑人。梁中心接到总队领导交给的任务后，经前期工作，基本确定嫌疑人在沪居住地址，系浦东某居民小区一幢多层住宅底楼的一套两居室。

第二天上午，梁中心带队开展抓捕工作。经走访及社区视频调阅，确定犯罪嫌疑人正在家里。梁中心对抓捕对象住所及周边环境进行仔细观察后，安排侦查员以小区物业防疫为由敲门，但屋内无人回应。梁中心判断，抓捕对象就在屋内，但此人非常警觉，抓捕组的一些动作可能已经引起了他的怀疑。

梁中心在观察环境时，发现该房屋朝南的房间窗户未关。他当即翻窗进入，随后将防盗门打开。在抓捕组进屋的同时，梁中心发现该屋北向卧室房门反锁，他猛地将房门踹开，迅速冲入房内，将惊魂未定的犯罪嫌疑人按倒在地，秒铐。趁对方心绪未稳，梁中心就地开展单刀直入的讯问。果然，以“于某海”名义在此生活的犯罪嫌疑人当场供认了自己的真实身份是黄某和持刀故意伤害致他人死亡的犯罪事实。

梁中心的勇，从来都不是逞一时之勇，而是智勇双全。2008 年夏天，梁中心协助山东警方抓捕伤害致死案的犯罪嫌疑人高某。根据此人的性格特点，梁中心采取了攻心为上的抓捕策略。

在一楼设好包围圈后，梁中心只身来到二楼犯罪嫌疑人租住的小屋门外。门未锁，只是虚掩着。梁中心没有猛冲而入，而是敲了敲门，然后推门而入。猛地从床上弹起的高某，浑身肌肉紧绷，与梁中心形成对峙。

“我就是来抓你的，不过我可不是一个人来的。我先不动手，你自己到窗口看看。”一打照面，梁中心就看出高某不好对付，对方比自己小了十多岁，俗话说“拳怕少壮”，贸然动手并不是最佳选择。梁中心打定主意，要在气势上压倒对方。

“论功夫，你肯定不是我的对手。但是我今天给你个机会。我不说你帮朋友是对是错，但伤了人，就是你做错了，你若是条汉子，就要敢作敢当。这事早了早好，早点儿出来，家里老婆孩子还指望着你呢！一天天东躲西藏的，到哪天才是个头？”

见高某朝窗外瞟了一眼，梁中心乘势追击，继续攻心。

“我们来了这么多人，你能逃得掉吗？听我一句劝，早点儿回去，把事情交代清楚，早点儿过正常人的生活。我别的做不了，可以给你作个证明，说你是主动配合抓捕的。你考虑一下。”

几句话下来，高某的肌肉渐渐松弛下来：“这位警察大哥，你说得在理，我认了，我跟你走。”

随后，高某配合梁中心的要求，伸出双手，戴上手铐，跟着梁中心走下了二楼。

办完移交手续，山东警方将高某押解回去前，梁中心又当面叮嘱：“一路上要配合好老家的警察，不能耍横卖愣。回去后请个好律师辩护……”

事后，山东警方反馈说，此后办案过程中高某都非常配合，而法庭也对高某认罪的态度、配合的情节给予了充分考虑。

基础扎实，善于学习

在梁中心经手的案件中，嫌疑人或隐姓埋名，或改头换面，更有甚者削发为僧；有的远遁山林，有的“大隐隐于市”。针对不同的情况，梁中心和战友们有时长时间守候在村头巷尾、田间地头；有时利用智慧公安建设成果，采用多种数据分析模型，从在逃人员留下的蛛丝马迹、点滴线索入手，拨开迷雾，揭露伪装。

在农村地区追逃，梁中心找老乡借来电动自行车、褂子、草帽，俨然就是一个当地人，和老乡聊天。老乡说：“有这么个人，是那边那个啥村里头的，离得远，叫不出来名儿，前两年在我们这儿砖窑打工咧，现在我光知道他在镇上扛苦力，到底住哪里，也说不清。”然后，梁中心在镇上、村子里转悠了两天，发现了抓捕对象的落脚点。

为了抓捕犯罪嫌疑人耿某，梁中心跑了大半个中国。1990 年夏天，耿某在自己水果店里因与一名顾客发生争执，将对方一刀捅死，从此开始了逃亡生涯。他先是到内蒙古呼伦贝尔，安家、置业、落户，改名“武晓”，后又跑到九江出家。等梁中心从内蒙古追到江西时，发现“武晓”跑回了老家浙江，很有可能在浙江台州一座佛家名山上的某座小庙中。梁中心用专门的手机号注册了一个微信，身份是浙江绍兴的佛家信众，并与“武晓”加了好友。在微信中，梁中心称“武晓”为大师，提出希望能够当面求教。“武晓”回复，近期就在某寺挂单，如果有缘，可得一见，但也不必强求。

果然，梁中心在该寺有“缘”得见“武晓大师”。将“武晓”往山下带时，此人提出，能不能用衣服将手铐遮挡一下，以免有损寺庙形象。

梁中心接过话头：行。我答应给你把手铐遮挡起来。但你要跟我说实话。出家人不打诳语。

再问：你到底叫什么？

回答：我就是你们上海警察要找的耿兵。

梁中心深切地体会到，在追逃抓捕中，需要综合应用科技信息和刑侦基础手段，并将其完美结合。他教授青年民警抓捕基本功时，要求青年民警绝不能放松刑侦基本功。他自己也在不断学习各种最新的信息系统、战法和算法模型。今年以来，梁中心依托市局智慧公安，对每名重点在逃人员建立信息档案，更新各类相关信息，夯实追逃基础。同时，定期开展梳理分析，力争获取可行动性线索。在对全国8万余名在逃人员开展批量研判工作中，成功获取17名逃犯在沪登记信息。经牵头属地分局开展落地核查及抓捕工作，目前已抓获在逃人员5名，上报公安部线索平台研判报告4篇（协助外省市抓获在逃人员4名）。

梁中心说："如今科技发展迭代快，犯罪手段变化更快，如果不常去抓捕现场，'手艺'会生疏；如果不会应用最新的公安科技成果，那连抓捕现场都没影。智慧公安新科技新手段和刑侦基础工作、传统手段，要多管齐下。"

▷ 专研枪法的梁中心

立足上海，协作办案

2019年2月，时任云南维西县刑侦大队副大队长的和国华发现，该县2002年一起故意杀人案的主要犯罪嫌疑人余某当年的情人何某此时正在上海。分析判断，余某极有可能与何某在一起。和国华辗转找到梁中心的联系方式，给他打来电话。电话里，和国华请梁中心帮忙确定余某是否在上海。如果余某在上海，他们即来上海抓人，当然还要请梁中心明确余某的落脚地，协助开展抓捕。

梁中心接到电话，二话不说就接下了这个追逃抓捕任务。他通过信息研判结合实地排摸，很快发现，何某的同住人马某非常可疑。梁中心秘拍了马某现在的照片后，发送给和国华。和国华确认马某就是在逃人员余某后，梁中心立即带队赶到马某的工作单位，实施诱捕。等和国华赶到上海，梁中心已经在等着把余某移交给他了。

2020年，当年的副大队长和国华已经升任大队长，他还经常给梁中心打电话："梁支啊，你们这是把我们的案子当成自己的案子办啊。没说的，你一定要来维西，让我好好感谢你。这话说了一年多了，你到底什么时候来啊？”

在上海，和国华曾经想请梁中心吃顿饭，表表心意。梁中心说，吃饭可以，但是外省市兄弟来了，我只请吃，绝不吃请。

湖北浠水县公安局钟俊大队长，是首届“全国公安刑侦十佳刑警”荣誉称号的获得者。2020 年 6 月，钟俊联系上梁中心，将需要抓捕的涉黑对象情况先一步发送过来。钟俊随后也带队赶往上海。

为了办案全国到处飞的钟俊终于来到上海，见到了梁中心：“梁支啊，我们湖北的兄弟告诉我说，到了上海，找梁支就对了。久闻大名，今天终于见到真神了。”

充满刑侦兄弟情谊的握手是真挚的，话语是质朴的。英雄见英雄，惺惺相惜。

简单寒暄后，梁中心向钟俊介绍情况：抓捕对象在上海的藏身点已经摸清，有多个落脚点，而且尚不明确晚上在哪个“窝”。所以，动手的时机还不成熟。

虽说抓捕对象狡兔三窟，但抓捕组以“信息研判 + 守窟待兔”，在钟俊到沪后的第二天晚上，就把窜进刑警口袋的“兔子”稳稳抓住了。

梁中心在积极协助兄弟省市开展缉捕工作的同时，也收获了越来越多全国各地刑侦兄弟单位的鼎力支持。

2020 年 1 月 2 日，上海金山区发生一起故意杀人案。案发后，犯罪嫌疑人逃至河南省南阳市。梁中心迅速与河南南阳警方对接案情，开展研判抓捕工作。南阳警方说，梁支你放心，你的案子就是我们的案子。之后，仅用三个小时就将犯罪嫌疑人抓获。2020 年 6 月 12 日，上海青浦区发生一起命案。案发后，犯罪嫌疑人逃往海南省三亚市。梁中心第一时间与海南三亚警方对接，通过两地信息资源共同研判，三亚警方在两个小时内将犯罪嫌疑人抓获。

梁中心从警 27 年，他说自己“只会追逃抓捕”。外出追逃往往只知何时去，不知何时归，最长的一次出差达 100 天。在梁中心的办公室里，有一幅挂满近 200 面小红旗的中国地图，记录了他从事追逃 27 年——远至西藏、新疆，近在苏浙皖的足迹，上海周边地区更是红旗密布，苏浙皖的各个县市基本都被他光顾过。

2020 年 8 月在河南出差过程中，梁中心突发心脏不适。河南同行立即把他送到省胸科医院。检查发现 24 小时早搏达 5000 多次。幸好，经过进一步检查，专家会诊认为主要是疲劳导致，并没有发现器质性疾病。

梁中心说，你们放心，我不会蛮干的，我会把身体、精神都调养好，随时以最佳状态出击下一次抓捕。■

梁中心，男，汉族，1969 年 10 月生， 1993 年 7 月参加公安工作，现任上海市公安局刑侦总队五支队副支队长。先后荣立二等功 2 次、三等功 7 次，获嘉奖 10 次，曾获“上海市公安局刑侦十佳业务能手”等荣誉称号，2020 年 12 月被评为“全国公安百佳刑警”。

母亲突发肝衰竭需要肝移植，他怀着对母亲满腔的爱，毅然决定捐肝救母，用实际行动诠释了大爱、大孝的现代内涵。

孝刑警捐肝救危母

■ 曹国柱

◀ 术后的李晨辰依然在办案第一线

人世间最温馨、最美好的字，非“爱”莫属。爱是什么？有人说是思念，有人说是体谅，有人说是承诺……我相信，每个人心中都有不同的答案，就像一千个人眼里有一千个哈姆雷特一样。

在李晨辰看来，2020 年 4 月母亲突发肝衰竭让他对亲情、对爱有了不一般的理解和体悟：爱是血浓于水的亲情，是在母亲生死抉择面前毫不犹豫地捐肝相救，是你给我生命、我为你续命的孝举和担当。

命悬一线

2020 年 4 月 3 日，周五，阴

妈妈突发疾病，我心如刀绞。爸爸去世得早，母亲为了我和我的小家庭，含辛茹苦地奉献了一辈子，本该是她含饴弄孙的时候，没想到却遇到了这样的变故。

自从做了警察之后，我一直忙忙碌碌的，家里的事都交给了妈妈和爱人，也疏于对妈妈的照顾。妈妈却很理解和宽容，经常对我说，男子汉志在四方，不要总惦记着家里，要把心思和精力放在工作上。现在想想昏迷中的妈妈，心里无比愧疚，如果在家能多陪陪妈妈，或许这个悲剧就能够避免。

明天就要做匹配检测了，我祈祷我能与母亲匹配上，如果符合条件，我定当义无反顾地捐，这是我做儿子的应该做的。母亲给了我生命，如果可以，我为你续命。

——摘自李晨辰日记

李晨辰是个“80后”，2013年从河海大学水利水电工程学院毕业后从警，在青浦分局夏阳派出所任办案组警长。在新冠疫情期间，各种涉疫案件不断，他经常忙得脚不沾地，对母亲的关心也少了一些，顶多空闲时打一两个电话问候一下，母亲每次都说身体蛮好，不要他挂念，让他安心地工作。李晨辰做梦也没有想到，身体一直不错的母亲会突然肝衰竭。4月1日晚，李晨辰接到母亲的电话，说是胆囊的位置有点疼痛，纠结要不要去医院看看。

李晨辰的态度很坚决，小病不治，大病难医，坚持当天就带她去医院检查。在中山医院青浦分院做了一系列检查后，医生怀疑是胆囊炎就让她住进了医院，先吊盐水消炎。安顿好母亲后，李晨辰又返回了单位。

第二天晚上，李晨辰的舅舅突然打电话给他，说他母亲的情况不太好，应该转院治疗。刚开始，李晨辰还有点纳闷，为什么是舅舅来通知他母亲的病情。后来他才知道，母亲住院期间，李晨辰在单位、家和医院来回奔波，母亲不忍心再打扰他，就打电话给舅舅了。

情况紧急，李晨辰立即打120将母亲送到瑞金医院，后又转入仁济医院。经检查，李晨辰的母亲由于药物性肝损伤导致突发肝衰竭，而且全身黄疸严重，已经陷入昏迷状态，医院当即下了病危通知书。

之所以会这样，还要追溯到前几日。李晨辰的母亲在清明节扫墓时呛了一点风，有点咳嗽、发烧的症状，那时正处于疫情期间，进出小区都要查体温，老人家怕万一体温高了，进不了小区，挺麻烦的，就在家里随便找了一点药吃，想着先把烧退下去，什么美林、白加黑、阿莫西林、马丁啉，一股脑吃了一通，没想到竟酿成了大祸。

医院的专家团队会诊后，给出了治疗方案：只能肝脏移植，而且必须在48小时内找到合适的肝源。

在我国，要进行肝移植，肝源只能来自自愿捐献，或是志愿者身故后自愿捐献，或是直系亲属间的自愿捐献。

等待社会的肝源，以母亲这种病危的状态，断然是等不及的，只能走第二条路：直系亲属捐肝。

李晨辰的姨妈、舅舅和他三个人都进行了匹配检查。从早上6点开始抽血、做B超、全身CT、心电图检查，然后就是漫长的等待。在等结果的时候，李晨辰感觉度时如年，如坐针毡，那时他心里是非常矛盾的，既想快点知道结果，又害怕这个结果是“不匹配”。煎熬地等待了一天，结果终于出来了，只有李晨辰和他舅舅两个人匹配。没等舅舅开口，李晨辰就抢先说，我是儿子，移我的吧！

仁济医院肝脏外科团队的医生护士对李晨辰的挺身而出非常感动，立刻启动急诊亲体肝移植相关预案，协调医院相关科室与资源，在第一时间完善了供体、受体的抽血检验和影像学评估等术前检查与评估。

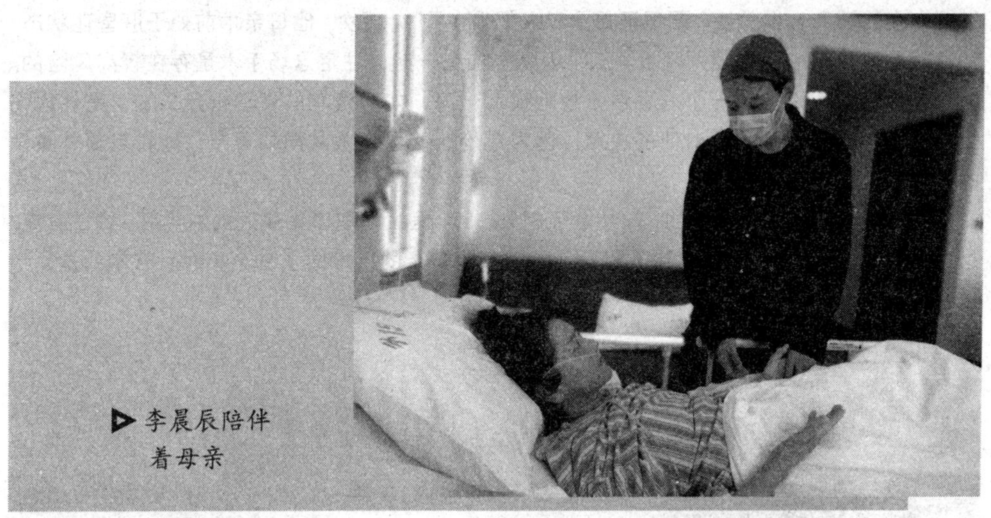

▶李晨辰陪伴着母亲

综合各方面考虑，伦理委员会与专家组最终选定李晨辰作为亲体肝移植的供体。肝脏外科团队争分夺秒，24 小时内完成所有准备工作，最终确定切取供体的右半肝进行移植，并对术中静脉流出道重建进行了充分准备。

捐肝救母

2020 年 4 月 4 日，周六，多云转阴

明天我就要动手术了，说一点也不紧张那是假的，这毕竟是我人生第一次动这么大的手术，心里还是有点忐忑不安的，但想想这一切都是为了妈妈，我感觉术前紧张就缓解了不少。全麻以后就啥也不知道了，这时只能选择相信医生、相信医院，因为他们在这方面的技术是一流的，最棒的。

老婆虽然没有在我面前说什么，但我知道她内心很担忧，站在她的角度考虑，我能理解她的想法。

当家知道柴米贵，养儿才知报娘恩。妈妈蒙难，该是儿子报恩的时候。如果摘除一个胆囊，移植大半个肝脏能救回妈妈，那么一切都是值得的。希望明天的手术一切顺利，妈妈能转危为安！

——摘自李晨辰日记

4 月 5 日是李晨辰做手术的日子，在前往仁济医院做手术的路上，李晨辰的妻子紧攥

着他的手，默默无语，一路都在流泪。

“执手相看泪眼，竟无语凝噎。”从她的眼神里，李晨辰早就读出了答案，她是在担心他。医生在术前早就告知了，任何手术都是有风险的，首先，右半肝切取本身技术难度就大，手术需在不能损伤供体已有血管的前提下，将供体血管完好无损地切取下来。其次，供肝大小的计算也很关键，要保证母子二人都“够用”。再次，他母亲术前处于肝昏迷状态，全身状况差，手术存在较大风险。三个因素叠加在一起，注定这场手术是存在较高风险的。同时，她又很心疼他，一个人平白无故地挨上一刀，如同汽车的发动机开了缸，是件大伤元气的事，但是也不会反对他的决定，因为这是他们两个人共同的母亲，她肯定要尊重他的选择。

手术是从早上6点开始的，一共做了6个小时，医生切取了李晨辰的右半肝，约800克，是原有肝脏的58%，同时切除了胆囊。随后，他母亲的手术做了9个小时。万幸的是，手术很顺利。

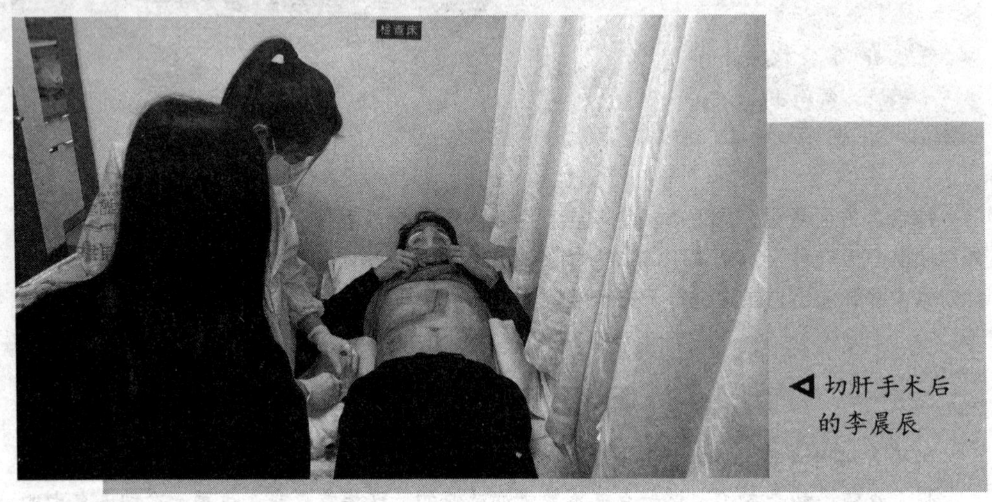

切肝手术后的李晨辰

李晨辰的父亲三年前因病早逝，他的爱人是一名老师，虽然还没开学，但需要在家上网课，还要照顾六岁的女儿，抽不开身到医院照顾他。让李晨辰感动的是，尽管单位的同事们工作都很忙，但在他住院期间，他们还是自发轮流到医院来照顾他，甚至为此制作了一张“排班表”。大家自发轮流“排班”，错开勤务安排，承担起照顾他的任务。

术后，母亲肝功能恢复良好且没有排异现象，李晨辰在医院住了五天就出院了。4月13日上午，李晨辰利用到医院清理伤疤、换药之际，向医院申请见一下母亲。这是母子俩术后第一次见面，这次见面还是医院特批的。

母亲已经从ICU病房转到普通无菌病房，按照规定病人家属是不能进入探视的。医护人员都知道李晨辰捐肝救母的孝举，在李晨辰的一再恳求下，医院决定破例，但只允许他进去一次。因母亲气管切开、声带还没有恢复，所以没法说话，但母亲的意识清醒了，也认出了儿子，看到儿子来探望自己，精神马上为之一振。看到母亲情况好转，钻进李晨辰的脑子里的第一念头是，能换来母亲的身体健康，自己所有的付出都是值得的。他快步走到母亲的床头，抓住母亲的手，鼻头一酸，眼泪顿时涌了出来，他强忍着不让眼泪滴下来。为了打消母亲的顾虑，李晨辰对母亲说，妈，家里面都好，不用担心，你安心休养，最近工作比较忙，前两天没来看你，我最近抽空都会过来的。母亲努力地挤了一个微笑，郑重地点了点头。李晨辰背过身去，轻轻地擦拭了一下眼睛，他不想让母亲看见他流泪的样子。

所有人都对他的母亲撒了一个“善意”的谎言，她只知自己刚刚动了一个“大手术”，是“从鬼门关拉回来的”，但手术具体情况一概不知。李晨辰和家里亲戚都商量好了，在母亲彻底康复之前，大家都绝口不提肝移植这件事。

李晨辰捐肝救母的故事传开以后，同事们都为之感动，特地为他录制了加油鼓劲的小视频，喊出了“你忠孝救母，我们肝胆相照”的最强音。

办案能手

2020年1月28日，周二，晴

大概是因为疫情的关系，来派出所办理业务的群众寥寥无几，110接处警平台上的报警数几乎为零，本以为一天的值班就这么无聊度过的时候，所领导突然交办了一起涉疫案件。一个老板，看到了国难当头的卑劣商机，从私人处进口各种“三无”口罩近6万只，而且仅3天时间就卖出了4万多只。这些劣质口罩据称不仅没有一般口罩的基本防护作用，有一些甚至都已发霉，只会对人体造成损害。老板很快被刑事拘留了，但我却久久不能释怀，试想一下，如果老百姓在日常生活中因为戴这种没有防护作用的劣质口罩而感染了病毒，这将是多么悲哀的一件事，而利用国难生产、销售劣质口罩赚钱的无良商家，是多么可恼、可恨、可耻。

——摘自李晨辰日记

李晨辰是个大孝子，还是单位同事公认的办案能手。他从治安民警做起，三年后任治安警长，六年后任办案组警长，其工作能力可见一斑。领导和同事都评价他像一只不停旋转的陀螺，除了四天一次的值班之外，每个礼拜至少加班办案 二三 天，组里同事都非常拼，作为治安警长的李晨辰更是以身作则。同事们给李晨辰起了一个雅号“顶班侠”，身边同事临时有急事的时候，都喜欢找李晨辰“顶班”，在大家的心目中，他既人缘好又乐于助人。

疫情期间，各种涉疫案件高发，作为办案组警长的李晨辰更是忙得马不停蹄。1月28日，李晨辰接到群众110报警，说从“好药师药房”买的口罩居然是发霉的，正规的口罩怎么可能发霉呢？莫非遇上了“李鬼”？

李晨辰马上联系区市场监督局工作人员联合开展执法，对“好药师药房”涉事口罩进行检查。经鉴定，该药房出售的口罩属于典型的“三无”产品，无合格证明、无生产日期、无保质期。

涉疫无小事。李晨辰立即将药房老板杜某传唤到派出所，在证据和事实面前，杜某只好如实交代。1 月 25 日，有人通过微信联系某药业公司业务员曾某和张某要求推销口罩，两人也没查看对方的生产资质，就将生意介绍给药店老板杜某。考虑到口罩是紧俏商品，只要有货就不愁卖。在巨大的利润的诱惑下，杜某也没有严格查看对方的生产资质证明文件，就进了 9000 只 N95 口罩，每只进价 13.5 元；一次性医用口罩 5 万只，每只进价 0.85 元，分别以每只 20 元、1.1 元对外销售。案发前，口罩已经销售了 4.8 万只，涉案金额达 20 万余元。

在分局经侦支队的指导下，李晨辰和办案组同事加班加点，攻坚克难，制作笔录、收集证据，形成完整的证据链，将犯罪嫌疑人杜某以销售伪劣商品罪刑事拘留，此案也成为青浦分局破获的首起假口罩案，颇具里程碑意义，李晨辰成就感满满。

这个案子前脚刚搞定，后脚又来了一个。2 月下旬，三十出头、有多次诈骗前科的朱某嗅到了疫情中的“商机”，他在微信朋友圈发布广告，说他有渠道弄到了一大批额温枪，质优价廉，有需要的跟他联系，手快有、手慢无。其实，他手头啥东西也没有，想浑水摸鱼、空手套白狼。

朱某有紧俏货的消息在朋友圈里不胫而走，有不少朋友主动联系朱某，想从他手里拿货。朱某自然喜不自禁，但他知道骗局要演下去，不能“急吼拉吼”地要对方付全款，让人家先付定金，等拿到货再付余款，说话的语气和腔调、行事风格确实有点像做生意那么一回事。

不知深浅的朋友纷纷把定金通过微信或支付宝转给了他，他们以为接下来朱某就会发货，没几天，他们就会收到额温枪。但左等右等，一天天过去了，一周周过去了，他们却迟迟没有收到货。他们就催问朱某到底是怎么一回事，朱某见局面难以收拾，就编造了一个谎言，说他两卡车的货其实已经发出了，但不幸的是在花桥收费站被青浦警方扣押了，并发给人家一张上海高级人民法院的扣押通知书的照片，以示无辜。

有一个朋友马上把照片发在朋友圈里请大家鉴别真伪，有懂行的人从公文格式、表述方式等方面判定这是伪造的法律公文，建议他马上报案。2 月 20 日晚，李晨辰接手这个案子后，通宵达旦地开展侦查，大数据时代攻克这样的案子难度并不大，线索很快指向了朱某。

2 月 21 日上午，当李晨辰赶到朱某的暂住地时，他发现朱某已离开住处到环球港与人“谈生意”去了。李晨辰随即赶到了环球港，环球港里大大小小几百家店铺，不知朱某藏身何处。怎么办？只能用笨办法，兵分多路，逐层寻找。笨办法也是最有效的办法。晚上 7 时 30 分许，李晨辰在一家咖啡店内将正在与他人签订购买防疫用品协议的朱某抓获，当场查获多份空白协议和伪造的上海市高级人民法院印章。朱某看到从天而降的警察，呆若木鸡，他没有料到，这么快就翻船了。

据医生介绍，李晨辰正值壮年，肝脏再生能力强，预计四个月就可以长到原来大小，一年后可恢复原有功能。现在每个月他都要到医院随访，检查肝脏的恢复情况。

李晨辰，衷心祝愿你养好身体，恢复元气，警队期待你早日归队，与兄弟们再并肩鏖战。■

真水无香

■李 动

◁ 刚入警时的李坚

一口气读完李坚的长篇报告文学《讷河往事》，感觉出乎意料地好，编了30年的刊物，主编了20年的《人民警察》，感觉这是我读到的最好的警察作品之一。阅读了无数大案、要案和神探传奇，曾经沧海难为水，一般的稿子很难吸引我已麻木迟钝的味觉，没想到李坚能写出如此有分量的作品。士别三日，当刮目相看。与李坚十五秋兮未见，感觉其脱胎换骨，已是一位成熟的公安作家。

《讷河往事》主要讲述了一位年轻侦查员侦办一起残杀42人的凶案，被胁迫犯罪又主动交代案件的女子最终被枪决，他因此而内疚自责，陷入了幽暗的深渊难以自拔。他每星期理一次光头以求自赎，但还是难以摆脱心狱，最后选择了辞职。作品细腻地描述了主人公黄国华的心路历程，故事惊心动魄，人物凄怆悲苦。这是一个千载难逢的好材料，换作一般的公安宣传干部去写，可能只是一个简单的消息，最多是一个曲折的故事，往往会把呢料子做成一条短裤，可惜了好材料。然而李坚没有浪费这个好材料，而是精心剪裁，做成了一件合身漂亮、气质高雅的呢子大衣。

斯时，李坚是杭州大学中文系刚毕业的大学生，在《杭州公安报》当记者，当时不允许报道此案，也不能打听。李坚为写这个案件，耿耿于怀了29年。她没有轻易动笔，而是进行多年的跟踪采访，对办案警察黄国华采访达数年之久，甚至陪他一起来到几千里之遥的案发地，边陲小镇黑龙江讷河县。通过深入扎实的采访，掌握了大量第一手材料后，经过长久的思考酝酿，才动笔写作。为了全身心地投入写作，她不顾两个读书的孩子，离家躲到静僻处，昼夜疾书，一气呵成，初稿写成后又反复修改。功夫不负有心人，一部警察力作终于横空出世。

李坚之所以能写出《讷河往事》，并不是空穴来风，亦非灵感凸显，更不是瞎猫碰到死老鼠，而是“读万卷书，行万里路”的收获，是水到渠成、顺理成章的结果。李坚的父亲是位医生，爱好文学，从小就给她讲中外名著故事。小学三年级，父亲就给她买了许多中外名著，并希望女儿考大学中文专业，将来能成为一名作家。在父亲的熏陶下，李坚潜移默化地积累了许多文学素养。但有写作技巧的作家，不一定能写出《讷河往事》，因为不是公安作家，没有生活，对警察缺乏像李坚一样的感情，写作时难以倾情投入。胡适先生说，写作的第一要素是情感。我编稿时深有体会，地方作家写警察，不如公安作家写得动情感人，其原因是警察在写熟悉的人，甚至是写自己。写作不仅靠读书的积累，更重要的是靠生活的积淀。读万卷书固然重要，行万里路更重要。那天与李坚聚餐，谈起写作这篇报告文学的体会时，她说：“当了二十年警察，又是警嫂，对警察的酸甜苦辣感同身受。丈夫不回家是家常便饭，有次深夜接到支队长的电话，让她马上去医院，她立刻明白是他受伤了，也可能挂了。赶往医院途中，惊慌不安，六神无主。来到医院见丈夫昏迷不醒，吓得不知所措。这种心理体验别人是无法体会的。”所以她写警察时，其实就是写自己的经历和感受，写自己的情感和心理。这就是同频共振，同情共鸣。

《讷河往事》在网上发表后，好评如潮，点击率高达6.7亿之多，这是一个天文数字。好作品不但引起了读者的强烈反响，亦受到了编辑和导演的青睐。几位一线的著名导演和编辑主动联系作者，想与她合作拍影视作品。

什么才是好作品？莫言获得诺贝尔奖后，谈了自己写作的体会：一是仅仅围绕故事写，写得具体生动，写得跌宕起伏；二是通过故事刻画人物，写出音容笑貌，写出鲜活个性。诚哉斯言。

我编辑了30年纪实文学，总结出好的纪实作品有三种境界：第一种境界是注重讲好故事，只有故事好看了，才能吸引人。这是一部好作品的前提。我在判断纪实文学作品时，首先看作品是否好看，倘若写空洞口号，或玩辞藻技巧，断然否定。大多数公安作者的通病是故事写得具体生动，一波三折，颇吸引人，却“见案不见人”，千人一面，百人一口，语言空洞，人物苍白。第二种境界是讲好故事的同时，注重刻画人物。人物鲜活生动了，才能打动人。富有个性的人物是通过人物的音容笑貌和个性化语言，以及心理描写等文学手段来完成的。这就是《水浒传》比《三国演义》更高一筹的原因所在。第三种境界是在故事生动、人物鲜活的基础上，对人性的挖掘和犯罪根源的思考，有独到见解，敢于直言。有思想的作品，才能启迪人。

李坚的《讷河往事》可谓达到了第三种境界，堪称经典之作。所谓经典就是经得起时间的检验，经过岁月的大浪淘沙后，还能闪闪发光，那就是金子。我深信《讷河往事》是块金子，随着时间的沉淀，是能留下来的好作品。

初识李坚于新世纪第一春，《人民警察》开笔会邀请杭州公安局政治处作者李坚参加。

原以为她是个须眉汉子，安排她与另一位男作者同住。未料前来上海报到的李坚是个如花似玉的女子，是个真正的美女，不像当下随便乱叫的美女。李坚虽是江南女子，但其性格颇似假小子，开朗、活跃、实在、直爽、大气。在云南开笔会时，她身着少数民族服装，载歌载舞，手之舞之，足之蹈之，也不怯生。之后，李坚每年参加笔会，给我的印象都是身着牛仔服，脚穿耐克鞋，背个大相机，颇像老记者。

我特别喜欢杭州，每次去杭州都要托李坚帮忙联系住处，她不但帮忙安排，还热情款待。有一次，我陪出版局的朋友老沈去杭州，请李坚联系住内部宾馆刘庄，她不但安排了住处，还请朋友开车接送，并设宴请客，给足了面子。还有一次，我们去杭州开笔会，李坚不但安排我们住进了刘庄，晚上还安排唱卡拉 OK，对待朋友热情周到，温馨暖心。

◁ 每年的笔会总令人难忘。左起：陈月明、范晋川、李动、原野、李坚、张国庆

李坚的先生邵兄原是杭州市公安局大案队队长，近水楼台先得月，她写了不少惊心动魄的大案，自然比一般的宣传干部写得更具体生动、跌宕起伏。

2005 年春天，杭州举办中国作家节，王蒙、叶辛、叶广芩等大咖出席，我有幸忝列末尾。离开杭州那晚，李坚与邵队一起请我喝茶，闻听邵队准备辞职去阿里巴巴谋差，我颇感惊讶，便劝他说："你是杭州市公安局刑侦重案队大队长，又是全国特级优秀人民警察，这么年轻，上升的空间很大，还是不走为妥。"然而邵队去意已决，李坚也支持他。我便对李坚说："邵队办了那么多大案、要案，你抽空写出来，《人民警察》连载。"李坚点头说："好的，我试试看吧。"

回沪后，未见李坚来稿，也再未参加笔会，从此失去了联系。后来听说邵队干得风生水起，已是阿里巴巴的核心高管。李坚为了照顾两个孩子，无奈地辞去了宣传科科长职务，忍痛离开了警营。

一晃十多年过去了，我已卸甲归田，颇感寂寞，搞了一辈子警察文学，心里有着深深的警察文学情结。正巧李坚来上海约了几位文友小聚，我们又重续文学前缘。

2019 年秋，为了警察文学，我与北京的公安作家胡玥等人一起来到杭州找李坚，想取得她的支持，李坚爽快应允。来到杭州，才知她也有着难以割舍的警察情结。她虽离开警营多年，但不甘在家赋闲，自费创办了一个叫“真水无香”的公益基金会。我们随李坚来到真水无香公益基金会办公室，见门前有块醒目的牌子，上书：

……

初心很简单，记住那些为这个城市的平安做出贡献，甚至牺牲了生命的警察们，记住那些被时代遗忘的艰难往事。记住他们，感恩他们，帮助他们。

我们想要一一寻访这些曾经的人物和故事，就如同回到这些故事发生的现场，也许是无比残酷的现实，也许是无限深情的回忆。

当悲剧发生，生活曾一度戛然而止。故事中的这些主人公，或英年早逝，或重伤重残，因为职业的关系，他们几乎每天都在面对黑暗，但他们的工作，就是要努力把黑暗撕破，让温暖和光明照亮每个受伤的心灵。

……

走进办公室，见四周全是书橱，就像个小型图书室，还有放映室，像电视台的主播室。

李坚介绍说：“公益基金会的出发点就是让生活更美好温馨一些，让社会更和谐温暖一些，其宗旨就是为警察服务。基金会为退休患病的警察办理保险基金，为失去独子的警察父母办失独险，为退役的警犬办警犬险，还为退休的老警出书，尤其是宣传警察那些不为人知的付出和苦难。”

他们采访、拍照、录像、写作、编辑、上网等，整天忙得像陀螺似的，不亦乐乎。

我纳闷地问：“基金会不赚钱，还要大量贴钱，不是做‘赔本的生意’吗？”

李坚笑曰：“之所以办公益基金会，源于父亲植入心田的悲悯情怀。小时候，父亲骑车带我出门，途中见有人将一只鸭子倒挂在自行车把手上，父亲痛惜地感叹：‘这鸭子快死了，还倒挂在寒风中。’更让我印象深刻的是父亲医院里的许多同事见呼啸而去的警车押着死刑犯到刑场执行枪决，都好奇地看热闹，但父亲却惋惜地说：‘这些孩子的父母怎么办？都是一把尿一把屎拉扯大的，太可怜了。’”

父亲的慈悲心理更是体现在他的职业中，对病人尽心尽力地救治。点点滴滴渗透到李坚的心灵深处，故此，才有了办公益基金会的念想。同时也源于其丈夫邵总的支持，他鼓励李坚：“我们得到的已经够多了，我们办基金会不要赚钱，就是要反哺警察，回报社会。”

李坚写的《漫长的告别》《从“换肝刑警”到世界冠军》《爸爸，这一次没法再带你回家》等作品，点击率高达数千万，并获得中央网信办全国5个100正能量文学作品奖。他们通过自媒体平台，为文学作品插上了翅膀，迅即飞入寻常百姓家，搞得红红火火，影响甚广，受到了中央电视台、《人民日报》等权威传媒的褒奖。

编辑李坚的稿件时，感到她的写作水平突飞猛进，已从写故事层面提升到刻画人物层面。没想到《讷河往事》更是有了质的飞跃，从简单的宣传好人好事，蜕变为思考人的命运，探寻造成悲剧的原因，并提出解决之道。为李坚取得的业绩和迈上新的高度而欣喜，祝愿李坚取得更大的成绩，也期望真水无香公益基金会搞得更红火，挖掘更多的好人警察，纾解更多的警察困难。

李坚不仅外在美，内心更美。真水无香公益基金会就如其名，是水，上善若水。■

大案追踪

讷河往事

■ 李 坚

这是一个关于警察和嫌犯的故事，这是一个关于执着和救赎的故事，这是一个关于寻找和安顿的故事，同时，这也是一个人性碰撞与纠葛的故事。

人这一生，意念之中所坚持的，一定不是无缘无故的。

我和这个案子之间，好像也有着一种联系。自从 29 年前第一次听说这个案子，这个执念，就一刻没有再放下。

那些心酸沉郁，那些五味杂陈，似乎随着时间的流逝越来越沉默。然而这个案子，以及与案子相关的一切，在脑海中某个地方，依然隐约在回响。

透过岁月的尘埃，依稀能看到那些因偶然被改变的残酷人生，也一样能看到身为警察的担当和磊落，更能看到，有一种能打败一切岁月的善良。

尽管相隔 29 年的漫长，这个故事，依然值得被倾听。

一条杀死 42 人的特大警讯

20 世纪 90 年代，这个案子以一条 50 多字的简讯形式，第一次进入我的青春记忆。

当时，我是一名工作刚一年的新警，从杭州大学中文系毕业后，被分配到杭州市公安局办公室调研科工作。每天最重要的工作之一，就是收集杭州各地最新发生的重大警情，并第一时间编辑成公安简报，汇报给各级政府部门参考。

1991 年年底，我从公安简报上看到一条简讯，大致意思是：杭州市上城区公安分局破获一个重特大杀人抢劫团伙，该团伙在齐齐哈尔市讷河当地杀害 42 人。

这条消息带来的震惊无法言喻。

为什么在讷河犯下滔天罪行的杀人团伙，是在杭州被抓获的？

他们又怎么可能杀害那么多人？

心中存留着太多的疑问，但想问又不敢冒冒失失地去问。作为一名新警，和直接在一线办案的警察也还不熟悉。

此后的 20 多年里，官方文件里再没点滴信息，这个案子像是人间蒸发了一样。

而在公安系统里，这个案子一直没有被忘却，因为越是无人提及，越是渐渐变成了一个“传说”。但遗憾的是，一直没有听见直接参与办案的人员讲述此案。

这个“传说”中，相对完整的案情大致是这样的——

讷河县城，这个相对萧瑟的东北小城，曾是中国末代皇后婉容的祖居地，但让外地人慕名而来的，是大豆和马铃薯。

1991 年，这是一个下了火车转大客车，大客车到不了，要转小巴士或是靠步行才能到达的偏僻村落。

那时，没有支付宝，没有手机，没有快递，进货时，一定得跑到原产地。

商人们带着大量现金，到了这个前不着村，后不着店的小山村，敲开这家看似较大的农户大门，想借住一晚。

而这家农户，就像《水浒传》里孙二娘开的人肉包子店，进一个杀一个。

大雪封山的茫茫天地间，这些消失的商人几乎不会留下任何痕迹。

在这个藏着不知多少尸体的魔窟里，有一个姑娘，侥幸活了下来。她从那横七竖八的死尸之中向外爬，可等她爬出了地窖，让她彻底绝望的是，再也爬不出罪恶的魔爪，甚至求死不得。

白天，她会被监视着，去来来往往的火车站，引诱独来独往的男性商人。晚上，怀着绝望，任人蹂躏。

到了第二年夏天，来进货的商人少了，“生意”清淡了，农户一家就想南下流窜作案。

一路上，他们依然用姑娘作诱饵，引诱很多居心不良的人上当，让他们失了钱财。

没想到，在杭州，被警察查获。

审讯期间，一个叫黄国华的杭州警察，因为一个小小的举动感动了姑娘，让姑娘不再犹豫，主动将案子和盘托出，惊动了公安部。

在讷河当地，在那个农户的地窖里，挖出了 41 个头盖骨，那些拼凑不完整的尸体，更是让警方难以估算究竟杀了多少人……

故事一直是这样流传着。没想到，有一天我会和这个警察相遇，也没想到我会更深入地走到这个故事里去。

时间到了 2018 年，真水无香公益基金会成立了。一群有警察情结的人，想要寻访那些曾经为治安做过贡献的警察……

这个叫黄国华的杭州警察，作为浙江省第一个荣立个人一等功的对象，走入了我们的视线。

28 年前，为什么这个犯下重案的姑娘，会对素昧平生的警察坦诚？在那起案件的侦办过程中，到底发生了什么？

而这个警察，为什么在荣立个人一等功后，在工作上再无建树，并且早早办了退休手续，离开了警察岗位？

这一切，只能找到黄国华，才有可能知道真正的答案。

女犯的一句话，让他理了 28 年光头

找到黄国华并不容易。2019 年 6 月，我们终于联系到了他。

早年，也曾见过黄国华，那时候他很帅，大高个儿，眉眼俊朗，头发浓密。

可这一次再见到他时，远远看见一个身影，风尘仆仆，已然是一个上了年纪的人。

他走进我们真水无香办公室，摘下自己的帽子，赫然是一个光头。

黄国华指指自己的光头，上面已经冒出了点点白发根。他禁不住长叹一声："28 年了，为了这个案子，每个星期五我都要剃个头，好像只有这么做，内心的不安才可以减轻一点。"

在那个夏日的午后，那个久远的特大案件，终于从一个当年的亲历者口中徐徐道出……

黄国华依然记得，徐骊扑通跪倒在他眼前的轰然。

1991 年 11 月，杭州城火车站，江南的冬天还没来临，可空气中已有刺骨的寒冷。

站台上，开往南京的一列火车上，挂着一节特殊车厢，前后都有武警重兵把守。

此行是要把讷河案的 3 名重犯押解回当地，他们在讷河杀害了 40 多人。

就在列车快要启动时，女嫌犯忽然跪倒在杭州押送她上车的警察面前。

在寒风中，女嫌犯的身躯瑟瑟发抖，她几乎哭着央求："黄警察，我不想回到那个地方，就算死我也要死在杭州，那里是我噩梦开始的地方。"

28 年前火车站告别的这一幕，成了黄国华心中永远经得起岁月侵蚀的画面，那姑娘这最后的形象，就此坠入无边的黑暗时空中。

"我的大半辈子都在想这个案子。我无法放下，常常扪心自问，对于那位可怜的姑娘，那位因为命运错位走上不归路的姑娘，我真的尽力了吗？如果我再努力一点点，是否可以让她争取到死缓不被枪毙？

"我也一直想知道，临刑前，她有没有见到自己的儿子。审讯时，这是她提出的两个死前心愿之一。那时候，我自己的儿子和她的儿子一般大，我能体会一个母亲对自己孩子的最执着念想。

"这个案子之后，很多人说我爱上了这个女人。对这种无端的猜测，我也不计较。我这个人向来独来独往，认准了要做的事，我从来都不后悔。"

黄国华整整讲述了一个下午。我知道，他是把曾在公安机关工作了二十多年的我，当作他的战友。

他说，这么多年来，第一次有人特意找到他，问到这个案件。

如果不是他的亲述，很难想象，这个比电影中还要凶残的案件，曾真实地发生过。

随着黄国华的回忆，令人想象不到的那些挣扎和绝望，心痛与惨烈，像被投入湖中的石子，掀起一圈圈涟漪。

我肯定是死，你肯定是立大功

黄国华回忆："我第一次见到她，是在 1991 年 10 月 22 日。那天早上，所长叫我和刑侦大队的人一起去苏州火车站派出所，带几个麻醉抢劫的犯罪嫌疑人回来。

"这本来是刑侦队干的活儿，但那天上城小营辖区发生一起疑似凶案，刑侦大队的人手全扑那里去了。所以，所里派我和几个兄弟配合刑侦队一起去带人。"

很多时候，我真的会感叹，谁也无法看清命运的底牌。

那个早晨的出发，毫无疑问，成了黄国华警察生涯的一次转折。20 世纪 90 年代初，杭州市公安局有一项刑侦改革，其中一项是，过去归市局管的凶杀案件，统统下放到分局。

那天，上城刑侦大队的警察们正赶时间去办凶杀案，因此，这起麻醉抢劫案的后续工作，才交派给涌金派出所。

当时，谁都没想到这起麻抢案背后还有特大案件。谁都不曾料到，这起案件足以在全国刑侦领域中留下浓重的一笔。

当时，苏州火车站的案子是比较清晰的。

苏州铁路派出所民警在车站巡逻时，发现两男一女形迹可疑。值班民警怕引起混乱，没有当场揭穿，而是回到值班室带着辅警，把他们围起来带走。

搜查中，发现有 3000 多元现金、2 张外地身份证，还有口服麻醉剂等嫌疑物品。

3 人支支吾吾，说辞不一，根据疑点判断，有可能是实施麻醉抢劫的。

经和身份证所在地公安机关联系，5 张身份证中，只有一个姓谢的杭州萧山人还联系得上。几天前，刚在杭州湖滨被一伙人"放白鸽"抢走随身钱财。

根据公安机关立案管辖地的规定，在湖滨地区发生的这起案件，顺理成章需移交杭州公安。

去苏州郊外收审所带出疑犯，已是次日凌晨。3 名嫌犯都是齐齐哈尔人，其中 2 名男犯分别叫贾汶戈、李川，女犯叫徐骊。

黄国华继续回忆："第一眼看到那个叫徐骊的犯罪嫌疑人，觉得长相一般，就是个子特别高，1.7 米左右。当时这样的个子，在江南女子中是不多见的。还有，她给我的感觉和以往的女性嫌疑人有所不同。

"回杭州的路上，她坐在最后一排，我坐在前一排。偶尔我回头看她时，发现她同时也在看着我，好像有什么话要说的样子。

"不知怎么回事，那时，我就有一种预感，我和这个女人之间，会有一些关联，只是想不到，这关联会是大半辈子。"

深秋寒意很浓。身上依然穿着单衣的徐骊，有些瑟瑟发抖。北方人习惯了冬天有暖气，哪知道南方的冬天更是难熬。

黄国华让收审站的人给徐骊找了一床被子。

当天晚上，时任上城区公安分局副局长的周伟新到涌金所检查工作，副所长赵正华汇报了这一案件，并将嫌犯携带的一只旅行袋拿到所长办公室。

打开旅行袋发现，有2张他人的身份证，其中一张是吉林某市面粉厂郑某，另一张是黑龙江某煤矿张某。

经当地公安机关核实反馈，这两人的家属已经在当地报失踪多时。

根据经验，两名失踪人员与嫌犯无亲无故，已经失踪多时，很可能凶多吉少。

当晚决定，由赵副所长负责，抽调派出所精干力量，组成专案班子，加大审查工作。黄国华被指定主负责审讯女嫌疑人徐骊。

黄国华清晰地记得第一次提审徐骊的场景。那一次提审，就发生了传说中让女犯感动从而坦白案件的关键细节。

"10月23日，我去收审站提审徐骊。

"提审前，她忽然提了个要求，问能不能帮她买包卫生巾，因为她来例假了。

"这要求虽然提得有点突兀，而且让我尴尬，但我还是立即让同事去买了。

"卫生巾买来后，我们开始做笔录。

"从那一刻开始，我就明显地觉得她的情绪起伏异常，眼神闪烁不定。

"很快，湖滨地区麻醉抢劫案就交代完毕。

"当我例行地问最后一个问题'除了这个案子，还有什么要交代？'时，出人意料的情况出现了。

"她说：'我还有一个大案子，比这个案子大得多得多。如果我把这个案子讲出来，我肯定是死，你肯定是立大功。我们在东北还杀了20多人，但我希望你们局长能来见我。'

"在当时，杀两人的案件都是惊天大案了，一个犯罪团伙竟然杀了20多人，却还没被发现，这简直太不可思议了。虽然心里极为震惊，但我看她的样子又不像是精神不正常。"

黄国华马上向当时的赵副所长汇报，赵副所长也是将信将疑。第二天，赵副所长就以"赵局长"的身份，去见了徐骊。

那个上午，一起骇人听闻的案件就从眼前这个女人口中缓缓流出。

讷河惊天大案浮出水面

"徐骊首先讲，这一年来，她过的日子，人不像人，鬼不像鬼，并提出两条要求，一是想见一见3岁的儿子；二是请求枪毙时，不要五花大绑。"

徐骊交代，她原来是齐齐哈尔市一名幼儿园教师，1990年11月，她与丈夫吵架后出走，在火车站被贾汶戈搭识。贾以介绍工作为名，将她骗到讷河家中。当晚贾汶戈将徐骊强奸，然后用铁丝捆住其双手将她掐昏并丢进地窖。

在满是尸体的地窖中，苏醒的徐骊支撑着爬出地窖。贾汶戈见没有杀死她，转念提出与徐骊合伙去抢劫，若不合作就杀她全家。他还逼着徐骊对着地窖中原有的尸体捅刀，同时拍下照片进行胁迫。

徐骊为保家人安全，在贾汶戈的威胁下，无奈成了抢劫杀人团伙中的一员。

此后，贾汶戈伙同李川、孙庆园、李小芳（贾汶戈妻子）及徐骊本人，在齐齐哈尔火车站、讷河火车站等地，以谈生意或介绍工作为名，将单身男女骗到家中，男的先抢劫，然用尼龙绳勒死；女的先强奸后杀害，然后将尸体深埋在家中地窖内。

徐骊交代，同伙孙庆园和李小芳还留在当地。

与此同时，涌金派出所民警梁宝年等负责审查案犯李川，也获重大进展，李川的供述和徐骊基本一致。

李川还证实，他们携带的旅行袋内2张身份证人员郑某和张某，已在1991年4月和8月，被他们这伙人杀害，被害人尸体现在地窖内。

同时，通过失踪人员家属辨认，案犯携带的物品中，有一件衣服是张某失踪前穿的。

经杭州警方再三分析，徐骊和李川交代的所有情节都相似，而且他们被关在不同的地方，不存在事先串供的可能性。

10月23日晚，就是徐骊交代案情的当天晚上，上城区公安分局局长洪巨平在涌金派出所召开紧急会议。会上决定：

第一，马上将贾汶戈转移到市局看守所，要保证绝对安全，不能让其自杀。

第二，对李川、徐骊的审问，继续由原审查人员加大审查力度，摸清团伙作案情况。

第三，马上和事发地讷河公安联系，核查此案。

地窖内挖掘出41具骸骨

警察钟庆，当年是上城刑侦大队内勤，几乎参与了这个案件的每一次案情分析讨论会，发往讷河的电报也是他去拍的。

“实事求是地讲，徐骊最早交代时，我们还是不太相信的，派出所也是不相信的，都说她是受刺激了，精神分裂了。怎么可能杀这么多人？在那个时候是不敢想象的。

”23日晚上，分局会议一结束，我晚饭都没有吃，就骑着自行车赶到武林广场电信大楼，以加急形式，给讷河县公安局发出了此案的第一份电报。”

电报内容大致是：我局抓获你县贾汶戈等人，据交代，在当地租某某房，杀害多人就地掩埋，其妻李小芳、同伙孙庆园共同参与作案。目前，此二人尚在当地负责看管埋尸房屋，请予以协查抓捕并请及时联系我局。

电报是一个字一毛四分钱，而且收件人姓名、地址都算钱。当时分局政委签发电报时，还心疼电报字数太多。毕竟那时候电报真的很贵。

钟庆说：“电报发出第二天，也是傍晚，周伟新副局长急急地把我喊去，说是讷河的回电来了，只有四个字，‘查无此案’。”

这让我们大失所望。

周伟新让钟庆再跑一趟，直接给齐齐哈尔市公安局发电报。这份电报发出之后，齐齐哈尔市局的长途电话就打到了上城分局，告知：“现场已经挖掘出19具尸体，正在勘查，贾妻自杀，孙犯落网，我们马上派工作组到杭州，具体对接。”

一前一后，两个截然不同的反馈结果，让杭州警方有点云山雾海。但当案件被证实的瞬间，震撼、惊悚、不可思议等复杂情绪，在分局大院弥漫开来。

案件惊动了公安部，在部领导的指示下，黑龙江省公安厅迅速组成一支由副厅长带队的专案工作组，赶赴齐齐哈尔市讷河县。

当黑龙江省厅工作组赶到现场时，发现贾汶戈妻子李小芳已畏罪自杀。现场留有遗书，控诉贾汶戈。

工作组一边马上派人抓捕另一犯罪嫌疑人孙庆园，一边调集当地法医、技术人员在案发现场取证。同时给杭州警方挂长途电话。

那个年代，挂长途电话要先和总机联系，之后，挂断电话，等总机转接到对方后，对方在话筒旁等待总机回路到打长途的那部电话，振铃之后接通。

这其中，市与市之间、省与省之间的电话线路只要繁忙，就要重新转接。距离越远，挂通时间越长，线路中断的概率越大。这也是当时杭州警方意识到案件的严重性之后，立即拍电报到讷河而没有选择打电话的原因。

如果当时能直接拨通长途电话，把案件的调查情况说清楚，就绝不会存在"查无此案"这样的情况。

根据徐骊的交代，再次和黑龙江警方联系后，告知第一个地窖边上还有一个地窖，两个地窖里，都埋藏着尸体。

当地马上传来消息，第二个地窖里，又发现了 22 具尸体。

她是案犯，也是受害者

案件基本清晰后，徐骊就没什么可提审的了，只等黑龙江这边来人。但黄国华依然每天都去看看她，因而知道了更多与她相关的细节。

"自从交代了这个案件，看守所的同事们说，徐骊经常轻松地唱着歌，一点也看不出像个死囚犯的样子。

"我问过她，问她为什么在我这里交代，而在苏州不交代。她就说了一句话，她说:'我觉得黄警察你对我很好，所以我就讲。'

"其实，给她买卫生巾这些都是正常的，换作别的疑犯我也会这样做的。他们虽然犯了罪，但基本的人权还是会被保障的。

"提审中，徐骊讲过，她和丈夫两人感情不好，和丈夫吵架后离家出走，当时也没考虑好到哪里去。

"就在齐齐哈尔市火车站四处徘徊时，被来此寻找猎物的贾汶戈碰到了。贾汶戈谎称讷河工厂需要招工，神思恍惚的徐骊就跟着他来到了讷河。

"当天晚上，贾汶戈就对她进行了强奸，然后把她掐昏后丢到了地窖里。没想到，徐骊在地窖里昏迷了好几天后，苏醒过来，并且自己爬出了地窖。

"贾汶戈觉得这个女人不一般，换作其他女人，就算没有被勒死，在地窖里吓都吓死了，因为下面全部是尸体。

"当时，贾汶戈正计划找个女同伙，能够用色情去勾引。徐骊就是最好的人选。于是他又把她捆起来，嘴里塞着布，自己赶到齐齐哈尔专门去摸清她的家庭情况。

“从齐齐哈尔回来，他就和徐骊讲，摆在你面前的只有两条路：一跟我合作，二不跟我合作，我也不会搞死你，我会把你儿子先搞掉。

“徐骊开始也逃跑过几次，但每次都被他们发现并抓了回来，不是毒打就是关进死人地窖。

“就这样她彻底绝望了，只请求他们能够遵守承诺不伤害她的家人。在以后的日子里，她成了贾汶戈的帮手，把一个个单身男人引入这个魔窟，在犯罪的道路上越陷越深。

“也许她真的受了太多的苦难，仅仅一个在我看来再正常不过的举动，就让她感动如此。

“更多地了解了她在这个团伙的情况以后，我觉得她是案犯，也是受害人，还是一个可怜的母亲。

“我经常会买些包子给她吃。我想北方人吃不惯我们这里的米饭。后来我才知道，北方人喜欢吃的是馒头，不含馅的。

“我问了很多人，像徐骊这样的情况该不该判死刑？我觉得她不应该死，到处找法律界人士分析徐骊的情况。

“我天天‘盯’着我们局长，我说，她如果不说，这个案子还不知道什么时候才能被发现，不知道还有多少人被杀。

“最后，我们分局确实出了一个红头文件，但并不是因为我的请求，主要考虑到，这是关于对徐骊有重大立功表现的一个证明。给出这个文件证明，也是我们杭州公安一种负责的态度。”

11 月 9 日，齐齐哈尔市公安局派了一个押解组来到杭州。

黄国华再一次也是最后一次见到徐骊，是在杭州火车站，黑龙江一行押解 3 人回讷河，杭州市公安局巡特警支队派了 10 多个民警负责杭州至南京段的车上押送。

当时，公安部为了加强重大案犯的押解安全，专门挂了一节车厢押送犯人。

那个早晨，黄国华跟着大部队也来到了车站。临别时，黄国华把一件棉大衣送给徐骊，让她抵挡沿途的寒冷。

我立一等功，可心头很沉重

当年，案件处于严格保密期，无论媒体还是公安内部都没有任何泄露。得不到案件的具体信息，黄国华一直牵挂着徐骊临刑前的心愿能否得以实现。

1992 年 1 月，徐骊在当地被处决了。

同时，公安部的立功嘉奖令也下来了。省公安厅召开表彰大会，黄国华立个人一等功。

“当时，我是不太想上台领这个奖的。我们所教导员说，你有什么想法都没关系，但这个奖你还得去领。

“我上台领了这个奖。

“那是一个星期五的晚上，我一个人在马路边狂走，汽车频频从我身边呼啸而过。我心里太不是滋味了，于是走进一家小理发店，剃了个光头。

“既然人家命都没了，我就把我自己的头发剃光，这样我心里也踏实一点。

“从那以后的每个星期五，我都雷打不动地要去剃头，这个光头形象从那天起，整整陪伴了我28年。

“这些年，我总会想起这个案件的前前后后。

“我也一直在打听，那年回去后，讷河到底发生了一些什么。

“有一年，听我们分局政委说，他去临近讷河的地方出差，听当地同行说，当年枪毙的时候，贾汶戈被打了42枪，因为挖出了42具尸体，是为这些受害者报仇，而徐骊只打了一颗子弹。

“听到这些，是这些年以来，我心里最感安慰的一次，好似间接地印证了我当年的判断是对的。

“人们常说，往事会被时间冲得越来越远。但并不都是这样，有些往事在记忆中会越沉淀越清晰。”

那个案子之后，黄国华因办案出色被调去了上城区公安分局治安科，后又调去报警指挥中心，但他的精神和工作表现越来越不在状态。

2012年，黄国华46岁，向分局打了提前退休的申请报告。被批准后，他离开了杭州。

这次采访后的好长时间，黄国华每次回杭州，都会到我们基金会或是来我家里，聊的就是那些最刻骨铭心的往事。

黄国华的警察生涯结束了。他以为退休了，离开了公安局，心结就没了。

然而这以后的几十年，那个女犯当时说过的每一句话、每一个表情，都像烙印一样刻在了黄国华的脑海里，怎么也忘不掉。

一开始，他去理发店，一丝不苟地剃。如今，即使是自己用电推剪，也能剃成一个标准的光头。

来过一次真水无香公益基金会后，他就把我们这儿当作他在杭州的家了。平时只要回杭，总会想着过来坐坐聊聊。

有一次，他提前一个月和我约好时间，至于为什么约了这天，又什么都不说。

等他来了才知道，这天是他的生日。

我想，这些年也许是他太孤独了，不是说他生活里少了一起吃饭热闹的场合，只是缺少可以一起聊心中真正郁结的朋友。

儿子，只要你问心无愧

每一次见到黄国华，他谈及最多的就是他的母亲。

黄国华年轻时相貌英俊，大家都说他像母亲，不仅长得像，性格更像。“我母亲总是先考虑别人。”

从公安局申请提前退休前，唯一让黄国华举棋不定的，是母亲对他这个决定的态度。

他是家里的小儿子，也是三兄妹中母亲最疼爱的孩子。黄国华问母亲：“您怎么想？”

母亲只有一句话：“儿子，你想好了没有？想好了就去做吧。”退休后，黄国华的生活有些拮据。当警察时，黄国华没攒下什么钱，单位分的房子，房贷还没还清，儿子还在读中学。于是，他去老战友那儿打些零工，东奔西走。

那是 2007 年，黄国华 46 岁。准备离开杭州的行李箱里，除了母亲的相片，还装着他摘掉徽章的警帽和警服。

母亲问他：“你不回来了吗？”

黄国华说：“回来的，但这身衣服穿惯了，想随身带着。”

母亲看儿子经常不在杭州，觉着心疼，总是想方设法地凑钱帮他。

黄国华回忆：“后来我才知道，那些年，我母亲为了省几块钱，每天骑自行车从观音塘到彭埠，来回 16 千米，去买最便宜的菜。而那时，她老人家已经 73 岁了。一直到她生病前，都是这样，来来回回共有五六年的时间，从生活开支里省下一些钱贴补我。”

黄国华的叹息，让人心头一酸。

如果不是因为那个案件，他的性格不会变得那么消沉，生活和家庭也不会变得那么支离破碎，也不会因为辞了工作远走他乡打工，对自己的老母亲照顾不周。

讲起那天，黄国华的眼里，始终有泪。

“母亲是傍晚送进医院的，突发脑出血。我接到妹妹的电话，从黄山一路飞奔回城。等赶到重症监护室时，我说，妈，我回来了。她的眼皮动了一下，但是没能睁开眼睛再看我一眼，我忍不住流泪。

“我问值班医生，如果开刀能救我母亲吗？

“医生说，当时已经脑死亡了，做手术，最多只有 5% 的希望。我和哥哥妹妹商量，决定放弃治疗。

“我想起上一次母亲住院时，我陪着她。

“晚上，看到同病房邻床阿姨病痛抢救的情景，母亲不禁触景生情。她悄悄和我说，如果她以后到了这一天，她不希望搞得这么复杂，她希望干干净净地走。

“我母亲插的管子，是我到家里后给她拔的。

“为母亲守灵的那三天里，我没怎么掉眼泪。看母亲的样子，就像睡着了一样。我每天晚上和母亲讲，我说，老妈，你不要和我开玩笑，我觉得你根本就没有走。

“母亲出殡那天，在灵堂告别仪式结束后，棺材抬进去的那一刻，我整个人彻底崩溃了。永远站在我身边的母亲，永远无条件支持我的母亲，一夕之间就天人永隔了。我趴在棺材上不放手，我心里明白，只要一放手就永远也见不到最爱我的母亲了。”

这些年来，每到母亲的忌日，黄国华总会在母亲遗像前摆上蚕豆、鲫鱼、豆腐干、红烧肉，这些是母亲生前最喜欢的。每逢初一、十五，他也会在母亲遗像前，点一炷香，念叨一下自己的近况。

有时，黄国华会想到母亲，也会不时地想起徐骊，想到她回忆自己儿子时的那种脉脉深情。她是一个罪犯，但为了儿子，不管承受多大的痛苦也在所不惜。至少，在他儿子心里，她应该是最亲的人。

“我母亲知道，我是破了案子，解不开自己的心结，才去剃了个光头。

“记得她当时看到我光头的样子，着实一惊，但她说：‘儿子，只要你问心无愧就好。’“这就是我的母亲，从小到大，她总是无条件地支持我、信任我、理解我。”

为家里挑了担子的人，最想当警察

黄国华讲，母亲偏宠他，是觉得他为家里挑了担子。

1977 年 4 月，按当时的政策要求，每个家庭要有一个孩子下乡。“哥哥身体不好，我就自告奋勇地代哥哥去，当时，还悄悄地把年龄改大了一岁。”

下乡地点在建德下涯镇，新安江边。

16 岁的黄国华，1.8 米的大个子，身体强壮，挑担子一点也不输给当地农民，别人挑一百斤，他会挑一百五十斤，直到辛苦得把腰都扭伤了。

秋收最辛苦时，黄国华和同宿舍的知青们半夜下田，一晚上完成收割。第二天，看村民们欣喜又惊讶的表情，他们躲在一边，悄悄地乐。

一直到现在，他和下涯镇的老乡还常常联系。村子里有什么喜事，大家总不忘叫上他，只要有时间，他一定赶去，和他们大碗喝酒，闲话家常。

1978 年征兵，黄国华家里，本是妹妹去参军。可家里只有妹妹一个女孩儿，父母亲和兄长都舍不得，黄国华又从插队的大洲公社直接出发，主动代替妹妹加入了部队这个大熔炉。

当兵 5 年，黄国华所在的特务连，相当于部队的精英连。他业务技能样样拔尖，一年不到就跳过副班长直接当上了班长。在评比中总是遥遥领先，甚至连擦枪也比军械处的同事干得专业。他还考到了神枪手、特等射手，同时带出了 9 个神枪手、13 个特等射手。那一年，他带领团队去南京军区大比武，取得了团体第一名的好成绩。

当班长时，他把该得的所有荣誉统统让给了战士们。因为他觉得他们更需要，有利于他们今后转业分配，而自己回城找工作相对方便。

1983 年，黄国华转业回杭。刚好，当时杭州市人民警察学校正在招聘一名军体老师。

只可惜，当年为了顶替大哥插队，他高中毕业连文凭都没拿到就下乡去了。招聘方看着黄国华的学历，有些迟疑。

黄国华不甘心，就写信给当时的杭州市市长，信里表达了他想去警校当老师的心愿。他在信里问，到底是文凭重要还是专业重要?

黄国华回忆：“有人告诉我，写信找市长，不要在信封上写‘市长’两个字，如果写上市长，信就会被秘书收去。我不知道市长是否真的收到了我的信，但没多久，我就如愿去警校担任军体教师了，主要教队列、射击、擒拿格斗。”

在警校里，黄教官是出了名的好好教官。上军体课练习倒功，他从不要求学生们倒地时发出响亮的声音，反倒要求声音越小越好。他认为，虽然倒地声势浩大更磨砺血性，但倒功的动作要领原本就难，还是安全第一。

在学校里，黄国华是最受学生欢迎的一个老师。学生们想要改善大锅饭的口味，他就帮着买教工食堂饭菜票。学期末，他又会把办公室腾出来，让学生复习迎考。

黄国华童年时，在杭州天长小学读书，因为擅长跑步，被选进杭州市少年足球队。

有一次，黄国华参加踢球比赛，他父母特意请假半天，到现场来看黄国华踢球。

“我是守门员。大家都想进球，不愿意守门，我就上了。球队里总要有人守门吧。

“守门员的作用就是守住球门，有时还要匍匐在地上。那也是唯一一次我父母两人一起来看我比赛，我很想表现得好一些。但直到下场时，我才知道，我母亲一直在用手指蒙着眼睛看比赛。她从来没有看过足球赛，想看看足球赛到底是怎么比的，但是她看我突然就要去扑球，又紧张地蒙住眼睛。”

后来，不论我当教官还是警察，我总会想起母亲看我踢球的情景。每个孩子，即使每个走上社会岗位的人，都是父母最珍视的。

总是想帮一下值得帮助的人

1990 年，黄国华从杭州市人民警察学校调至涌金派出所。刚到派出所工作时，黄国华有些不适应，情绪波动很大。

◁ 刚走上警察岗位的黄国华

“不干这行，不会这样直观地面对人间疾苦，但当我办的案子多了，很多时候又束手无策，帮不到你认为值得帮助的人，这感觉简直糟透了。

“我一直以为，人从来没有绝对的善与恶。犯罪嫌疑人也有可能是受害者。讷河案里的徐骊尤其如此。

“那个案子结束后，我梦见过徐骊好多次。在我同事看来，我被这个案件绕了进去，有了心结，出不来了。”

在很多人眼里，黄国华是个有点不一样的警察。黄国华办过不少刑事案件，更多的是治安案件。

涌金派出所地处杭州市中心，管辖范围从湖滨一公园到六公园。那几年，警察黄国华来到这儿，处理得最多的就是卖淫嫖娼的案子。

有的卖淫女在被关押进妇教所之前，黄国华都会出于工作习惯，问一句：“需要点什么东西？”如果对方有要求，他甚至会把他妻子不穿的内衣送给这些女人。

“这个不是看不起她们，而是她们真的需要。如果每件都要我去买新的，我也承受不了。她们也不会嫌弃，毕竟有穿的就很好了。”黄国华这样的做法，在当时肯定是有些风险的。但他觉得，只有这样做才合乎人情。

守规则也记着“忠”和“义”

黄国华说，办案子有时候就跟行走江湖一样，法律是绝不能忘的，但不忘法律的基础上，偶尔也要讲“忠”“义”二字。为人也是如此，这是父亲教给他的。

“那时候，我父母都在医院食堂工作，周日休息时，有的人家请他们去做婚宴，我总是跟过去打下手。

“但我小时候，没少给父母惹事，会和小伙伴打架，又因为我个头高，总把别的小孩儿打得鼻青脸肿，时常有邻居来家里告状。

“我父亲从不为此动怒。从小到大，我爸只打过我一次，但这一次让我终生难忘。

“当时，医院病房有个病人很穷，医药费都付不起，吃饭就更没钱了。我觉得他可怜，我想，反正我父母亲都在食堂工作，把食堂的饭菜票拿来给他一点吧，让他能吃好一点。

“后来，医院护士发现了，问，怎么这段时间这个付不起医药费的人吃得好起来了？查明原因后，我父亲狠狠地打了我一顿，我想躲在母亲身后，可母亲也拉不住。

“我父亲用补轮胎的锉刀在我脸上锉了一刀，这个疤一直留到现在。我家的辖区民警大老王看到我父亲，常说，老黄，你家小儿子要管管牢。后来，我立了一等功。也是大老王跟我爸说，你家小儿子不错啊，我干了一辈子警察连个三等功都没有。

“我爸嘴上不说什么，但我知道，他是以我为骄傲的。”

2012 年，黄国华母亲去世后，他带上父亲，一起在黄山生活。因为他答应过母亲，会替她照顾好她这辈子最爱的人——老爸。

黄国华说，他总在想，一个人要怎样才算不虚度此生呢？

当年一起办讷河案的同事梁宝年，曾立了二等功。后来他当了湖滨所副所长，干起活儿来也是没日没夜不要命。但他得了一种罕见的皮肤疾病，中年早逝。对于他的家人来说，一块冷冰冰的奖章和一个活生生的人，显然后者更有意义。

好好地活着，好好地陪伴家人，再无奈再平凡，也是有意义的。

每逢春节，一向很少在朋友圈里分享自己动态的黄国华，总会和父亲拍一张合影，写一句“祝老爷子春节快乐，身体健康！”

有朋友很久没看见黄国华了，一看见合影，给黄国华留言：“你怎么还是光头啊？”

那些无从安放的内心淤积

此后的大半年里，当我一次次如朋友般地走近他的故事，黄国华的一身苦涩，也让我更加意识到，他的心结，他在这个案子里感受到的命运的百感交集，也许，并不只是在黄国华这一位警察身上存在。

想到这儿，让曾经从警22年的我，心中莫名涌起一种巨大的悲凉。

尼采曾说，当你凝视深渊的时候，深渊也在凝视着你。

为什么我们真水无香公益基金会总在寻找老警察？尤其寻找那些为城市治安做过贡献的优秀警察？为什么警察是和平年代牺牲最多的职业？

在对黄国华的采访中，我越来越清晰地感受到，警察的牺牲，不只是生命，不只是幸福的机会，他们这些看起来无比坚强的人，内心也有我们常人无法想象的淤积。

也许，这些坚强的人在面对危难时，选择前进还是后退，并不是最大的难题。更难的是，在短时间里，接触到最极端的人间黑暗，最惨烈的真实现场，最纠结的人间悲剧，心理扛不住的人，往往会被它拖入黑暗之中。

很多警察虽然一如既往地在办着他的案子，但普通人看不出来的心理损耗却日日夜夜不曾停歇。他们带着这些回家，带着这些睡觉，直到不得不讲出来，或者根本没机会讲出来。

那是另一种心结，日日夜夜，岁岁年年。

黄国华就是这样，无论走到哪里，这个心结始终纠缠着他。

黄国华告诉我，他余生最大的心愿，除了照顾好父亲，其实很想见见徐骊的家人。他想告诉他们，他是破获讷河案的民警，在这个案子沉默如谜时，源于徐骊的坦白，才让案子浮出水面。而让她主动开口的决心，卫生巾并不是最主要的，真正的原因是确认主要团伙成员都能被警方控制，威胁家人生命的可能终于不存在了。

黄国华一样想说的是，他见过很多女犯，但徐骊能一直忍辱负重，甚至自己也和魔鬼沦为一丘之貉，都是因为惦念着儿子的安危。

那年夏末，和黄国华最后一次碰面是在我家中。

窗外，天灰暗下来，屋子里也是灰暗的，对面住家有几点灯光，在越来越深沉的暮色中闪动，好像很远，又好像很近。好似黄国华正在回忆的往事一样，忽远又忽近。

我的脑海中忽然冒出一个念头，既然于黄国华而言，那么多年的心结放不下，我们何不去一趟当年的案发地？

黄国华天性忠厚，他为人随和，他的委曲求全，他的总替别人担心的习惯，让他成为这样的一个他。

然而，一个人的人生，有多少个28年？而28年来一直受着这个问题的困扰，代价不可谓不沉重。那么这28年的沉重到底值不值得呢？是不是有必要来一次现场重组？回到从前，回到现场，直面发生过的一切，让事实来决定，什么是应该，什么是不应该，什么是值得，什么是辜负。

28年前的那个案子，到底是怎样的一个情况？让很多人的命运随之改变。

这样一个大胆的决定，就在2019年的秋天开始了，尽管那时我们谁也无法预测，在那片遥远的黑土地上，还存留了什么，能遇见些什么。

只是当下，我们心中涌起的执念，就是尽最大努力。

2019年9月22日，我和前杭州市公安局刑侦支队支队长、真水无香公益基金会秘书长余伟民一起，陪着黄国华踏上了开往齐齐哈尔的列车。

黄国华在涌金派出所上班时，每天从观音塘小区出发，要走一段清泰立交桥。立交桥下，有一段蜿蜒纵深的铁路，向北而行。

有时，远远望见火车飞驰，黄国华总会想起28年前的那个车站站台，徐骊跪倒在他面前的绝望。

这一诀别，转眼28年。

28年后，在齐齐哈尔火车站，在离杭州2600千米外的北方，这个1991年讷河案要犯从杭州被押解回来的终点，黄国华一下火车，便迫不及待地点了一根烟。

扑面而来的北风，四处窜响，站台上，行李箱轮子的碾动声与此起彼伏的手机提示音交织在一起，那些关在他心里28年的沉郁，一窝蜂地从四面八方涌了出来。

有一瞬间，我看见他的背影，混在陌生的乘客之间，无非，就只是一个普通的人过中年的男人，可他在人群之中不知不觉放慢的脚步，时不时左顾右盼的打量，都在提醒着我们此行众人——不仅仅是黄国华此后的人生，从1991年开始，被重新定义了，不能忘却的，是那一年，从这里丢失的许多人生。

齐齐哈尔，名字源自达斡尔语，有“边疆”之意。

可如今，眼前这个宽敞明亮的火车站，已和其他城市相差无几。20世纪90年代，从哈尔滨到齐齐哈尔，要乘绿皮火车，慢慢吞吞地走上三四个钟头，如今，一个小时左右就到了。

站在人来人往的站前广场，不禁又想到徐骊这个女人。

这个车站，离徐骊曾经的家只有十几分钟的路程。当年，她和老公吵架后走出家门，走投无路来到火车站，被贾汶戈团伙盯上，从此走上不归路。

当年，也在这个车站，她被监视着，在广场口徘徊，引诱了一个又一个外地人，搭上去讷河的火车。那一个个陌生人的人生，就从这一列列有去无回的死亡列车开始，被残忍抹杀。

当年，也是在这个辗转的车站，她明知道儿子就在这十几里地之外的家中，等妈妈回家，可她甚至不敢回望一眼。苦苦支撑，落到最后，甚至不忍也不舍让儿子记得妈妈的名字。

一列列火车依然呼啸，那些在记忆中折叠的万千瞬间，已经一去不复返。

北上的列车

世事变迁，要找到讷河案的亲历警察谈何容易，有的退休了无从联系，有的已经去世了，就连当时来杭州办案一直吊盐水的讷河刑侦大队大队长，也在半年前因病去世。

几经周折，我们寻访到了讷河案杭州押解组组长，当年齐齐哈尔市公安局的局领导之一。

当时，是他带着押解人员去杭州执行押解任务的。去杭州执行任务的押解人员一共14人，其中讷河当地派了10名民警，齐齐哈尔市抽调了4名民警。

一听我们从杭州赶来，不多寒暄，老局长知道我们此行是为了讷河案。

他皮肤黝黑，讲起案子，声音洪亮，全然不像一个80岁高龄的老人。

“这趟差事，局里让我去，其实心里特别别扭，押解路上，来回十多天，没有一会儿，心里是舒坦的。”

接到任务后，他立即赶去杭州，和杭州市公安局上城分局的警察们开展交接工作。

在押解的方式上，有一些争议。

他回忆：“有警察建议飞机押送，我反对。包机的成本太高，而且考虑到安全因素，我建议采取火车押运，包一节车厢。

“11月8日，我们准备将3名重犯从杭州押送回齐齐哈尔。杭州看守所没有电梯，下楼时，这3个重犯戴着镣铐，花了好些时间。

“贾汶戈经过时，看守所的在押犯人都趴在铁窗上看，他吼了一句：战友们，我走啦。这点我到今天还记着，是因为太可恨！”

从齐齐哈尔出发前，这位局领导特意做了一面锦旗，想送给上城区公安分局。另外，他还带了一万块钱现金，想请上城区的所有办案警察吃顿好饭，但他说：“这些都微不足道，都不足以表达我们对同仁的感激。”

经过再三讨论，最后确定，包一节软卧车厢，把车厢中间的小桌子拆了，让3个重犯都坐在地上。除了齐齐哈尔的14名警员，杭州当地的10名特警人员，也一起参与了押送。

4名警察看管一名犯人，其中对贾汶戈等2名重犯采取戴脚镣、头盔、手铐，加上蒙眼堵耳等措施，防止其自残。而对徐骊，押解组决定，不给她戴重刑具。

从杭州出发，先到南京，在南京羁押一晚，次日早上8点启程。

为确保押解万无一失，公安部下了命令，这列火车从杭州到南京，从南京再到齐齐哈尔，每停一站，当地公安局的“一把手”都要到火车站检查。

列车到了南京，杭州派出的10名警察结束了押解任务返回杭州，再由南京警方全权负责从浦口转押至齐齐哈尔的护送。

“出发前，为了防止路上出意外，有人建议给贾汶戈打针杜冷丁麻醉剂，我坚决反对。

“一路上，3名重犯的情绪没有很大起伏。姓李的犯人比较沉默，贾汶戈则还想瞒天过海，他自言自语：我在黑龙江可没犯什么事……

“而我曾经问过徐骊：‘你这么年轻，为什么要助纣为虐？为什么不跑呢？’

“她只是喃喃道：‘我不敢啊，他会杀我全家的。’

“从杭州回到齐齐哈尔，我们直接把犯人押至看守所，全局的警察都在等着我们。”

再一次回到讷河，树上的叶子都已经落光了，光秃秃的就像徐骊的内心，再也没了惶惶不可终日的不安，但同样永不复得的是她没有来得及老去就已如死灰一般的人生。

也许，唯一让她安慰的是，她的儿子从此安全了。

再一次看见徐骊，是在行刑那一天。老局长在刑场，负责警卫工作。

正是腊月，气温达到零下三十几度。

当徐骊从车上走下来时，看到了老局长，她缓缓走到他跟前，对他鞠了一躬：“谢谢您对我的照顾，这辈子我报答不了您，下辈子再还您吧。”

老局长也只有叹口气，说：“你好好走吧。”只见她慢慢走向刑场，随之，枪声就响了。

推算起来，徐骊被执行死刑时，刚刚 27 岁。

28 年前的现场

从齐齐哈尔行驶到讷河的高速公路两边，秋日敞阔的平原大地，连绵硬朗，一丛丛芦苇铺天盖地。

临近国庆，小城主干道的路灯柱子上，插着五星红旗，和其他城市的喜庆蓬勃几乎无异。

可当车窗外，第一次闪过"讷河"的行路指示牌时，顿时心中为之一堵。

车子终于缓缓停下，当旧时现场近在咫尺，徐骊当年深陷的杀人魔窟就在脚下……

那一刻，在我心中掀起的波澜，丝毫不亚于 28 年前那 50 多字的简讯带给我的震惊。

那房子已经塌了，一堆废墟边上，墙壁半倒着，黄国华想办法跃过去，踩入院子里面的荒草。那口窖井，也掩盖在杂草之下，地窖上盖着几块大石头，试图掩盖那黑洞之中惨绝人寰的惊惧。

地窖有 6 米多深，离这个窖的口子一米多远，还有一个一米见方、直上直下的坑。1991 年的冬天，从这两个黑漆漆的坑里，挖出过 40 多具尸体。

讷河市公安局负责人，当年是名年轻的警察，案件破获那几天，他被派去看守所。在他的记忆中，整个东北，几十年里，都没有比 1991 年冬天的讷河，更凛冽的北风了。

接到这么一个案子，小城所有的警察全都动起来了，当时，他参与看管 2 号案犯李川。

"看守所里，和他面对面坐着，隔着铁窗，除了审讯民警，看守的人都不允许说话，一圈儿半的警察围住案犯。"

冬天里，车子不好骑，从家到看守所得骑 30 分钟，穿着棉大衣，头发上、眼眉、眼睫毛上都是白的，手都是僵的。

他也提到，那个时候常常听到徐骊的歌声。"大家都知道唱歌的人是她，她当过幼儿园老师。那时的看守所就巴掌大点地方，女监的动静这儿全听得到。"

就这样整整看守了一个月。

讷河市公安局刑侦大队大队长，当年只有 20 多岁，他刚刚走上警察岗位。

他当年的任务是看守挖掘尸体的现场，他说："这个案子唯一帮到自己的是，今后再也没看过比这更惨、更崩溃的现场。

"害怕呗，一宿一宿地看着，挖出的尸体，很多是不完整的，颅骨、锁骨、胯骨，这三个地方有了，剩下的全装塑料袋里，院子里摆着一溜儿。

"我清楚地记得，是从 10 月 26 日开始执勤的。那天还下雪了，我们带着枪都害怕，那一院子都是尸体啊，要上厕所，一个班的六七个民警一起出来。

"那气味……真的是让我们这些执勤的，都觉得有可能马上就撑不住死掉了。老法医都给呛昏过去，6 米深的窖，里面缺氧，尸体高度腐败，不是专业的不敢动，就得法医下去，系个绳子，往上传。当年法医下去前，不断地用鼓风机往洞里吹风。"

汶戈糖果厂

因为讷河案，当年讷河撤县建市的申请工作被耽误了整整半年。这个案子在讷河县志上也曾被记载。

大队长回忆："当时，讷河算是完了。那年春节，附近亲戚都不愿意上讷河来串门，觉得晦气。

"报章杂志都登了，'不想活，到讷河。'上至白发老翁，下至顽皮儿童，都知道讷河有个杀人魔。

"案子破获后，原来的局长、政委、所长等集体被免职。

"如果当时在杭州是按麻醉抢劫案判，如果当时徐骊没有检举自首，不敢想象啊！"

1991 年 10 月 23 日，讷河县公安局接到杭州市公安局的电报后，属地片儿警上门查证，没找到贾汶戈家，回电，查无此案。

第二天，齐齐哈尔市公安局接到杭州市公安局发来的案件电报，下命令说：必须找着这家。警察上门发现，只有房东老两口在。

这个房子是贾汶戈租来的，和房东老两口平时住的屋子就隔了一堵墙。老两口住西面屋，他们住东面屋。

出事后，房东老太太吓得逢人就哭。警察来调查，她唯一能回忆起来的，只是贾汶戈家人来人往特别热闹，尤其是一到晚上，磁带的音乐声就响个不停，但真的看不出来贾汶戈是杀人狂。

现在想来，这个案子残忍到近乎突破所有警察的认知，也与当时的社会情况有所关联。

20 世纪 90 年代，一部分人已经富起来了，一部分人还在温饱线上徘徊，刑事案件逐年上升，破案率却没有相应上升。

而当年街上不像现在这样遍布监控探头，也没有像现在这样便捷的通信工具，如果有人失踪没有报案、没有证人，就真的会像人间蒸发了一样。

为此，那些年里，公安机关时不时都要搞一下严打专项行动，可见当时治安形势甚为复杂严峻。

如今有不少人因为媒体报道的一些案件，就认为当下的治安似乎没有几十年前的好，这是极为片面的想当然。过去很多案子，只是因为消息闭塞传不出去而已。

贾汶戈的面具是一层一层被撕裂的。

据小时候就认识他的管区民警介绍，贾汶戈从小父母死得早。小时候的他聪明机灵，小学、中学都是当班长的，算是个好学生人设。

初中毕业后，他先被分配在当地一家工厂做倒沙工，他干活钻营，男女关系混乱，连他的师傅都看不上他。当得知贾汶戈和自己的养女李小芳恋爱时，他竭力阻拦。

不久，贾汶戈从工厂辞职，找了个杀牛的活儿。杀牛收入比较高，也算攒了点钱。

用这个钱他在讷河租了房，正儿八经注册了营业执照，办了个汶戈糖果厂。

法人一栏写着他名字的营业执照，成了贾汶戈去火车站招摇撞骗的"利器"，招女工、招会计出纳、招仓管员……

徐骊就是这样被贾汶戈“招到”了讷河。贾汶戈将徐骊带进出租屋后，先给她吃了迷药，强奸后用铁丝勒晕，把她扔进了地窖。没想到徐骊自己从地窖里爬了出来。

贾汶戈自己跑到齐齐哈尔，摸清楚徐骊的家庭背景后，回到讷河以她儿子的性命威胁，并逼迫她对地窖里的两具尸体捅上几刀，拍了照片，迫使她入伙。

不顾养父反对跟贾汶戈结婚的李小芳，就接连尝到了自己酿的苦果。

从这儿开始，李小芳睡觉的土炕下的地窖里，不断藏进新的尸体，这些人被杀之前，都以为是来糖果厂工作的。

李小芳睡不着，也不敢违抗丈夫，只好吃大量安眠药，更多时间，她常常一个人，趁丈夫不注意，溜到县城电影院看通宵电影，她不是为了看电影，只是无处可藏。

贾汶戈交代，他去苏州前，曾对李小芳讲，会每隔半个月和李小芳联系一次，如果过了半个月还没有接到他的电话，就说明他出事了，让她自己看着办。

警察找上门来那天，李小芳是去看电影了，回来一听老两口讲有警察来问事情，立即畏罪自杀了。

后来省公安厅专案组赶到时，马上把她送往医院，要求不惜一切代价抢救这个知情人。但是由于她中毒太深，还是没能抢救过来。

时间也淹没不了的血腥

从案发现场回到车上，继续马不停蹄，前往鹤城刑侦支队。车窗外残阳如血，一车人闷声不响。纵然是见过太多凛冽现场的警察同仁，也无法瞬间平息心中的悲愤。

殊不知，鹤城刑侦大楼历史博物馆里有更真实的残忍，让这个案件，纵然在破获了 28 年以后，依然有时间也淹没不了的血腥。

陈列室里静悄悄的，墙上以及玻璃展柜里，当地警方依然保留着讷河案的现场勘查照片，有公安部专家所绘的现场方位图，还有不少现场留存的物证和照片。

直面这些血淋淋的展示，讷河案的滔天罪行人神共愤。

42 个冤魂（包括贾妻李小芳在内），这个数字并不单单是一个两位数，它是 42 条鲜活的生命。对于那些失去亲人的家庭，用 28 年的时间疗伤是远远不够的。

当支队长讲到一对父子的遭遇时，让我们的心沉到了冰点。

一对卖黄豆的父子，被骗进贾家后，他们先对父亲下手。父亲反抗激烈，并对院子外的儿子大叫快逃。儿子本来有机会逃命，可是儿子为了救父亲冲进屋里和他们拼命。徐骊和另外一个同伙帮助贾汶戈制伏了儿子，连捅几刀，杀了这对父子。

如果当时这对父子中，有一人能跑出去，及时报案，也许后面就不会有更多人无缘无故地死去。让徐骊在讷河案中不再“无辜”的，不仅仅是这一桩案子。即使，她起初是受害者，但她的犯罪事实和贾汶戈等一样不可饶恕。

当这起案件讲完时，在场所有人的目光，不约而同地齐刷刷地投向了黄国华。他们知道，这个杭州警察是来寻找一个答案的。

看完这一切、听完这一切，黄国华无比沉默。

那是一场真正的噩梦。

此后很多个夜晚，我会频频从噩梦中惊醒，梦中，就是曾经亲历过的那些可怖现场。

那一刻，我似乎有点慢慢体会到了黄国华当年的心情。作为一个不是刑警出身的警察，第一次经办的刑侦案件就是这么一个地动山摇的案件。

那一刻，我也渐渐体会到了徐骊的绝望。一夕之间陷入这样一个人间地狱，这是28年后、坐拥一切现代交通和信息工具的我们无论如何也想象不出的苦痛。

置身事外，抑或深陷其中，关于善良和邪恶，关于人性和法律，关于苦难和人生，或许，这永远都不会有一个简单的公式可以去判断。

徐家大姐

徐骊的大姐徐叶，67 岁。

好几年前，徐叶从齐齐哈尔搬到哈尔滨居住，这才让她的生活有了喘气的机会。

原本，徐叶不想见我们。

谁愿意对萍水相逢的人揭开伤疤呢？谁想承认自己的妹妹是杀人恶魔的同伙？

好在属地派出所民警热心，平时，她和徐叶一起跳广场舞，她帮我们做了很多动员工作，直到她告诉徐叶，我们是从杭州赶来的，当年想替她妹妹申请立功赎罪的警察也一起来了。徐叶才没再犹豫，直接跟着属地民警到派出所来了。刚一走进会议室，黄国华立即站了起来。

这是黄国华第一次见到徐叶，他很自然地开口叫她："大姐，你和你妹妹蛮像的。"

徐叶马上答："我妹妹个子还要高，她是我们家最漂亮的。"黄国华问："你想她吗？"

意想不到的是，这句再平常不过的问候，让徐叶在我们一众陌生人面前，眼泪猛地落下。这也是她进入会议室后，第一次抬起眼睛看着我们，她说："我当然想她，但是我不敢告诉别人我想她。我也没法怨她，我都让自己硬撑过去。你们来之前，我还梦见她了。"

徐叶的话头打开后，再也停不下来，好像这些年，她也一直在等待着，有人能问她这一句，"你想你妹妹吧？"

徐叶很瘦，她一直半侧着身子，朝向黄国华。而黄国华手里的烟，一刻也没停下。

徐叶讲，徐骊属龙，比她小 12 岁，如果现在还在，应该是 55 岁。

徐骊从小苦命，她 3 岁时，妈妈就去世了。

小时候，家里穷，孩子又多，妈妈想要把她送给别人家。15 岁的徐叶不肯，自己用小米粥一口一口喂大了小妹妹。

母亲不在，父亲也因病离世，家里的傻哥哥也早早走了，全靠大姐一人撑着，带着三个年幼的妹妹。

他们家是"五保户"。当时吃的全靠左邻右舍，给一口粥、给一碗菜。最困难时，什么也没有，四姐妹就去摘榆树叶吃，甚至拿块盐巴各自舔两口。

苦难的日子望不到头。

有天半夜，大姐等妹妹们都睡着了，走到家门口的北大桥，想要投江寻死。

她清晰地记得，站在江边，看着黑黢黢的来路，宛若站在世界尽头，想要放声大哭，却又哭不出声音。结果，被赶来的妹妹们抱住了。

仍是不舍年幼的妹妹，大姐咬着牙继续苦撑吧。

大姐生怕自己对不起父母，给三个妹妹规矩定得很严。有一次，调皮的徐骊逃学，大姐听说后，罚她跪了很久。从此，徐骊再也没逃过学。

一直等到大姐进厂工作,生活才有了少许改善。大姐拼命干活,还被评为“优秀标兵”“优秀团干部”。

厂里保送读工农兵大学，全厂只有两个名额，大姐被选中了。但她果断放弃了，她要照顾这个家，没办法。但厂子仍体恤她们姐妹，按特殊政策给她们分了房。

大姐结婚以后，三个妹妹也都跟着她一起住。

徐骊高中毕业后，进了分厂幼儿园做老师。在常人眼里，或许这些苦难已经过去，这个幼儿园老师的身上始终洋溢着快乐，时常听闻她在孩子堆里的歌声。

然而不幸的命运，依然没有放过这个家庭。

因为小时候实在是穷怕了、饿怕了，给小妹介绍对象时就奔着有一份稳定收入的人家去。大姐现在回想起来真是相当后悔啊，徐骊结婚后两人感情不和，经常吵架。

起初，吵架后徐骊总跑回大姐家，但是大姐劝说她不要吵，忍一忍。结果在那次吵架后，徐骊怕姐姐担心，也就没有回到大姐家，而是选择了去嘈杂的火车站打发时间。

怎么也没有想到，这一走，她再也不能回家了。

临刑前一刻

没有办法绕过临刑前这一刻。

徐叶很瘦，她越是想极力克制自己的抽泣，越是能看见，她裹着厚风衣的肩膀，控制不住地耸动。

她回忆，徐骊失踪后，大概过了半年，她接到过徐骊的一个电话。电话里，徐骊匆匆说，她在一个安全的地方，让大姐照顾好家里，别的啥都没说。

等接到公安局电话，让徐叶来公审现场，说她妹妹犯了案子。徐叶说：“无论如何，我也不敢想这是她作的。”

从她失踪到那天相见，徐叶有两年多没见过妹妹了。“她来不及和我多说，只说让我帮她将孩子养大，照顾他长大。她说，她在杭州是故意犯案，为了让公安抓到她，能见到警察的大领导。”

行刑前，徐叶又见了一回妹妹。

“那天，我是和我三妹妹、我外甥、她丈夫一起去的。见面就哭，那场面不敢想。”

能够想象，徐骊见到孩子后的画面，是被揉碎了母亲的心，是挣脱噩梦的如愿以偿，是无法正视天真的羞愧，是永生就此诀别的黯然。

北方的冬天，清晨，天还是乌漆漆般的黑暗。

那个孩子，夜里就被抱出家门，等赶到看守所，在半睡中递给妈妈，似乎完全没有觉察，这是分别了将近两年的母亲的怀抱。

从不等他反应过来，又被抱离的那一刻起，他成了没有妈妈的孩子。

临刑前，徐骊站在车上，跟她们挥手告别，一路还唱着歌。她身上穿的那套衣服，从里到外，都是大姐新做的，一针一线缝的。

她最后说的一句话是："大姐，我对不起你。"这个事情后，徐叶单位里的舆论压力太大了。

此后没多久，三妹妹又得了脑瘤，做了四次手术，没多久，也走了。

这是怎样一个让人难过的人生，这是怎样一个破碎的家庭，徐叶的眼睛已经盛不下更多的悲伤了。

她哭不动了。

把心结放下吧

从齐齐哈尔准备返回杭州的前一天夜里，当地的警察同仁找到了黄国华。

他们请黄警官吃饭，他们一个个敬他酒，接连碰杯。

不知是谁，轻轻哼唱起"几度风雨几度春秋，风霜雪雨搏激流"，有人从座位上起身，直至大家全都站了起来。

不用多说。

这是警察都懂的一声叹息，也是只有警察才懂的惺惺相惜。黄国华的心结，是不是真正地放下了？

我没有再问过他。他依然每周剃头。从讷河回来后，大概一个多月。

一个早晨，黄国华发来两份文档。我匆匆打开，是徐叶发给他的几份文档，分别是徐骊写给大姐和儿子的遗书，同时发来的，还有徐骊年轻时的两张相片。

相片已经发黄，是很多年前流行的照相馆写真，照片中的姑娘戴着一顶不协调的帽子，满月似的面庞上布满了对未知人生的憧憬。

不知道20岁时的徐骊，会猜到她未来的命运比童年时残酷百倍吗？

遗书整整12张，密密麻麻全是俊秀刚劲的字迹。

写给姐姐的信，讲述了自己离家出走后所有的遭遇。这遭遇经历与我们之前所了解的大致相同，然而由一个亲历者一字一句在临终前道来，不禁让人无比震撼与唏嘘。

写给儿子最后的嘱托中，只是一个平凡母亲最难舍的牵挂："望你听你奶奶和父亲的话，踏踏实实地做人，要做生活的强者，不要成为时代的绊脚石。更不要像妈妈一样，一步走错步步错，一失足成千古恨。要热爱生活，珍惜你得之不易的生命，努力使自己成为对国家、对社会有用的人，成为让妈妈放心的好孩子。"

大姐给黄国华留言："你是个好警察，我替我妹妹谢谢你。你看了这份遗书，把心结放下吧。不要再去剃光头了，我们都要好好地过下去。"

从2600千米以外的东北回来，一颗心始终被什么牵引着，就像东北作家萧红留下的文字："当每个秋天的月亮快圆的时候，你们的心总被悲哀装满。"

回想寻访讷河案一行，最让人震撼也久久让人牵挂的，还是当年法医们的回忆。

关于1991年的讷河大案，未经核实、耸人听闻的传说，满世界沸沸扬扬。而在那个惨烈现场作出重大奉献的法医们，也如真实的案件一样，沉入茫茫的历史长河中，鲜有再被提起。

被讷河案件改变的人生，又岂止黄国华一个警察？远在东北的裕文君法医，命运同样因此案而被改变。因为长时间高强度的尸体挖掘工作，他中了严重的尸毒。28年的时间，也没法治愈他身体和心灵的创伤。

再次回到讷河，是在时隔半个月之后。

从来没想过，我的人生和这遥远的北方有了这样刻骨铭心的交集。

方圆十几里的上空，经久不散的恶臭

最早听到裕文君法医的名字，是在齐齐哈尔市刑侦支队女法医高馨玉那里。

第一次来，在支队见到高馨玉法医。她有些中年发福，眼神里有北方人特有的一种热忱，然而在她对讷河案现场的叙述中，一股寒冬的凛冽就从四面八方开始包围我们。

此案于东北警方来说，最严酷的考验在于如此大规模的现场尸体挖掘解剖。

1991年，法医高馨玉23岁，刚从医学院毕业被分配到齐齐哈尔市公安局。她记得，那天非常寒冷。傍晚五点多，接到市局电话，要求她立即赶赴讷河出现场。

去讷河的路颠簸得厉害，到达讷河时，已经是半夜一点了。

此案省厅派了4名法医，齐齐哈尔市局派出4名法医，加上讷河当地的2名法医，加起来一共有10名法医投入现场的尸体挖掘工作。

那个早晨，法医们见到的藏尸现场，比电影里那些对世界末日的描写还要惊恐惨烈。现场方圆十几里的上空，那无法形容的恶臭经久不散，口罩根本起不了作用。法医们不得不把四周的窗子拆了，散发臭气，同时开始检验现场。

贾汶戈家那个菜窖原本可以存放两吨土豆，地窖一打开，尸体已经堆到了最顶端。

上面的尸体还好勘验，可以一具具地抬。再往下就不好办了，得有法医先下去用绳子绑住尸体，然后由上面的人拉着轱辘往上摇。

这真是一件沉重的工作。

高法医回忆："几十具尸体已经高度腐烂，手一碰就是一团黏糊糊绿油油的尸泥，加上那股尸臭，以至于我后来再也不敢碰臭豆腐。

"工作一天后，带着浑身的尸臭回宾馆。宾馆根本不让进，所有人都要去外面的一个淋浴房洗完澡才能进。

"我当时没有经验，走的时候匆忙，以为一两天就能完成工作，没有随身带换洗衣服，穿着一双棉皮鞋去现场。结果，满房间的尸泥都沾在鞋子上，脚下打滑，后来赶紧再换双旅游鞋。

"白天我们在室外，天寒地冻，又没有带厚衣服，只好在现场翻找，也顾不上是不是那些被害人生前穿过的。

"我记得我随手找了件粉红的棉袄套上，有个同事指了指我背后，'你看，这衣服后面还有划拉一刀的口子呢’，我听了虽然别扭，可也没办法啊。总不能冻死，否则没法工作了。

“就这样，一具又一具的尸体从菜窖里移出。每移完一具尸体，我们都要跑到屋外去透口气。还有些同事，每绑完一具尸体，都要到院子外面跑一圈，增加点肺活量。

“当时讷河县局的裕文君法医因为长时间工作，昏倒在地窖里，被我们送去医院急救。”

边打点滴边拼凑尸骸的夜晚

那些尸体和人体残骸被移出来后，所有法医就进入了解剖阶段。

解剖地点就在贾汶戈家院子里。没有解剖台，就用木板临时搭个台，两人一组。

当时户外的温度都有零下十几度了，法医们手冻得没办法拿解剖刀，戴着薄薄的乳胶手套，手指僵硬。只好烧一盆又一盆热水，时不时把手放水里暖一会儿，然后继续解剖。

根据临床上进行尸体后期辨认的重要依据和步骤，法医们需要拿工具把颅骨里的肌腱组织清理干净，然后再把它们放在大铁锅里煮。

这是一个相当恐怖的场景，院子里支起了五六个大铁锅，热气腾腾地煮着人体颅骨。

平素这样的操作是法医们的常规流程，但那只限于一两具尸骸，而且大多在实验室内进行。但讷河这个现场太特殊了，如此量大的尸检工作只能就地建一个露天解剖室。

当时的场景，对于一个刚刚参加工作的年轻女法医来说，无疑是极为惊惧的。高法医回忆，最为害怕的不是当时，而是后来的夜里，也不是在睡着的梦里，而是在半夜醒来睁开眼时。

极其严寒的天气加上尸臭浓烈，好多法医都垮了，扛不住也只能打点滴顶上，有几位法医还患上了严重的肺炎。

整整一个多星期，法医们每天从早上七点一直干到天黑。每天晚上，满屋子的警察法医，大家边打点滴边分析判断这些尸骸如何拼凑。终于，41 具尸体的体貌特征依次排列出来，然后与同时期全国报案的失踪人口进行对比，20 多个失踪人员的下落算是明确了。

这是当时技术手段有限的遗憾之处，如果在今天，使用 DNA 技术可以较快鉴定遗体的所属。但在 1991 年，法医们只能用尸块残骸进行拼图，来还原哪块尸体属于哪位死者。

高馨玉因为这次案件荣立了个人三等功。对于刚参加工作的她来说，是莫大的荣誉。这次参战经历，也让她比同龄人更早地体会到了罪犯的残忍。而她提到的当年昏倒在现场的裕文君法医，早已从公安局退休，听说得了帕金森症在家休养。

作为讷河的法医，有责任承担更多危险的工作

再次来到讷河，这里已经是一座有点规模的县级市了。小城的另一边也有了星级饭店，就像大城市的一个角落。

从 20 层楼的宾馆窗户望出去，讷河市大多还是一片低矮的平房，远处有火车，有工地，以及望不穿的秋日平原。而在这低矮的平房某处，曾深埋着 40 多个冤魂。

法医裕文君的家，便是在这一片平房之中。

警察除了心理受伤，身体受伤是另一种经常的现象，像裕法医这样的，你如果不到这样的现场，不亲耳听到他本人的叙述，根本无法想象，28 年前他所遭受的严酷经历。

裕文君出生于 1948 年，佳木斯医学院毕业。

学生时代，他一直是优等生，毕业后被分到讷河县人民医院，做了一名外科大夫。因为精湛的技术深受大家好评，年纪轻轻就被列为副院长的候选人。

然而裕医生的人生遭遇了第一次大转折。因为他手上长了一块很大的神经纤维瘤，不能再拿手术刀。这相当于宣告了他医生生涯的结束。

1983 年，裕文君被调到县公安局，成为一名法医。

回忆起 28 年前下地窖搬尸体的场景，仿佛就在昨天。

◁ 裕法医当年在现场工作的情景

“话说那个从大菜窖里打捞尸体的难度还不算大，真正考验我们的是从那个深 6 米、长 1 米、宽才 0.55 米的小坑里捞尸。

“贾汶戈这个人吧，脑子好使，当菜窖里的尸体堆放不下时，他就在紧挨着菜窖 50 厘米的地方掏了个窟窿，再整个小坑，然后把尸体通过这个窟窿扔进坑里。

“当时有很多同行都下去捞尸，我去的次数最多。一来，是因为我的个子小，可以挤进这个小坑；二来，我想这个案子发生在讷河，我作为讷河本地的法医，有责任做得更多，承担更多危险的工作。

“现场的臭气真的没办法形容。我穿着白大褂，一次又一次地下去，从大菜窖里搬完尸体后，又开始钻那个小坑。

“这个小坑就像一个半封闭的汽油桶，我被卡在这个小坑里，活动空间实在局促，尸臭和残肢腐肉裹挟着我，一推动尸体时，阵阵白烟往上蹿。

“我原本还戴着一个配有活性炭的防毒面罩，后来发现那个活性炭根本不管用，索性也就不戴了。

“我就这样边呼吸着尸臭边干活，干着干着突然就大小便失禁，呼吸困难，一下子失去了意识，晕倒在坑里。”

裕法医事后才知道，当他被抬进县医院抢救时，曾经共事过的医生、护士都被他身上这股味熏得呕吐不止。大家一边去外面吐完，一边再回来继续抢救他。经过一天一夜的救治，裕法医终于清醒了。醒来的第二天，他就强撑着赶回现场，心里只有一个念头，赶紧把这些工作做完。

同事们怕他再出问题，于是想出各种办法驱毒，用鼓风机吹，用氧气弹砸，但是都不怎么管用。

这以后裕法医就晚上打点滴，白天去现场。当时他的工作，除了验尸，还要清洗那些死人的衣服，真是遭了老罪。

我说，在这种情况下，现场还有别的法医，可以一起分担工作啊！

然而他回答，当年作为当地法医，觉得那么大的案件发生在讷河，也是心中有愧，有责任把危险的工作承担下来。

勘验腐烂尸体的工作整整持续了七天七夜。这当中，裕法医几乎承担了全部的下地窖捞尸任务。白天干，晚上地窖里吊一个小灯泡继续干。

有一天夜里，吊在地窖里的那个小灯泡突然灭了，瞬间漆黑，他猝不及防，脚一滑，直接坐到了尸泥上。

裕法医说："你问我尸臭是一种什么味道，我只能说，你闻一次就会终生难忘。"

那一次经历，也让裕法医平生第一次中了严重的尸毒。这是他人生的第二次大转折。

什么是尸毒？这是民间的一种叫法，在学理上找不到这个名词，它其实是细菌和霉菌的结合体。可以说，裕法医的后半生都在寻找关于尸毒的解读。这不是民间的传说之词，它是一种有形的存在。

裕法医说，人死后就会形成一个大的细菌培养体，接触腐败尸体的人容易被感染。它的感染力非常强，一下子就会通过皮肤组织扩散到全身。

其实做法医的都知道有尸毒这一说。就像裕法医说的，做法医不中尸毒的情况几乎没有。一般的凶案现场，时间短，强度没那么大，休息几天就可以慢慢恢复。

但是这次在现场时间之久，环境之恶劣，都是空前绝后的。加上裕法医昏倒后经过医院抢救，又重回现场继续参战，让裕法医的身体遭受了前所未有的摧残，大量尸毒对他的中枢神经功能造成了不可逆损伤，它的后遗症非常明显。

之后有很长一段时间，裕法医能感觉到自己从鼻腔里呼出的气息都带着这些臭气，他感觉自己的肺部也被尸毒侵蚀了。

这以后，他经常会无缘无故地晕倒。一开始以为是低血糖，犯病时喝点糖水就对付过去了。但是身体一天不如一天，2012 年，他出现了神经系统疾病帕金森病的症状。到现在为止，每个月靠三颗进口造血干细胞维持着。

裕法医的书桌上堆着这些年他反复查阅过的医学书籍，也保留着很多与讷河案有关的照片资料。其中有张和公安部领导的合影，裕法医说他是里面官最小的，可能就是因为他的出色表现，领导合影中才有他的一席之地。

当年，因为在此案艰苦卓效的工作成绩，他立了个人二等功。

自从裕法医得了这样的病，他也遇到了和很多警察相同的困境，大家都被治疗的医药费难住了，进口药没法报销，一个月光药费就要四千多元。靠自己的退休金根本难以为继，幸好女儿、女婿工作收入不错，靠他们支持才能坚持到现在。

听着裕法医的回忆，眼看着他哆嗦的手指，翻阅着厚厚的医学书籍，我心中升腾起难以名状的敬意和心疼。

每个案件其实都是血色浓重的，没有哪个法医不想从这些案件中走出来。在那些非常人能接受、接近的残忍世界中，没有退缩只有担当的身影，那些久远的功绩和付出不应被忘记。

真水无香公益基金会和保险公司合作，在全国首创的法医险，同样送给裕文君和高馨玉两位可敬的法医同行，希望能够提供给他们需要的切实帮助。

永远不敢正视的领域，有我最佩服的职业精神

从没想过，我这辈子会成为一名警察，在几十年警察生涯中，出过无数次现场。

我至今最为佩服的是法医，因为这是我永远不敢正视的领域。

高法医说，这是她这辈子经历过的最艰难的一次勘验现场。而我也可以说，这是我这辈子经历的最难忘的一次采访。

对此案的关注，或许是因为那个年代天然的契合。因为关注，在这场29年的回眸之中，也望见了自己的从警来路。而更多看见的，是从过去到现在，那些值守在各个岗位上的警察。

现实生活中会有很多挫折、痛苦、麻烦，谁也说不准我们内心的坍塌，会发生在哪一个刹那。有一些警察或许因为这样的坍塌，离开了工作岗位。但更多的警察还在，并拼尽全力坚守使命。

每当想到这些往事，脑海中总会浮现一段歌词：有生之年，狭路相逢，终不能幸免。

这旋律并不悲伤，反而有些淡淡的温暖。这是时间的缘故，原先那些尖锐的疼痛、寒冷和挣扎，正在慢慢地消失，很多的释然，来自对过往深深的理解。

在这一刻，爱和恨，都归于平静。那些过往的苦难，希望是这大地上最后的悲剧。■

【附】徐骊写给大姐徐叶的遗书（节选）：

亲爱的姐姐您好：

代问二姐、三姐及姐夫们好。

今天提笔给你和二姐、三姐写下这有生以来第一封信，也是最后一封信。由于我现在心情难以平静，手中的笔都为之颤抖，所以我无法像平常那样给家人写信。信的内容只好随心所欲了。

想念的大姐，我现在心里想您和二姐、三姐，想得好苦好苦。回想起我们姐妹四人在一起的情景，就像电影一样在我眼前环绕。往事不堪回首。

回想小时候，您像母亲一样疼我、爱我，含心（辛）茹苦地把我培养成人，盼望我能成为对国家、对社会有用之人。您把您全部的爱心都给了我，您在我心目中的形象高于任何人。

姐姐，我现在真的无脸再见您一面。做梦也没有想到，在开庭时还能看到姐姐们，听到姐姐们撕心裂肺的哭喊声，我的心都碎了。您知道这一面对我来说太难过了，没想到姐

姐们还没有放弃我，还认我这个有罪的妹妹。

姐姐，悔恨我当初没有听姐姐的忠告，走上了犯罪的道路，成了千古罪人，辜负了姐姐对我的养育之恩。

姐姐，做梦也没有想到天真活泼的小妹转眼之间变成令人憎恨的杀人魔鬼。说句心里话，我并不像人们所说的那样，惨无人道地杀人，食人心人肝，心甘情愿地去勾人杀人。我被一群恶魔纠缠得无法脱身。致使我走到今天这个地步有许多因素。一个您是知道的，我的婚后生活不幸福，有许多难言之隐无处诉说。对于生活我失去了信心，已经心灰意冷，所以一时想不开，便离家而去。等到后悔的时候已经晚了，我已身陷泥潭不能自拔。

亲爱的姐姐，您们想都不敢想象，您们的小妹，在魔窟里被恶魔折磨得死去活来，他们用他们配制的药水，拿我做试验。喷在我的面部，把我弄昏了过去。之后强奸了我，又拍了许多我的裸体照。然后用铁链把我的手脚铐上，把我扔到他家的地窖里。

之后他给我吃了安眠药，又给我扯下一个床单，让我在死尸上睡了一觉。之后，他盖上窖盖，又用水缸压在窖盖上就走了。

不知过了多久，由于窖内缺氧，加上尸体腐烂的气味，我不知不觉醒了过来。醒来以后，求生的欲望迫使我，我不知什么力量的支撑，使我把窖盖推开，从鬼门关爬了出来。

爬出来后，我想喊又喊不出声，这时魔鬼又出现了。他发现我出来以后，大吃一惊，问我你是人还是鬼，是怎么爬上来的。这时我再也支撑不住便晕了过去。

不知过了多久，我才醒了过来。醒来之后，这个可恶的魔鬼对我说："我非常佩服你的胆量，也非常欣赏你这个人，你是我遇见的所有的女人中，最让我佩服的女人。我现在不想杀你了，但你必须得入伙跟我们干。你在地窖里的时候，我和我的同党已经上你家了，把你家的情况调查得一清二楚。如果你不干去报案，我们就派人把你爱人和孩子一起骗过来杀掉，让你悔恨终身。"

……到头来我和孩子还是逃不过他们的魔掌。就这样我答应了他们，希望他们不要加害于我的孩子。而后他们骗到一个人，杀了以后，让我下地窖去补刀。这以后我便和他们参与杀人抢劫。在勾人杀人的过程中，我能放走的就放走，实在放不走的我也没有办法。

有一次，我趁他们不注意时，跑了出来。被他们抓住后一顿毒打，然后把我关在地窖里。我又推墙跑了出来。他们又再次抓住我，把我推在装有尸体的地窖里，对我进行精神上的折磨。这以后我就再也不敢贸然行事了。只有干一天算一天。为了能让家人和孩子安生，我忍受了这巨大的痛苦，不敢向公安机关报案。

在他们的协（胁）迫下，我越陷越深，难以自拔，杀死了许多无辜的人。

虽然我罪孽深重，但是让我感到欣慰的是，我使这场特大杀人抢劫案得到了终止。是小妹我主动揭发的，虽然我从前错了，但是我的内心此刻得到了一点宽慰。

亲爱的姐姐们，我在这人世间停留的日子不多了，有许多心里话要对姐姐们说，生活对于我来说已经暗淡无光了，我渴望平凡的生活……

我到了天堂找爸爸妈妈，做一个孝敬听话的好孩子。不再任性，痛改前非，重新做人，来报答姐姐对我的养育之恩。

小妹　绝笔

谁盗走了国宝史孔和

■ 穆玉敏

1959年8月，新建的中国历史博物馆大楼竣工。文物布展工作随即开始。文物征集工作热火朝天，全国各地无偿调集了数万件国宝重器汇集北京，历史博物馆的工作人员忙得不亦乐乎。就在此时，一件珍稀的西周青铜器史孔和失窃。周总理获悉后，指示公安部门一定要破案。

△在中国历史博物馆的国宝史孔和不翼而飞

中国历史博物馆的前身是北平国立历史博物馆，最初建在国子监，后迁至端门。中华人民共和国成立后，中央人民政府决定在天安门广场东侧建设新的中国历史博物馆，收藏国家的重要历史文物，展示中华民族悠久灿烂的历史文明，同时进行有关中国历史文物的考古、研究，并利用文物开展爱国教育。

中共中央非常重视新国博的建设，中央政治局亲自审批陈列方案，并且报请毛泽东主席同意后，定于1961年7月1日建党纪念日，正式对国内外开放。

民间收购的国家一级文物

史孔和青铜质地，体积不大，高7.5厘米，直径11厘米，圆口，无肩，口沿略向外卷，鼓腹，兽首形单柄，腹部有一环带绳纹，平底。品相完好，雕铸精美。

在由文物、考古、历史、建筑等方面专家、学者组成的文物鉴定会上，考古学家夏鼐和多数专家学者，根据史孔和的铸造工艺和铜器上留存的工艺痕迹，以及纹饰确认，这件文物造于西周中期，是一种量器。夏鼐是国家文物鉴定委员会首任主任委员。

史孔和是用陶范法铸造的，这种方法只在商周时期使用。先用陶土制作一个模，把青铜液灌入模内，待青铜液冷却凝固后，打碎陶模，取出铸器，打磨修整。受工艺限制，西周的青铜器分成多个部件制作，这就需要分别制陶模，分别浇铸，再拼接组装，最后形成完整的铸型。这样制作的青铜器会留下工艺痕迹，后人容易鉴别。而陶模也是一器一范，只能用一次。所以，西周时期制作的青铜器造型，可以说没有一模一样的。

从纹饰上看，西周早期青铜器皿纹饰依然崇尚商代的繁缛，比如兽面纹、龙纹、乳钉纹等，占主导地位。到了中晚期，乳钉纹、蝉纹、各种雷纹渐次退出历史舞台，取而代之的是新纹饰，如环带纹、重环纹等构图简单，线条清晰，给人以明快的感觉，成为断代的主要依据之一。史孔和腹部的环带绳纹，在西周中晚期就很流行。

另外，铭文也是西周青铜器的主要特征，史孔和内底面刻有铭文：“史孔作宝和子子孙孙永宝用”。其中的“和”字通“合”。商周时期是通假字的活跃时期。“合”是西周的法定量器。

时任中国科学院院长的郭沫若，也参加了文物鉴定会，他对西周金文有深入研究，也根据铭文认定史孔和属于西周。

由于史孔和器型稀少，器物精美，品相好，又具有唯一性，专家学者一致同意将其定为国家一级文物。

被确定为国家一级文物，就该有个名称。于是郭沫若与夏鼐根据铭文，定名史孔和。郭沫若对史孔和爱不释手，说它“可与商鞅量、秦权秦量、汉尺等量器相媲美，是中国计量史、农业史上一件不可多得的文物”。郭沫若还说，史孔和的形状近似西周晚期的酒器——卮，《史记·项羽本纪》载，鸿门宴上项羽对樊哙曾“赐之卮酒”，无疑与卮同属于西周晚期，只是史孔和比卮略大一点儿。

史孔和是从民间收购来的。解放初的一天，青岛市一个姓王的老妪拿着它来到青岛市贸易行，问能不能换几个钱用。贸易行的一个老员工接过去看了看，知道是件好东西，就问王老妪是怎么得来的。王老妪说是祖传的，祖先在清末的时候就收藏了这个东西，不知道叫什么名字，也不知道值多少钱，反正是老物件，年头不短了，要不是生活拮据，还舍不得卖掉呢。

青岛市贸易行收购史孔和的消息，传到北京市特艺公司振环阁门市部，振环阁门市部有意从青岛市贸易行把史孔和买来，数次与青岛市贸易行商洽，希望贸易行能转让。

尽管青岛市贸易行视史孔和为珍品，却也明白史孔和要是去了首都北京，比在青岛意义大。于是忍痛割爱，把史孔和转卖给了北京市特艺公司振环阁门市部。

1957 年 10 月 28 日，振环阁门市部把这件宝贝选送故宫博物院。故宫博物院立即把它陈列在青铜器馆内。不久，新建成的中国历史博物馆新馆面向全国征集历史文物，作为被征集大户，故宫博物院把包括史孔和在内的一批珍贵文物调运至历史博物馆新馆。筹备组把史孔和陈列在西周展厅 32 号展柜，等待正式开馆的时候与世人见面。

史孔和不翼而飞

布置新馆期间，历史博物馆的工作人员除了白天布展和夜晚值班外，其余时间仍然在故宫端门的老馆办公。

1959 年 8 月 14 日上午 8 时，历史博物馆奴隶社会馆西周文物展品部的保管员小魏像以往一样，迈着轻快的脚步从老馆到达新馆，她与同事一起进入西周社会文物展厅开始了一天的工作，她习惯地手舞鸡毛掸子打扫卫生，边打扫边清点展柜里的文物。

鸡毛掸子轻轻扫过 32 号陈列柜后，她弯腰清点柜子里的文物。数到第 16 件的时候，她愣了，应该是 17 件，怎么数到第 16 件，下面就没有东西了?

她又匆忙数了一遍，还是 16 件。陈列柜里的每一件文物都对应着一个说明牌，16 件文物配有 16 个说明牌，并无多余的说明牌。对工作认真负责的小魏清晰地记得，32 号陈列柜里应该有 17 件展品。至于具体少了哪一件，惊慌中的她一时确定不下来。她急忙跑回老馆端门的办公室，拿来展品清单一一核对后，不禁大声喊了起来:“史孔和怎么不见了?史孔和没有了！”

听到呼声的大伙都跑过来，帮助小魏东找西找。没有。史孔和不翼而飞了。

上午 9 时，北京市公安局文化保卫处值班室，接到了中国历史博物馆保卫科科长齐军打来的报警电话。市公安局离历史博物馆很近，几分钟后，文化保卫处的高克、李岩处长率张政等 9 名侦查员赶到现场。紧接着，公安部三局的领导和侦查员也赶到了。西周的文物件件都是稀世宝物，只要被盗，就是重大案件。

勘查现场的时候，高克处长发现，摆放史孔和的展柜并未加锁。再观察周围，文物虽已入柜，但是不少展柜的玻璃还没来得及装上，那些价值连城的宝贝就这么无遮无拦地摆在那里。

齐军科长介绍说，因为布展时间有限，赶制的展柜还没来得及安装玻璃就运来了。为了抢时间，只好现场安装玻璃，这几天，安装玻璃的工人正在加班加点工作。而摆放文物工作也不能停止，所以两者同时进行，的确忙乱。

齐军科长又说，不过，玻璃安装工都是经过严格审查备案的，每个人都很可靠。历史博物馆内部工作人员管理也很严格，为了文物的安全，工作人员只有在布展和值夜班的时候才能留在新馆，除此之外，所有人都必须按规定在老馆端门办公。并且，新馆防守严密，有荷枪实弹的解放军战士警卫，本馆工作人员进入必须向警卫战士出示证件。

经过反复调查，侦查员们认为：历史博物馆新馆内部安全防范措施严密，不熟悉内部情况的人很难入馆作案。特别是西周社会文物展厅走廊东侧正在修建电梯，搭有脚手架，为安全起见，西周社会文物展厅走廊里特别安排了警卫战士昼夜看守，外贼绝对进不来。高克处长认为，盗贼的目标好像很明确，仅盗走了32号展柜里体积很小的史孔和，连同说明牌一起拿走，这符合内部人作案的特点。

当晚，北京市公安局副局长安林等领导听取了案情汇报，研究决定，成立以高克为组长的侦破组，由市局一、二、四、五、七处等密切配合。会上还确定了案件的侦查方向：内部人员作案。

侦破组立即会同历史博物馆党委，对全馆职工进行破案动员，发动职工群众积极提供情况，以便从中获取可疑线索。北京市公安局还在全市范围内公布案情，并加强了特艺古玩、信托、海关、车站、机场等部门和部位的监控，防止国宝外流。

8月15日，公安部向全国省、市、自治区公安厅局，各铁路公安处，海关发出协助查破历史博物馆文物被盗案的通知。

案情扑朔迷离

侦破组把13日下午6时30分至14日晨定为案发期间，侦查员对这期间留在新馆内的43名内部工作人员，逐一进行了排查。结果是，案发的时间段里，唯独赵桐蓁有条件直接接触32号展柜。那天赵桐蓁在新馆内值夜班。在西周社会文物展厅走廊里执勤的武警战士也证实，案发的当夜，除了值后夜班的赵桐蓁外，西周社会文物展厅内再无其他人进出。

赵桐蓁被确定为重点嫌疑人。

赵桐蓁是历史博物馆的文物征购员，当年29岁，家庭出身是城市职员，1949年考入华北革命大学，同年参加了中国人民解放军。1958年复员后，被分配到历史博物馆，任文物征购组的征购员。据了解赵桐蓁的人回忆，在部队期间，赵桐蓁挺讲究吃穿的，还爱占小便宜，曾经贪污过集体的菜金和粮票，所以，当兵9年，他既没入党，也没提干，是人们眼里的落后分子。赵桐蓁到历史博物馆工作后，给人们的印象还算不错，按照部门领导的要求钻研业务，并与一些经常打交道的古玩商关系搞得不错。

侦破组还分析推测，赵桐蓁具备作案动机，他有妻室，但生活上不检点，与大华电影院的一个漂亮女子关系不明，两人经常出入酒楼饭店，仅靠他的工资难以维持奢侈消费。

尽管赵桐蓁有作案动机，也有作案时间，但侦破组却缺乏足够的证据。由于工人在现场加班加点安装展柜玻璃，小魏发现史孔和不见后，喊来不少工作人员，大家东翻西找，现场被破坏严重，刑技人员未能提取到指纹等物证。

尚未开馆就丢了国宝级文物，这惊动了周恩来总理，周总理派干部专门听取了历史博物馆的汇报，令历史博物馆感到极大的压力。公安机关又把案件性质定为内部作案，使历史博物馆的员工人人自危。

周总理关注这件案子，与故宫博物院也发生了盗案有关系。史孔和失踪两天后，故宫珍宝馆养性殿的14页金册和10页玉册被窃。故宫的金册与历史博物馆的史孔和都是国家一级文物，它们接连被盗，对故宫博物院和历史博物馆的声誉都有影响，周恩来总理要求公安部门一定要破案。

经过三个月的艰苦努力，11 月 12 日，故宫博物馆金册被盗案告破。而史孔和案的调查工作仍在原地踏步。为了打破僵局，侦破组能做的，就是在历史博物馆内部反反复复调查，仔仔细细分析。国家安全部门也派人参加了案件的调查工作，安全部门有同志推测，“史孔和” 被盗案可能有海外敌特背景，目的是羞辱新中国。

“史孔和”被盗案因此蒙上了一层政治色彩，更加扑朔迷离起来，侦破组的压力也陡增。

案件迟迟破不了，侦破组调整思路，由公开调查转入秘密侦查。历史博物馆的保卫干部和积极分子也密切配合侦破组，在内部出身不好或表现不上进的人里寻找新的线索。同时，侦破组也没放松对赵桐蓁的继续调查。

盗贼被惊动

1960 年，历史博物馆开馆进入一周年倒计时。随着时间的推移，案件侦破工作更加艰难，几成悬案。

这年的 4 月，北京市文化局组织下属各单位的一些干部，到顺义县牛栏山公社前桑园村劳动锻炼，赵桐蓁和历史博物馆的一些干部工人也在其中，锻炼期为一年。侦破组组长高克找到干部队队长王树礼，请他帮助暗中观察赵桐蓁。

1961 年春节前夕，下放干部队的人们回城与家人团聚过年心切，干部队队长王树礼也对监视赵桐蓁有所放松。就在这时，赵桐蓁所在的宿舍发生了盗窃案。

赵桐蓁所在宿舍住着包括他在内的四个下放干部，四个人的箱子、提包都被撬开，检查后共丢了一块瑞士马威牌手表、一个象牌矿石收音机、两条枕巾、一双毛袜子、一小捆毛线和一块香皂。

赵桐蓁也被盗了，他的提包被丢在地上，他捡起来跳上炕高声嚷：“你们看！我的提包锁也被撬坏了，里面的 15 块钱没了。是谁这么缺德，干这种事。”

下部队队长王树礼见案件涉及赵桐蓁，赶紧跑到大队部，直接把电话打给了侦破组组长高克。高克接到电话后，认为这是侦破史孔和被盗案件的一个机会。他叮嘱王树礼，暂时不要扩散案情。

于是王树礼告诫干部队全体同事，为了不影响干部队与村里贫下中农，特别是与房东大嫂的关系，大家都管住嘴，谁也别把这事儿外传。

可这事儿哪能瞒得住房东大嫂呢？她是个肚子里搁不住事儿的人，这么大的事儿出在自己家里，是对自己清白的玷污。她找到村党支部书记哭诉：我家祖辈是规矩人，出了这种事儿，让我一家老小的脸往哪儿放呀！我自己背黑锅事儿小，要命的是，败坏了咱村上的好名声。

村支书听了房东大嫂的诉说，气也直往头上撞，他的村上接待过不少下放干部，发生这么大的案件还是第一次。他说，你光哭管什么用？你好好想想，在你家住的那几个下放干部，有没有行为反常的？

经村支书这一提醒，房东大嫂擦了一把泪仔细回想，她说：“对了！早上的时候，那个叫赵桐蓁的挺怪的。”

房东大嫂说，早上她见大家都去食堂吃饭了，就像往常一样去给下放干部打扫房间。她推门进去，见赵桐蓁神色有些慌乱地站在屋里，大嫂问他：“你怎么还不去食堂吃饭？”赵桐蓁连忙从房柁的钩子上取下自己的提包，边摆弄边说：“我的提包拉锁坏了，想修一修再去吃饭。大嫂你吃过啦？”

村支书急忙去找王树礼，问过案情，又把房东大嫂的话告诉了王树礼。王树礼听后心想，好你个赵桐蓁！原来提包是你自己弄坏的！村支书更加愤怒，他从一开始就认定这事儿不是村上人干的，村里民风淳朴，偷鸡摸狗的事都没发生过，什么瑞士手表、矿石收音机，这些高级东西乡下人见都没见过。村支书要去质问赵桐蓁，王树礼队长当时脑袋发热，忘了侦破组让他暂时保密的叮嘱，于是把住在房东大嫂家的几个下放干部都叫了回来，宣布要当众破案。

村支书和王树礼原想，一定能从赵桐蓁的箱子里搜到赃物。结果大失所望，把赵桐蓁的箱子和被褥等都检查了一遍，却没有任何发现。村支书不甘心，要求继续开包大搜查，每个人都把箱包打开，当众接受搜查。结果还是一无所获。

第二天上午，侦破组组长高克带着侦查员赶到了。尽管现场早已被破坏，但侦查员还是一丝不苟地勘查着。侦查员发现，现场用牛皮纸糊的顶棚上，有一个破洞，细看牛皮纸毛茬，是新的。侦查员小心地把手探进破洞里，拿出里面的东西——一团报纸，报纸里包着一个茶叶盒，茶叶盒里正是被盗的手表和矿石收音机。

矿石收音机是所有无线电接收设备里最简单的一种，电路里只有一个半导体元件，它必须离电台非常近才能收听到广播节目，否则要架设天线和地线才能接收到，因为用矿石来做检波器，所以俗称“矿石收音机”。

研究和分析案情后，高克让侦查员照原样用报纸将茶叶盒包好，放回原处，耐心等待贼来取赃。

掩人耳目

接下来的十几天里，风平浪静，顶棚破洞里的东西也无人触碰。侦查员不免焦急，高克却说，别急，干部队马上放假回家过年，到时候应该就有人露出尾巴了。

2月13日，除夕，干部队放假返城的日子。大家回家心切，天不亮就纷纷起床忙着收拾行装。

赵桐蓁也和大家一样忙碌，他捆好自己的行李后，走出屋子，在黑洞洞的院子里转了一会儿后，又返回屋里，把捆好的行李卷再次打开，拿起棉大衣披在身上，又走出了屋。见四下无人，他大步跨到柴堆旁，弯腰扒开柴堆，拿起了什么揣进怀里，用大衣严严实实地遮挡住，然后钻进了厕所。

在他手忙脚乱地忙碌的时候，身后一个声音把他的魂都快吓掉了：“赵桐蓁，你在干什么？”

问话的是下放干部邱关鑫。他站在厕所门口，大声问鬼鬼祟祟的赵桐蓁。

“没……没干什么。”慌忙中，赵桐蓁把手里的东西扔到地上。

“你扔在地上的是什么东西？拿起来给我看看！”黑暗中，邱关鑫看见有东西落在地上，却看不清楚是什么。

“是……是块手绢……”赵桐蓁说着，用脚踩住了扔在地上的东西。

大家闻声赶来，有人打着手电筒往地上一照，见是一块枕巾。有人立即认出枕巾是自己被盗的那块。愤怒的人们要求赵桐蓁把鼓鼓囊囊的裤兜里的东西拿出来。赵桐蓁不得已把两个裤兜里的东西掏了出来，香皂、毛袜子和毛线等，立即被它的主人们认出。

又轮到侦破组出面了。赵桐蓁挺痛快，没费事就交代说，是他贪心发作，做了令人不耻的事儿。赵桐蓁不想两手空空地回家过年。于是，他打起了同宿舍人的主意，利用人们去食堂吃饭的机会，用事先准备好的钳子一连撬开几个同事的箱子，把手表和收音机藏进顶棚的洞里，又把枕巾、毛袜子、毛线和香皂用枕巾包起来，藏进房东大嫂的红木柜里。为了掩人耳目，他又橇坏了自己的提包锁，把包里的东西散落一地，然后飞快地跑去食堂吃饭，饭后又与大伙一起下田干农活。村支书和王树礼队长的公开搜查，没能抓到他的把柄，他内心得意之余，又害怕藏在房东大嫂红木柜里的枕巾包被发现，于是在一个深夜，他把枕巾包转移到了院内厕所旁的柴堆里。又选了一个宿舍无人的中午，准备把藏在顶棚的东西也转移掉，却察觉报纸包被人动过了。害怕暴露，他只好忍痛放弃。他每天牵挂着隐藏在柴堆里赃物的安全，打算在回城之前，乘人不备将其移进自己的箱子，这些按票供应的生活物品，都是难得的年货。不承想，赃物转移成了现场捉赃。

失而复得

侦破组组长高克认为，应该趁热打铁，直接向赵桐蓁要史孔和。

可是，一连几天的审讯，赵桐蓁只承认盗窃干部队同事的财物，坚决否认与史孔和有瓜葛。预审员苦口婆心地向他反复交代政策，他还是咬定硬扛着。高克认定是赵桐蓁偷了史孔和，要求侦破组一定要拿下赵桐蓁的口供。

2月18日上午，赵桐蓁再次被带进审讯室。他像往常一样一言不发，低着头，只等三名预审员继续那些老生常谈的说教。可是，等了一会儿，没人理他。又等了一会儿，还是一点儿动静也没有。他抬头一看，三个预审员正看着他，一言不发，表情冷峻。赵桐蓁来时慌，越来越慌，他脑门开始出汗，两手潮湿。

预审员故意“晾”着赵桐蓁。赵桐蓁心里是否有鬼，经过这么一“晾”，经验丰富的预审员能看出个八九不离十。就在赵桐蓁感到好像有无数根钢针扎屁股的时候，一名预审员突然大声问，“赵桐蓁！你把史孔和藏哪儿了？！”

“藏……藏……”赵桐蓁头上的汗珠啪嗒啪嗒地往下掉。

这时，第二名预审员不紧不慢地开口了：“赵桐蓁，你一连几天抵赖，你觉得，你能总这么抵赖下去吗？作为一个文物征购员，你明白史孔和的价值，更明白史孔和是国宝级文物，别说是非法得到，就是合法收藏着，也绝对是无权处置的，对于这一点，你应该比我们更清楚，是不是？”

第三名预审员又非常严厉地说："赵桐蓁，政府的宽容和耐心是有限度的，我们这是在挽救你，不是求着你！我们是想让你自己老实交代，别走那条死路，何去何从，都在你自己手上攥着呢！"

赵桐蓁用潮湿的手去擦额头上的汗，苦涩的舌头不停地舔着干裂的嘴唇。

"啪！"侦查员一巴掌拍在桌子上："藏哪儿了？！快说！"赵桐蓁吓得脑袋一缩："藏……""藏哪儿了？！"侦查员猛追。赵桐蓁崩溃了："藏……藏在甗的肚子里了。"

预审员押着赵桐蓁去取赃。走到历史博物馆文物库房西墙下的一尊西周青铜器"甗"前，赵桐蓁停下，指了指。

"甗"是古代炊具，相当于现在的蒸锅，上下两层，上半部盛放被蒸之物，称为甑，甑底是有孔的箅子，以利于蒸汽通过。下半部称为鬲，用以煮水，三个空心高足间可烧火加热。"甗"有的连体，有的分体，眼前这尊是分体的，半米高。赵桐蓁搬开上半部甑，露出宽敞的"肚子"鬲，史孔和就被藏在里面。

赵桐蓁交代说，1959年8月13日下午，文物征购组组长通知他，当晚到新馆值后半夜的班。赵桐蓁心里暗喜，作为文物征购员，平时他到新馆工作的机会不多。他知道新馆里摆满了从全国各地调运来的国宝，绝大多数他都无缘目睹。夜里值班，可以开开眼，与那些宝贝近距离接触了。

赵桐蓁值后半夜的班，应该零点接班，可是，他9点就从端门的旧馆来到新馆值班室。值前夜班的老董见到他不免感到奇怪，问他，你怎么这么早就来了？赵桐蓁说，下雨路不好走，今晚就不回家了。

赵桐蓁发现新馆里有人在干活，就问老董，工人怎么没下班？老董说，他们在加班安装展柜玻璃呢。这时，有电话找赵桐蓁，赵桐蓁接过电话后出去了。

赵桐蓁重新回来时，钟表显示差5分钟零点，赵桐蓁该接班了。此时安装玻璃的工人不见了，值前夜班的老董、老于也交班后走了，与赵桐蓁一个班的张荣躺在值班室床上睡了，赵桐蓁便起身往西周社会文物展厅走去，那些宝贝物件太具吸引力了。

到了展厅外，他看见展厅外走廊里的电梯口站着一个警卫战士，于是他放慢脚步，佯装散步的样子，与战士打招呼。见战士很和蔼，闲聊几句后，他大模大样地走进了展厅。

打开照明灯，他巡视了一番，他知道，这里面的每一件东西都可以说价值连城。他最后停在32号陈列柜前，眼睛盯着史孔和，这东西小巧玲珑，既值钱又好拿，而且展柜没加锁，只要伸手就能拿到。

他没敢伸手拿。战士就守卫在门外，今天又是自己当班，如果拿了，目标太明显。可是，今天不拿，明天就锁上了，再想拿就难了。于是，他的手伸了过去，抓住那宝贝藏在兜里，回到办公室，藏在他办公室的文物柜里，第二天趁机藏进了甗的"肚子"里。

1961年7月1日，历史博物馆新馆按时开馆，失而复得的史孔和被摆放在原来的位置上，迎接人们的观览。9月30日，北京市中级人民法院作出判决，认定赵桐蓁犯了盗窃国家珍贵历史文物罪，且犯罪性质恶劣，情节特别严重，判处无期徒刑，剥夺政治权利终身。■

总统套房名画频频被盗之谜

■ 鲁 兵

这是一起长达十多年之久的系列名画盗窃案，北京、上海、深圳、南京、苏州等市的诸多大宾馆内名家国画频频被盗，其名画之珍贵、其时间之久远，可谓稀世罕见。

夜雅贼调虎离山，大师名画不翼而飞

月残星稀的寒夜。上海西郊地区的那家花园宾馆内绿树葱茏，灯光寂寥，呼呼的北风使偌大的花园显得更为幽静。晚上 6 时 20 分许，从出租车上下来了一个身着咖啡色西装的男士，匆匆来到宾馆 7 号楼服务总台登记住宿，他客气地问："我就是一个多小时前来电要求住 3 号楼的客人。" 女服务员递给他一张登记证，来者熟练地登记了名字和身份证号，服务员检查了来者的身份证号和名字均吻合后，按其要求开了 3 号楼 316 豪华套间。

三个多小时后，咖啡色西服客人又来到服务总台对服务员提出："明天开会要租借同楼的 301 会议室，现在能否看一下会议室？" 服务员小叶提着一圈钥匙带他来到会议室，门打开后客人环视了一下房间，又抬头扫视了一下墙上的巨幅国画《群马图》，随后离开了会议室，服务员离开时顺手锁上了门。

晚上 11 时，该客人再次来到总台，打着手势对服务员抱歉地说："刚才没有留意会议室有多少座位，能否再打开一下会议室的门？" 小叶又陪同客人来到 301 会议室，客人煞有介事地数了下座位，又随意地查看了那幅《群马图》上的落款，不时提出桌布、茶水等具体事宜，又提出现在就去取杯子放整齐，小叶与客人一起来到总台，给负责会议室的女服务员打了个电话。客人道谢后便热情地与小叶攀谈起来。聊了一会儿，客人告诉小叶："我刚才去方便时，看到厕所门口有人吐了一大摊污物。" 小叶听罢赶紧来到厕所门口，果然见地上有呕吐物，便取来拖把清扫了一下。待小叶回到服务台时，客人已悄然离去。

约清晨 1 时 20 分，小叶看见台子上的一大圈钥匙，蓦地想起会议室的门还没上锁，便急匆匆赶去锁门。当她走进会议室时，发现墙上那幅《群马图》不翼而飞，顿时傻了眼，吓出一身冷汗，她抓起电话立刻向值班经理报案。

301 会议室内 68cmx250cm 的巨幅《群马图》，系出自国画大师刘旦宅手笔，1980 年，大师住在这个宾馆里，花了一周时间精心创作了这幅巨画，封笔后郑重地赠给该宾馆，宾馆一直将其视为珍品收藏而未取出示人。2003 年 7 月刚悬挂出来不到半年就莫名其妙地蒸发了，实在令人纳闷。据行家估价，此画仅收购价就达 50 万元，倘若上市拍卖，估计成交价至少 200 万元人民币。

△ 被盗的刘旦宅创作的《群马图》

国画珍品被盗，立即引起了宾馆老总的高度重视。

2003 年 12 月 7 日上午 7 时许，上海市公安局刑侦总队二支队接到报案后，即刻通知辖区长宁分局一起赶到现场，时任上海市公安局副局长孔宪明、刑侦总队总队长郭建新及长宁分局局长吴永志先后赶到现场，明确要求必须认真勘查现场，反复细看宾馆监控录像，不放过任何蛛丝马迹……

经过一个上午的勘查现场和侦查，勾勒出了案件的初步情况。316 房间的客人登记时使用的身份证名字叫“高明”，该身份证系伪造，假名字、假地址，属智能型犯罪，来无踪、去无影，作案不留痕迹，案犯确实比较“高明”，似乎公然与公安叫板。但狐狸再精明总会露出蛛丝马迹，7 号楼服务总台的录像里跳出了客人侧面的“尊容”和身影，年龄 40 岁许，据当班的女服务员回忆：“此客人身高 1.7 米左右，皮肤白皙，头发略秃，脸有点熟，过去来过。”女服务员的指认，基本锁定了此人就是预定会议室的那个穿咖啡色西服的客人，此人有重大嫌疑。

两位女服务员都声称只有一名客人，但经过勘查，客房现场却留有两双拖鞋、两个杯子，一杯子里留有茶叶余渣，另一杯子里留有剩余咖啡。技术员庄明华从杯子上提取了两枚左指纹，经 DNA 检测系两人所留。现场位于 3 号楼底层南侧，国画《群马图》被裱糊后装在镜框内悬挂于会议室西面中央。此画系被刀片从镜框中整体切割后盗走的，割痕较规则，手法老练。从录像里看仅有一人，服务员也只见一人，但科学技术证明却是两人作案，另一个“隐身人”未留一丝痕迹，可谓更老到狡猾。

根据宾馆录像中锁定的对象制作的嫌疑人照片，立即通过电脑传遍了各个关口和全市各部门、各警种，全市迅疾布下了一张无形的大网。

在机场，侦查员仔细检查每一位出境人员的记录和录像资料，查找持“高明”假身份证者是否有出境记录。

在海关，安检人员对每一位携带书画的出境人员都进行重点检查，并对案发时段浦东、虹桥两机场的出境旅客名单逐个检索、排查。

在宾馆行业，刑警走访了60多家大饭店，调出几百个录像资料仔细搜寻辨认，以求对上嫌疑人。

在典当行，专案人员了解有无送来过名人字画，并对名人字画逐一查看。

在拍卖行，侦查员更加仔细走访，对拍卖的字画和即将拍卖的书画逐个了解，并耐心询问书画行情。

在书画市场，便衣警察对分散在全市的40多个书画交易市场进行暗访询问，寻踪觅迹，寻找大师的手迹，并在典当行、拍卖行和书画市场等重点地方进行了控赃。

在出租车公司，面对几十万辆出租车，侦查员们有重点地访问当晚去过西郊地区的司机，终于在茫茫的车海里找到了一位去过该宾馆的出租车司机，他见了照片后回忆道："此人与另一男子于12月6日深夜11时多，坐过我的出租车，其中一人手里拿着一卷伞状的东西，拿东西的那个男子称醉酒呕吐，他们在番禺路、新华路下了车。"

专案组又旋即对新华路、番禺路周边的宾馆、旅馆进行了仔细寻访。

大师学生酷爱国画，雅士成为梁上君子

胡智在南京幼儿园时就酷爱画画，在报纸、墙壁和窗玻璃等处随兴涂鸦，其画作充满天真童趣，颇得大人赞赏。读小学时每逢上美术课，他都兴奋不已，每次美术老师布置作业他都是优秀，后来老师布置的功课已不能满足他的绘画技能，他便自己找来素描之类的画临摹后交上去，深得美术老师的赞赏，素有"画画大王"之称。

他自己也以"小画家"自居。到了中学后，因功课紧张，父母亲要求他以读书为主，反对他不顾作业整天如醉如痴地投入画中。但兴趣是最好的老师，胡智还是见缝插针地不断学画，并有幸成为中国画院江苏分院院长亚明的学生。他尤爱山水国画，整天临摹大师的山水画，尤其是自己的老师亚明的画作，还喜欢以画毛驴闻名遐迩的黄胄、一代宗师傅抱石、关山月等名家的经典国画之作。

1989年夏天，28岁的胡智来到苏州园林写生，朋友请胡智到苏城饭店吃午饭，来到饭店大堂，他突然发现一幅巨大的《六骏图》赫然挂在墙上，他眼睛一亮，快步来到画前细审，见是心里仰慕已久的上海国画大师刘旦宅的作品，凝视良久喜爱不已。他愣愣地站在那里对大师的作品认真地揣摩起来，此画虽没有徐悲鸿大师的《奔马图》有名气，但也堪称一幅经典之作。其画法采用了以线条勾勒为主、烘染渲衬为辅的传统技法，又采用了西方绘画中体与面、明与暗分块造型的方法，纵情挥洒，气势不凡。

回到南京后，胡智晚上躺在床上夜不能寐，心想倘若此画属于自己那该多好，可以仔细临摹、精心揣摩，一定能把大师的技法学到手。于是他突然萌发了一个大胆的念头，趁夜深人静，将此画盗走。但他又想到登记住宿时，必须填写真实姓名和住址，还要检查身份证，如此作案岂不是此地无银三百两?

但胡智对苏州苏城饭店的那幅名画始终耿耿于怀，不窃为己有实在是于心不甘，为此他特意买来了美工刀，还到地下市场制作了假身份证等作案工具，准备行窃。临出发前，他也曾有过犹豫，自己毕竟是一介文人，属绘画之列的儒雅之士，怎么能干梁上君子这种

卑鄙的勾当，像孔乙己那样干偷书被世人耻笑的傻事。但孔乙己说过，自古读书人偷书不算窃，依此类推，画画人偷画也不算窃了。他像阿Q那样自我安慰一番后便上路了。

来到苏城饭店，他用假名字、假地址和假身份证登记住宿时，心里惶恐不已，服务员草草地看了下身份证也没认真核对，就给其办了登记手续，就这样，胡智以子虚乌有的身份轻而易举地住进了宾馆。他去饭店吃晚饭，又看到那幅《六骏图》时，心跳不已，魂不守舍地匆匆吃罢饭回到宾馆，以看电视来平息那颗慌乱的心。至凌晨1时，胡智到外面看了一下，见饭厅里空无一人，寂静无声，便回到住处，带上作案工具蹑手蹑脚地来到饭厅，却发现铁将军把门，顿时大失所望，但他不死心，见是用铁链条锁门，又小心翼翼地推门，发现门被推到极致时人竟然可以钻进去，于是又大喜过望，悄悄地钻了进去。借着月色摸到画前，小心翼翼地将《六骏图》取下来，从背面旋开搭钩，取下镜框玻璃，用美工刀在名画周围划了一圈，被裱糊的画顿时脱落下来。胡智一阵惊喜，小心地卷起画放进早已准备好的卷筒，轻轻地钻出门，从事先打量好的边门溜之大吉。

回到南京后，胡智反复凝视《六骏图》，兴奋不已，但他心里也非常后怕，总是担心公安局会突然找上门来，甚至半夜里听到警报声也会吓出一身冷汗，有时走在马路上见到警察也会心跳不已，赶紧避开警察的眼睛。就这样在隐隐的担惊受怕中度过了半年，见相安无事后，胡智那颗慌乱的心才渐渐地平息下来。

偷窃这玩意儿就如吸鸦片一般，有了第一次的成功体验，就想来第二次、第三次。他想想这玩意儿也来得太容易了，冒一次险就可以拥有一幅名人字画，倘若到市场上去拍卖，就可得几万元，甚至几十万元。于是，胡智开始了盗窃名画的计划。他先来到就近的大都市上海，有意到接待外宾的大饭店、豪华宾馆或接待外宾的国宾馆去溜达，四处寻觅悬挂名人字画的高档场所。

1990年8月，胡智来到衡山路一家高档宾馆，见这家宾馆正在装修，东西都堆放在了人迹罕至的走道里，他边走边留心细觅，果然在走廊里发现了一幅国画大师谢稚柳的《仿宋山水画》，并且没有什么保护措施。他顿时喜不自禁。于是故技重演，果断地用假身份证开房住了下来。这次已不像第一次那样慌乱了，而是晚饭后待在房间里看足球比赛，还一个劲地为上海队加油，看到最后见上海队输了，还骂了一句："真他妈的不争气！"然后，胸有成竹地抬腕看看表见才11点，又开始静下心来看外国电影，直到电视台各频道都"再见"后，他才伸了个懒腰，带上早已准备好的作案工具悄然来到楼梯走道，用尖嘴钳轻轻地卸开镜框，然后小心地用美工刀割下名画，卷好后从后门仓皇逃逸。

第二次的成功，使胡智更加偷画上瘾。三个月后，他估计上海方面风声已过，于是，又潜入上海寻寻觅觅，大上海高档宾馆多，名画也多，果然，没多久，他又发现一家大饭店的餐厅边走道上悬挂了一幅应野平的《山水画》，应野平是上海画坛一流的山水画大师，胡智对其仰慕已久。细细欣赏一番后，他决定拿下此画，但见走道灯火通明，一人下手容易失风，心想如果有人帮助望风就万无一失了。于是，他决定物色一个可靠的搭档联手干，但谁可靠呢？胡智一时颇为犯难。

那天，他在马路上赶路，突然遇见自己的中学同学汪大兴，彼此十多年不见，格外亲热，胡智见他的头发有点谢顶，便开玩笑地说："你老兄现在忙什么，头发都谢了。"汪大兴苦叹道："不瞒你老兄，如今铁路局这种单位效益也不好，不死不活地每月拿几个死工资，我干脆辞了职自己干。我经营过一家外贸公司，没想到做生意也不是件容易的事，不但没赚钱，反而欠了一屁股债。现在是既回不了原单位，又无资本做生意，只好到处游荡，老同学，你能帮兄弟赚钱吗？"

胡智听罢感到正中下怀，见对方也不是外人，便开门见山道："我正在做卖画的玩意儿。"

汪大兴不以为然地说："这画能赚什么钱？"

胡智怂恿道："这你就外行了，这名家的一幅画一般都是上万元、十几万元，甚至上百万元。"

汪大兴拍拍老同学的肩膀道："别只顾自己发大财，有机会赚钱，需要兄弟帮忙时可千万不要忘了兄弟啊。"

胡智见火候已到，便直言道："上海静安寺有家大饭店内有幅名画家应野平的山水画，此人是上海滩上一流的国画大师，此画价格肯定不菲。我想把它取走，但它挂在宾馆的走廊里，一人难以下手，你有这个魄力干吗？"

汪大兴正穷得叮当响，又无工作一身轻，听罢拍胸脯道："有什么不敢，只要你老兄吩咐，兄弟我一定配合默契。"

说干就干，胡智第二天就为汪大兴办了一张假身份证，当天下午两人来到上海静安寺附近的那家宾馆，顺利地住进饭店。两人趁吃完饭之际又看了一下走廊里的画。回到房间便看电视熬时间，胡智问汪大兴："怕不怕？"汪大兴满不在乎地说："这有什么好怕的，现在我是一无工作，二无金钱，还欠了一屁股债，一无所有的人是无所畏惧的。"

半夜两人来到餐厅画前，果然汪大兴自告奋勇地道："你只要站在道口望风，有人来了咳嗽一下就可以了，其他的都由我来干。"

汪大兴一人来到画前猛一使劲抬下沉重的镜框，手脚利索地卸下后盖，用美工刀三下五除二地割下画一卷就走，来到电梯旁胡智早已按好电梯，下了电梯，两人迅速从边门撤离。打的赶到火车站，一口气连夜坐车回到南京，胡智扔给汪大兴 2000 元以示酬劳，汪大兴高兴不已，但他却不知当时此画就值 20 万元。

全国串并案件有戏， 踏雪寻梅北京无果

自 2003 年 12 月 7 日上午接到报案起，上海市公安局刑侦总队和长宁公安分局组成了专案组，指挥部设在长宁公安分局。侦查员每天四处奔波，晚上回到指挥部集中汇报案情，指挥官根据汇集的信息，去伪存真，分析推断，然后确定侦破方向。上海市公安局副局长孔宪明在发案当晚赶到指挥部听取了汇报。

侦查员们观看着现场录像各抒己见，袅袅香烟与各种思路缠绕在一起，各自的见解互相碰撞擦出了智慧的火花。孔局长听完大家的见解后，似有所悟地说："在全市宾馆摸排一下，看有多少饭店发生过此类名画被盗案。同时，此案不能仅局限于上海侦破，要立足上海，面向全国，尤其是周边地区。另外上公安网查一下，看看外地是否也发生过此类案件。我看事先订客房、使用假身份证、密切配合等，这种犯罪有预谋、作案手法很老练，属智

能型犯罪，一定是内行所为，嫌犯很可能是个绘画爱好者，可谓是个雅贼。”

侦查员们根据领导的指点，上网轻点鼠标，果然荧屏上很快跳出南京、北京、天津、深圳、苏州等地也发生过此类案件。苏州苏城饭店先后两次名画被盗，1989 年 9 月丢失一幅刘旦宅的《六骏图》，2002 年又被盗一幅中国画院江苏分院亚明的《黄山云海》；还有南京的长江大饭店，2003 年 8 月 17 日被盗一幅亚明的《淮扬春色》；尤其是北京 2003 年 11 月 1 日，在中央领导接见外宾的饭店内失窃了一幅国画大师傅抱石和关山月合作的名画《梅花图》，仅上网和电话联系就串出名画失窃案 10 多起。又分头与外地公安机关联系，了解到了北京、南京、苏州等地更详细的案情。

◁ 被盗的傅抱石、关山月创作的《梅花图》

此刻正值全国追逃会战期间，侦查员根据现场提取的指纹到公安网上指纹库一核对，须臾，有一枚指纹与之相吻合，对上的一枚相同指纹系 2002 年 5 月偷盗苏州姑苏饭店的亚明国画《黄山云海》的窃贼所留。

当晚，孔局长打电话给上海著名油画家陈逸飞，向他请教了画坛圈内的情况。陈逸飞听罢案情分析说：“亚明原是中国画院江苏分院的院长，他的画两次被盗，与南京一定有关系，而且此贼懂国画行情，估计是个内行。”专家的话进一步印证了孔局长的推断。

全国串并案件，上网核对指纹，使案件有了重大突破！

根据北京和南京发现的线索，侦查员分头前往追踪觅迹。刑侦总队二支队的孙明等人冒着漫天风雪来到北京市公安局，当地的侦探告诉他们：“《梅花图》系 20 世纪 50 年代中国画坛上最具盛名的国画大师傅抱石和关山月合作所画，他俩当时住在这家宾馆为人民大会堂竣工作画，两人满怀激情泼墨挥毫，整整花费了三个月时间，根据毛泽东主席的诗词呕心沥血创作了这幅国画《江山如此多娇》，在人民大会堂一经挂出，立刻引起轰动，受到了中外嘉宾和各地观众的交口称颂，更是受到了毛主席、周总理等老一辈领导人的高度赞扬，也得到了全国同行的佩服惊叹，从此，此画遐迩闻名，成为人民大会堂的镇堂之宝。两位画家为了感谢宾馆的热情款待，又一鼓作气地创作了 3.5 米宽、2.4 米高的《梅花图》，送给宾馆以示谢意。宾馆将此画作为稀世珍品挂在了外宾接待室，后人将这两幅画称为姊妹图。据专家估价，《梅花图》如上市拍卖，起码1500万元。40多年来，全世界许多国家的领导人在此画前座谈留影，其影响远远超出了一般名画的范畴，已成为无价之宝。此《梅花图》11月1日被盗后，许多中央领导批示尽快破案，吴仪副总理到该饭店时详细询问了破案的进展情况。

正当北京紧锣密鼓地全力侦破名画盗窃案时，见上海警方前来通报案情，给予了全力配合。上海警方随北京警方来到文物密集的琉璃厂、潘家园等著名书画市场寻觅赃物，但茫茫人海何处觅踪影？北京失窃名画的诸多饭店窃贼同样狡猾地使用了假身份证，故一时尚无线索。结果北京“踏雪寻梅”，也是无果而归。

结婚生子隐居八年，重操旧业更为疯狂

胡智偷完上海一家大饭店应野平的名画后，敏感地意识到上海一定加紧了侦破力度，便突然销声匿迹，一去不返。1991年9月，他又调转枪头来到首都北京觅宝。京城的大饭店与上海一样，到处都是名人字画，胡智又轻而易举地在天涯楼餐厅里发现了陆俨少的一幅《峡江内旅途》，便一个电话叫来了搭档汪大兴。夜半时分，两人推开餐厅门，神不知鬼不觉地盗走了名画。

此后，胡智突然坠入情网，爱得如痴如醉，女友对他盯得颇紧，他也开始收敛起来。不久便结婚生子，孩子的呱呱坠地使胡智像股票一般被套牢，整天接送孩子，人一匆忙劳累便无心顾及名画，另外，成为人父后，他多少有了一点责任心。

一晃八年无动静。20世纪90年代末，胡智厌倦了守家看孩子的平淡日子，另有所爱，与一名比他小许多岁的女子又一次坠入情网。没想到这个女子特别喜欢吃饭和旅游，刚从杭州回来，又吵着到张家界去玩。出去玩不但需要时间，更需要金钱，胡智卖画的几万元积蓄很快挥霍一空，为了博得年轻女子的欢心，他重操旧业再次出山窃画，且更为疯狂。

胡智整天不回家，结果与妻子缘断恩尽，分道扬镳。从此，他又成了一只断了线的风筝。1999年1月，胡智出席朋友的一场宴会后，发现这里别有天地，那一幢幢洋楼从内到外处都是名人字画，金盆洗手了八年的他又蠢蠢欲动起来。

胡智回到南京后首先约多年不见的老搭档汪大兴吃饭，汪大兴听到失踪了多年的同学的声音后，埋怨道："兄弟，你这几年到哪里去了，我一直在找你。"无所事事的汪大兴听说请他吃饭，嘴里寡淡了很久的他赶紧如约而来。胡智一番友情怀旧，汪大兴哥们义气又来了。最后两人碰杯一干而尽，酒壮人胆，他俩出了门便直奔上海，住进了那家花园式国宾馆，颇为阔气地一人开了一间房，夜半时分，两人窜进那间早已瞄好的会议室，房内的三幅名画被贪婪的二人一股脑儿地全部卷走。一幅是上海著名画家唐云的《雨唤春禽》，另一幅是唐云的《长爱杭州》，还有一幅是名家谢稚柳的《夏日望霁》。

重新出山后，胡智更加疯狂盗画。1999年3月13日，胡智先是打电话给上海的一家大酒店，问总统套房住一晚多少钱，因总统套房客房入住率比较低，故服务员热情解答，胡智便套问有何设施，服务员也热情地一一答来，最后胡智追问道："房内是谁的字画？"服务员不知是计，便如实相告："是应野平的《井冈春色》。"胡智一听又遇上大师的名画了，

便一个电话叫上汪大兴赶到这家大饭店，故技重演地以假身份证顺利地住进了总统套房。他们进去后先将冰箱里的东西扫荡了一部分，然后躺在松软的大床上呼呼大睡。待醒来后，便将冰箱里的剩余东西扫荡干净，待到半夜才安安稳稳地取出名画，坦然地扬长而去。

1999 年 7 月 18 日，胡智又来到北京，按住宿指南，专门挑豪华的饭店打电话咨询，向服务员咨询总统套房有何设施，最后点题地问是谁的字画，当听说是当代著名大家范曾的《天下之柔驰骋天下之坚》后，胡智放下电话欣喜若狂。立马喊上汪大兴赶到此家饭店，毫不犹豫地包下总统套房。开门进房，胡智凝视着心中崇拜已久的大师手迹，心情久久不能平静。汪大兴见他如痴如醉的样儿，嘲笑他说："有什么好激动的，不就是一幅画吗？"

胡智难抑激动地说："你不知道，此人是我最欣赏的当代画家。他的画很有个性，有特色，线条流畅，用笔老到，善用枯笔，很少着色，大多画古人，且多是古代名人，我尤其喜欢他的那幅《泼墨钟馗》，那头毛驴用湿笔泼墨如水，而钟馗则用枯笔惜墨如金，线条流畅潇洒，实在是人见人爱。"说罢禁不住感叹："可惜此幅画不是彼幅画。"不管如何，胡智能觅到范曾的画，早已喜出望外，他悠然自得小心翼翼地切割下大师的画，半夜里挥一挥衣袖，带走一幅名画，告别了五星级大酒店。

2002 年 5 月，他俩又一搭一档，如法炮制地在苏州姑苏饭店会议室盗走了亚明的《黄山云海》。

2003 年 4 月，胡智来到边境城市深圳，在一家大饭店二楼过道上意外地发现了中国书法家协会主席舒同书写的一幅《毛主席诗词·清平乐》，兴奋之情溢于言表，他立刻打电话叫汪大兴马上坐飞机赶到深圳。汪大兴没有来过这个新兴都市，胡智带着他逛了世纪之窗等地，晚上住进饭店，洗了把热水澡，舒舒服服地先睡上一觉。待到凌晨，汪大兴睡得像死猪一般，胡智叫醒他时，他睡眼蒙眬地说："再睡一会儿。"胡智提醒说："等天亮就无法走了，取了东西，到南京随你怎么睡都行。"汪大兴无奈地爬起来，揉着惺忪的眼睛，两人配合默契地动手熟练地割下名人书法，远走高飞。

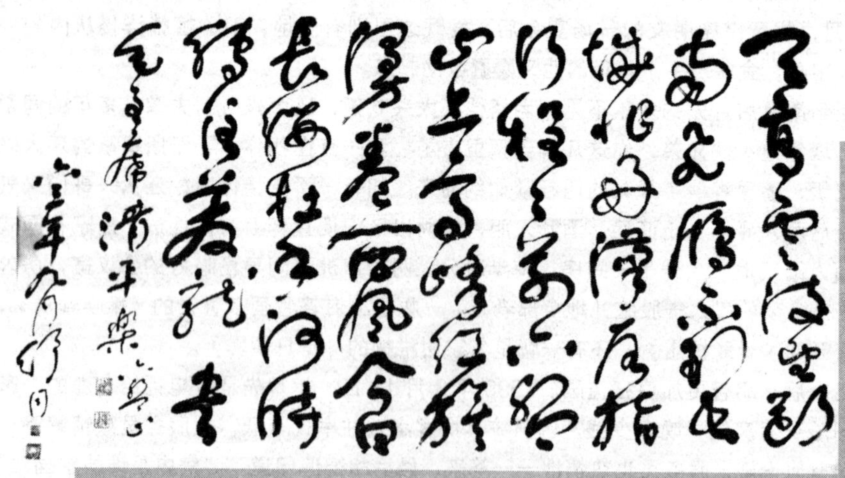

△ 被盗的舒同手书毛主席诗词

此前的一个月，胡智又给自己居住的城市南京的一家五星级饭店打电话询问总统套房的价钱，使用了惯用的套路，先是问套房设施，最后套出是黄胄的一幅《塞上踏歌行》后，胡智心里一颤，于是为了价钱反复与服务员讨价还价，服务员被问烦了，便请他先留下电话，胡智随即报给了对方。好马千蹄必有一蹶，智者千虑必有一失。胡智万万没料到就是这个电话使他失了前蹄，被关进了牢狱。真可谓聪明反被聪明误，反误了卿卿性命。

胡智听到的这幅黄胄大师的毛驴图，自己过去在画册上见过，便找出画册精心临摹了一幅尺寸一般大小的画，其技艺精湛，可谓惟妙惟肖。然后，胡智用假身份证住进了这家宾馆的总统套房，先用美工刀割下这幅期盼已久的名画，然后换上了自己的临摹画，窃走名画后关上房门一走了之。这活儿做得可谓天衣无缝，神不知鬼不觉。这种偷梁换柱的伎俩还真骗过了这里的服务员。

2003 年 10 月底，胡智偶然在一本画册上见到北京一国宾馆内藏有傅抱石与关山月合作的《梅花图》，他立马兴奋起来。他常年在画圈里混，知道国画的行情，国内目前卖得最高价的是傅抱石的国画，他的一幅手迹在香港地区索斯比拍卖行里以 1800 万元的天价拍出，创当时中国画最高拍卖纪录。11 月 1 日，胡智与汪大兴再次来到北京，以老套手法顺利地住进了这家国宾馆，胡智以订会议室为名骗女服务员打开了会议室的大门，又以制作会标的理由骗服务员一起去找电脑打字员，汪大兴则趁机溜进去以最快的速度切割下《梅花图》，并迅速撤离。胡智与女服务员纠缠之时，收到汪大兴传来成功盗画的信息后，与她应付了几句便拜拜了。

2003 年 12 月初，胡智应朋友邀请来到上海西郊一家宾馆打高尔夫球，他不断留心这里有无名画，果然在 3 号楼的会议室发现了刘旦宅的《群马图》，于是，便上演了开头的那一幕，结果刘旦宅的画成了他盗画史上的滑铁卢。他 14 年前成功偷盗的第一幅名画是刘旦宅的《六骏图》，最后也是因偷盗刘旦宅的《群马图》而被公安追踪抓获，正是成也萧何，败也萧何。

寻踪觅迹跳出线索，深查细挖浮出水面

另一路刑侦总队二支队薛勇一行四人，根据公安网上获悉南京一家花园饭店失窃名画的线索来到了这家宾馆，询问后证实这家宾馆于 2003 年 8 月 17 日被盗一幅亚明的国画《维扬春色》。查发案当天登记的身份证，又是假身份证，不过名字改成了“张天民”，再调出案发时段的录像，果然串并出与上海的梁上君子为同一人，如此可以锁定案犯就在南京，但茫茫人海中寻觅此人，如同大海捞针，无处下手。

成事在天，谋事在人。虽然在长江饭店发现了案犯的身影，印证了案犯在南京也在作案，但服务员说不出窃贼的子丑寅卯来。案犯同样使用假身份证、假地址，线索又断了。但侦查员毫不气馁，眼看就要水落石出了侦查员岂肯放弃，他们又赶到附近另一家失窃名画的五星级饭店，经询问证实这家饭店于 2003 年 7 月 20 日，总统套房也曾失窃过名画，不是一幅，而是三幅。一幅是亚明的《李白思忆》，另一幅也是亚明的《纵然一夜风吹来，尽在芦花溅水中》，还有一幅是白雪石的《千峰竞秀》。

女服务员反复回忆，就是说不出有价值的线索来，也难怪，她们天天与客人打交道，怎么可能记住这么多人呢？但是边上有位女服务员随便插话道："好像听说红楼饭店也有名画被盗。"谁料这无意中的一句插话却成了破案的关键线索。

侦查员们疲惫的身心顿时被这一句话激活了，他们不敢有丝毫怠慢，立即马不停蹄地赶到红楼饭店，但是女服务员却说没有失窃过名画，侦查员提出找老总，这天正巧是周六，老总在家休息。到手的线索侦查员岂肯轻易放弃，立刻拨通了老总的手机，老总听说公安局寻找，无奈只得从健身房赶来。但他也与服务员同口一词，信誓旦旦地说没有失窃过名画。侦查员提出到总统套房去查看一下。老总稀里糊涂地随之来到总统套房，嘻嘻地笑道："你看黄胄的《塞上踏歌行》不是好好地悬挂在墙上吗？"

侦查员见之大失所望，但是有位侦查员不甘心，他上前细瞅，发现国画的边沿有刀片切割的痕迹，经仔细辨认才发现名画已被偷梁换柱。这时老总才拍脑袋恍然大悟，禁不住感叹："没想到，没想到，这贼也太聪明了！"

侦查员请女服务员查一下电脑登记记录，果然在2003年3月8日，有一个叫"孙光明"的人登记过住宿总统套房。找来那天当班的女服务员，这位年轻的女服务员记忆甚好，她回忆说："那天好像这个客人打电话来预订过总统套房，反复讨价还价，我被他实在问烦了，就说你留个电话，等我请示老总后告诉你。"

侦查员一阵兴奋，立即问她："那个电话还在吗？"女服务员点点头说："好像还在。""立刻找出来！"女服务员轻拨鼠标，果然跳出了那个通信电话。

真是踏破铁鞋无觅处，得来全不费功夫。

2003年12月14日，在南京通信部门的鼎力协助下，侦查员迅速查明，此电话系南京一证券公司李经理的办公室电话。立刻找到李经理，请其辨认嫌犯的照片。李经理看罢照片说："此人叫胡智，是南京人，也是个文化人，整天在忙倒卖字画的活儿。"李经理的话更加印证了警方的判断。侦查员急切地问李经理："有无他的电话？"李经理边查商务通边说："肯定有。"须臾，就找出了胡智的联系电话。

案犯终于"浮出水面"，专案组无不激动异常。侦查员当即确定了另一个对象汪大兴有重大嫌疑。

12月15日下午，刑侦总队闻讯后，分头赶往南京指挥抓捕对象。在南京警方的鼎力支持下，摸清了胡智和汪大兴两人的住址，并进一步了解到胡智与妻子关系不睦，现可能与姘妇同居。

15日夜8时许，两路抓捕小分队分头伏击守候胡智与汪大兴。那天老天爷似乎故意考验警察的意志，特别冷。偏偏守候在小车里的侦查员不能发动引擎开空调，唯恐打草惊蛇，只得躲在车内瞪着双眼。至清晨7时许，住南京浦口区桥工新村15栋底楼的一谢顶男子走出门，面似录像里的男子，侦查员冷不丁一声高喊："汪大兴！"对方下意识地答应了，还没反应过来便被牢牢擒住并迅速塞入车内。

马上审讯，汪大兴证实了胡智正住在其姘妇家。另一路人马接到汪大兴已被控制和胡智住址的信息后立刻行动，侦查员迅速来到南京宁公新寓某号401室，几下礼貌的敲门声，里面传来了男子的声音："谁？"

外面答道："修水管的。"

须臾，房门露出了一条缝，侦查员以闪电之势冲将进去，迅疾将胡智拿下。

侦查员在胡智的住处当场搜出6幅名画，分别是：刘旦宅的《群马图》，亚明的《李白思忆》《纵然一夜风吹来，尽在芦花溅水中》和《维扬春色》，黄胄的《塞上踏歌行》和一幅《大公鸡》。

抓捕小分队立即将两名犯罪嫌疑人押至南京市公安局突审，胡智交代自己曾经是亚明的学生，跟他学过画，很佩服老师的画技。有一段时间曾精心临摹过老师的画，画友都说他临摹得惟妙惟肖。南京红楼宾馆里的那幅画是他临摹后换上去的，故他们一直未发现。从2002年至2003年，他们在北京、上海、南京、苏州等地疯狂作案6起。

当晚将他俩押回上海。经两夜审讯，汪大兴交代了先后共作案13起，其作案手段主要是学过绘画的胡智先寻觅踩点或打电话询问，发现目标后，由胡智为汪大兴制作假身份证，汪大兴以假名住进挂有名画的总统套房，待夜半三更汪大兴卸下大镜框，用美工刀割下名画，得手后一走了之；或两人搭档，一人望风，一人作案。每次事成之后，胡智都扔给汪大兴一两千元打发了事。

胡智知道这些名画的价值，死命顶了五天，在证据面前见同伙都吐出来了，无奈之下慢慢地挤出了10多起盗画案。根据两人的交代，共计作案15起，涉画19幅。北京市公安局接到破案的信息后，迅速在京城起获了傅抱石和关山月的《梅花图》和范曾的名画；上海市公安局缴获了唐云、应野平、刘旦宅、谢稚柳等大师的名画；南京缴获了亚明、朱屺瞻、黄胄、高冠华等人的名画，还有上海市公安局在南京追回深圳一家宾馆被盗的著名书法家舒同的书法《毛泽东诗词·清平乐》，共计16幅；另有应野平的《山水画》、谢稚柳的《仿宋山水画》、黄胄的《牛》等四幅名画早已在十多年前被拍卖行各以4万元的拍价拍卖，已无法追回，令人扼腕叹息。至此，这起持续了14年之久的总统套房特大系列中国名画盗窃案圆满地画上了句号。

2005年4月1日，上海市长宁区人民法院对震惊全国画坛的盗窃大案作出了一审判决，判处窃画大盗胡智11年6个月有期徒刑，剥夺政治权利一年，罚金3万元人民币；判处梁上君子汪大兴10年6个月有期徒刑，剥夺政治权利一年，罚金2万元人民币。■

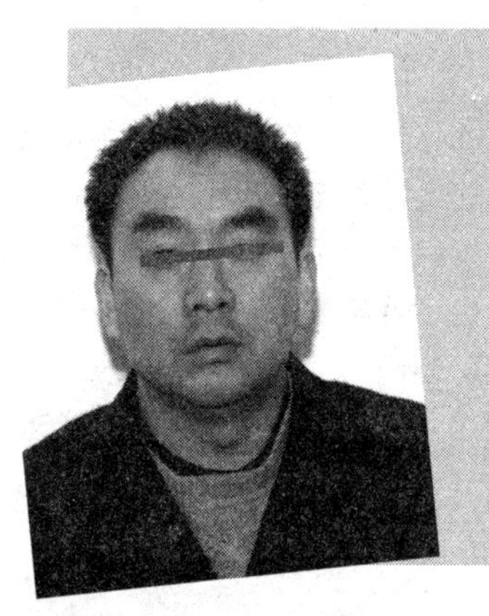

◁窃画大盗胡智（左）、梁上君子汪大兴（右）落入法网

群体退保的迷雾

——沪上“特大诈骗保险佣金案”侦破纪实

■ 陆 丰

刑警李博没有想到，当日的一句闲聊竟牵扯出后续如此庞大的犯罪团伙，所谓的投保、维权、退保竟然都是犯罪分子布下的迷局。

△ 刑警们凯旋

一切发现源于走访中的一次闲谈。

2020 年 4 月的一天，上海浦东新区公安分局外高桥公安处刑事侦查大队中队长李博前往新区检察院交流案情。当时，检察官们正在探讨的一起案件引起了李博的注意。前不久，上海惠众保险经纪有限公司找到检察院，该公司的一众投保人向银保监会投诉，要求全额退保。公司经过内部调查，怀疑系业务员为骗取佣金而操纵了整起事件。面对这样的新手法、新类型，检察官们对该起案件“罪”与“非罪”的属性争论不休。

从检察官们的讨论中，李博发现了此案的几个关键点：“惠众注册地为金桥治安派出所辖区”“投保人利用‘3·15 维权日’集中恶意退保”“涉及保单集中在几个业务员的签单中”。直觉敏锐的他立即记录下来，并向处领导汇报了有关情况。

锁 定

公安处连夜组建专案组，对保险行业工作流程与保险法进行了深入研究。次日，李博联系到惠众公司副总经理王某，了解到了整起事件的始末。

原来上海惠众保险经纪有限公司是一家主要负责保险中介及出售服务的经纪公司。2019 年 11 月至 12 月期间，该公司出售了近 30 份某大额保险产品。2020 年 3 月 13 日，公司接到通知，有大量客户至银保监会投诉，称“销售人员误导购买，要求全额退保”，而且有 10 余人次正在申请退保中。因涉及群诉群访，保险公司根据银保监会要求进行了全额退保，同时向惠众公司追偿客户手续费 300 余万元。

口碑不错的保险产品怎么会在同一时间突然接到这么多退保？面对完全陌生的保险行业，专案组的调查只能从研究一张张保单开始。近 30 份保单主要来自由王强带领的“火焰”销售团队，而王强则由另一个销售团队——“猛将”的负责人李杰推荐进入公司。

专案组顺藤摸瓜，以李杰为突破口深入调查，又发现李杰与公司的保险经纪马康、刘广南交往密切，且三人是同时进入公司的。以此为线索，专案组又对上述人员的银行资金流水进行跟踪排查，发现惠众公司内部佣金结算员陶丽丽与李杰有着密切的资金来往，可能涉案！

一切就像是一个迷局，透露着不同寻常的心思与阴谋。

穿 透

尽管人员排摸开始有了头绪，但他们的资金往来错综复杂，涉及 300 余个银行账户，仿佛一团互相缠绕的毛线，要把它们一条一条梳理清晰，任重道远。

当时的专案组成员有李博，还有外高桥公安处刑事侦查大队副大队长项天阳、高桥派出所民警顾冬勇和顾路派出所民警范中楷等。虽然人数不多，却都是来自各个单位的精兵，并有多次成功合作的经验。但这一次的案子似乎比以往棘手得多，项天阳感到这支队伍里似乎缺少了一个专业人才……

他想到了刚刚加入外高桥公安处的民警黄迪诚，他们虽然工作上还没有过深入合作，但办公室里的一次闲谈却让他对这个新同事刮目相看：法学硕士，有着多年经侦工作经验，又熟悉保险行业的操作手势，他正能填补团队中的这个空白！

黄迪诚本来已经被安排加入高行探组，但听了项天阳对案情的介绍，他的心也马上痒了起来，立刻加入了专案组。面对复杂的银行资金流水，黄迪诚凭借以往经验指导同事们立即开展审计工作，案件的侦破似乎走上了正轨。

那段时间，黄迪诚的身体并不好，刚做过手术，纵然如此，他仍一直泡在电脑前，看着密密麻麻的表格、错综复杂的资金流，不停地梳理着信息，制作着一张神秘的“资金穿透图”。

什么叫作资金穿透？这其实是经侦办案中的一个专业手法。如果说一笔资金由 A 账户转入B账户继而又转入C、D、E账户，那么对于办案人员而言，A到E就是最简化也最直观展现人员关联的一种方式。

在近一个月的共同努力下，密密麻麻的资金流向图被黄迪诚梳理成了清晰的18条单线，第一批犯罪嫌疑人浮出水面，成员的大致分工及承担角色也渐渐清晰。

通过全面排查、比对，专案组发现李杰、马康等人还牵涉分局2019年年底接报的一起“福星宝德公司”保险诈骗案，该团伙可能不是首次犯案……

追梦

来到上海，其实是为了圆一个发财梦。

李杰出生在安徽农村，成绩不好但从小就能说会道，总是小伙伴里领头的那一个。尽管农村生活安稳自在，但他从不满足。李杰一直向往着更大的舞台、更好的机会。他想去大城市，住豪宅、开名车，过上飞黄腾达的生活！

听同乡说卖保险赚钱，李杰便抛下一切来到上海，并在2014年如愿加入了某知名保险公司，成为一名保险经纪。原以为进了大公司收入就有了保障，但他终日奔走，四处游说，手里的保险项目却迟迟推不出去。

在那段最艰苦的时期，他遇到了志同道合的兄弟马康、刘广南。他们是安徽老乡，又都是保险从业者，许多个夜晚他们在宿舍里一边喝酒一边思考着发财大计。尽管现实生活不尽如人意，但他们始终相信自己总会有在这座大城市里安身立命的一天。

随着从业时间的增加，聪明的李杰慢慢摸索出了保险行业的“门道”。保险行业中一直都有一种“自买单”的操作手法，即保险员通过号召家人、朋友购买保险再退保的方式骗取佣金。在业绩惨淡的那几个月里，李杰和几个兄弟常常互相帮忙，寻找资源、搭通门路，佣金有时千余元，有时万余元，虽不稳定，却总能在他们最窘迫的时候给予慰藉。

这样不温不火的生活，李杰过了整整五年。2019年年初，几经跳槽的李杰收到了惠众公司的邀约，据可靠消息，2019年年中，该公司将代理一款佣金回报率极高的保险。在巨大的利益诱惑下，李杰带领着自己的一帮兄弟一起跳槽加入了惠众公司。

经过几年的“锻炼”，李杰积累了强大的人脉。原本兄弟几个想趁这次机会大赚一笔，但事与愿违，发财的美梦再一次破碎！

大城市的生活成本越来越高，发财的机会却越来越渺茫，马康、刘广南开始打起了退堂鼓，萌生了回老家做小生意的想法。眼看着手下的团队面临解散，李杰却不甘心，他劝说兄弟们再等一等、看一看，果然不久之后“发财”的机会真的来了！

2019年下半年，惠众公司代理了某保险公司的长期人寿保险产品及重大疾病保险。该保险年付高达40万~50万元，首期佣金可以达到年付的70%~113%。面对如此高额的回报，李杰动心了，当晚就又找到两个好兄弟。

经过多年的合作，几个人对“自买单”的操作早已形成默契。亲戚、朋友有的做投保人，有的做出资人，有的负责走账，只要几个电话的工夫便能召集到位。

光有外援还不够，想做成这笔大买卖，李杰还需要一个经验丰富的“内应”，他看中了公司的佣金结算员陶丽丽。他与陶丽丽私交不错，平时就有些小“合作”。李杰向她介绍了自己的全盘打算，又承诺了高额回报，陶丽丽马上动心了，表示愿意为他们隐瞒行为，并在佣金结算中为他们提供方便。

一个看似天衣无缝的骗保计划就此产生，后续的每一步也像李杰预想的一样顺利。2020年年初，近30份保单的佣金陆续发放，李杰的账户余额也水涨船高。买名车、看豪宅，李杰终于过上了他梦想中那种奢靡挥霍的生活。

抓 捕

“在李杰住处的停车场里发现了一辆临牌保时捷，车牌是XX, 查一下车主！”

李杰是整个犯罪团伙的核心，也是此次抓捕行动的头号目标。外高桥公安处刑事侦查大队副大队长吴龚旭亲自带队来到昆山。据可靠消息，李杰当时就在该小区内。然而，具体住在哪一栋楼，谁也不知道。

虽然该小区是当地新建的中高档小区，但是住客中能开上保时捷的还是少数。崭新的车况、张扬的外观引起了吴龚旭的注意。果然，经过查询，车主正是嫌疑人李杰。

李杰的新车停靠在5号楼的楼下，吴龚旭大胆猜测他的住所就在附近，但意想不到的是，他在电梯中竟然恰巧遇到了李杰，一切就像冥冥中的安排……

然而整个抓捕过程并非处处有如此“巧合”，该团伙牵涉的人员众多，专案组牵头高桥、杨园、顾路、金桥、沪东新村5个派出所，部署230余名警力分赴四川、江苏、浙江、安徽及沪上多处排查、守候，共同开展抓捕。

时间：5月22日1时41分，地点：安徽阜阳。

在车站旁的一个莫泰168宾馆里，沪东新村派出所民警孙义已经守候多时。随着微信群里的一声令下，他直扑房间将本案重要嫌疑人陶丽丽抓获并带往就近派出所开展初步审讯。

笔录制作到一半时，专案组通过调查发现另一名嫌疑人段立购买了车票正在前往安徽涡阳，便对位置最近的孙义下达了抓捕指令。

孙义看了看手表，又看了看手机，嫌疑人乘坐的火车将在次日6时20分抵达涡阳站，应该来得及！

就这样，凌晨3点，孙义跳上警车开上了黑漆漆的省道公路，驱车100余千米，与火车赛跑，终于在4时45分抵达涡阳站。

由于现场手续不全，当地警方不方便协作开展工作，孙义只能根据手中仅有的车票信息，守在4号车厢门口。

“就是他！”6时47分，孙义透过口罩上方的一双眼睛辨认出了对象，并当场成功抓捕。

时间：5月22日4时44分，地点：江苏南京。

“不好意思啊先生！把你车子撞了，你方便来处理一下吗？”

外高桥公安处民警范俊站在嫌疑人的车前拨打了一个电话，10分钟后嫌疑人陈宏急急忙忙地走向车旁，被守候的民警直接按在了车上。

“追了这家伙一路啊！”事后，范俊对这段经历给了这样一句总结。

原来，根据之前的情报，陈宏在安徽滁州的一家宾馆内，没想到次日傍晚当范俊带队守候时却扑了个空。经道路卡口查询，此人竟然开车去了南京。范俊立即带队跟上，沿着G40 高速往东一路直追。没想到，到了南京只追到了车，人却不见了。为避免打草惊蛇，范俊灵机一动，才有了上面的一幕……

抓捕现场惊心动魄，位于外高桥公安处的作战中心也是片刻不停。过去的一周对于专案组成员李博、项天阳来说无比充实、忙碌，梳理嫌疑人名单、确定嫌疑人位置、安排出差方案，展现了非同一般的执行力。

凌晨 4 时，连续作战的民警们本已经很疲惫了，却依然不停地接电话、回信息，协调各方处置各种突发状况，每每看着群里一句句“XX 到案！”“XX 抓到了！”他们就像是打了鸡血一般，什么疲劳都没有了。

当天，专案组成功抓获嫌疑人 71 名。

击 破

人到案了，口却难开……

审讯成为摆在专案组面前的另一个难题。抓捕后的第二天，一场审讯碰头会在外高桥公安处会议室召开。处领导、相关大队领导、专案组民警全员参加。

当时，除了下游几个出资人，大多数嫌疑人都不交代。如何将整起案件复盘、还原事实，只能自上而下，从先前制作的资金穿透图开始做起。

项天阳至今回忆起来，仍觉得那是一场酣畅淋漓的会议。看着眼前白板上从无到有，到最后画出了整个团伙架构、基本明晰了每名成员的职责分工，他们仅仅用了 2 个小时。

会后，李博和黄迪诚带着梳理出的分工情况、角色身份，跑遍了参与办案的每一个派出所，指导各个派出所开展审讯工作。许多嫌疑人一开始都保持沉默，但看到眼前的铁证，听到民警对案情的准确掌握，都放弃了无意义的抵抗，纷纷开口交代。

一切尽在专案组的掌控之中，到案人员的交代情况与之前复盘的案情如出一辙：

该团伙自 2017 年 10 月起，依靠家族式、老乡式关系网构建，以骗取保险业务佣金为目的，指使部分团伙成员担任保险公司业务代理员，安排部分团伙成员充当保险投保人并提供钱款支付高额保费、购买各类高端高额保险产品。之后该团伙像模像样地组建投保人维权微信群，有预谋地以集体上访、投诉等方式强硬退保获得全额保费，骗得高额保险佣金 1000 余万元。如今，李杰等人面临的将是严厉的法律制裁。

李博没有想到，当日的一句闲聊竟牵扯出后续如此庞大的犯罪团伙，所谓的投保、维权、退保竟然都是犯罪分子布下的迷局。

这次的经历不同以往，也让他明白了打击犯罪不能只就案论案，更关乎行业生态、企业存亡、诚信制度，是可以真正服务浦东经济发展的。

李博回忆起案件侦破的每一个步骤、每一个细节，真切感受到了自己身上不一样的职责与使命……

（文中涉案公司、保险产品名称均经处理；涉案人员均系化名）

盗墓者说

■ 西 岭

2016年盛夏的一天深夜，没星星也没月亮，几个盗贼驱车来到渭北旱塬上的陕西淳化，直奔云陵，开始疯狂地盗挖皇家陵园。

惊弓之鸟：又一次扑空……

这是一个彻头彻尾的鬼地方。大疙瘩正经的名字叫云陵，里头埋的是汉武帝的小老婆，史称钩弋夫人，也就是汉昭帝的生母。

此前，我们的老板已经来了好几次，他是来“踩点”的，坐实了这里肯定“有货”。早听同道有人传说，云陵的确“有货”，有人曾经在此出过不少价值不菲的“黑陶俑”。但我还是有点疑虑，更有些心虚，心里十五只吊桶打水七上八下：两千多年了吧，多少“快手”在此扒腾过多少遍，还能有多少宝物？最要紧的是，这可是有名有姓的皇家陵园，事一败露烂包，罪就大了。

我忍不住悄声问大毛："你觉得有把握吗？"

大毛不客气地骂我："瞧你个尿样，害怕啦咋的，老是疑心生暗鬼的！"大毛是他的外号，身板瘦条，鬼头鬼脑的样儿。哼，"暗鬼"！我听他这么说，不由得扑哧一声笑了，还用生什么"暗鬼"吗，我们这些"货"——人不人、鬼不鬼的，不正是鬼吗？不错，大毛所说的"我们"，正是千夫所指、为人不齿的盗墓贼。我们之间，约定俗成只叫外号不喊真名。做贼心虚，怕露馅儿呗。

说来邪门，我那时突然就想起另一个伙计，我们管他叫疤瘌，鬼精鬼精的一个乡党，算一个精于此道、掘墓盗宝的老手。本来是说好一起来的，可他临时变卦了。你知道为啥？行前，他咬着我的耳朵，说昨晚他做了个梦，不好的梦，梦见被"条子"抓了。"条子"也就是警察。不知他是无厘头瞎想乱猜，还是借故生端，反正没和我们一道儿来。

你知道吗——他这样说，那鬼地方埋的，当地人叫"凶死鬼"，一个既显贵其实又很倒霉的女人——皇帝的小老婆，也是小皇帝的老娘。你想想，这样一个一人之下、万人之上的奇特女人，无端地被独宠独爱她的皇帝老儿，一段白绫，毫不留情地赐死在了那里——那鬼地方，还不是个神秘乖戾、要人命的死穴吗！

我正是听了他那一通神乎其神的胡说，才心虚胆怯直犯嘀咕，不由自主地打起退堂鼓来。我想起一连几次，我们的"扑空"之行。

几天前，我们根据老板的指令，趁着无边夜色的掩护，被一辆面包车送到淳化这云陵下，在预先选定的位置上接连挖掘，打了好几个洞口，一直折腾到东方欲晓，都一无所获。为了不被文管所的值更巡查人员发现，我们不得不各自寻找隐蔽处所，将工具埋藏起来，匆匆返回了西安。

不同的是，那次是老板亲自驾车，送我们前来。而这次，则是"二掌柜"大头。要说大头，知道的还蛮多，到底比我早"出道"几年，混在大城市里见多识广。我就听他摆弄过淳化云陵的故事，对于这个巍然的覆斗状土冢和下面掩埋的那个名叫钩弋夫人的女人，通过他和同伙的私下议论，我也耳濡目染，有了大概的了解。

那些天，躺在老板为我们包下的小宾馆，无所事事睡不着觉的时候，我就百无聊赖，在脑海里演电影——臆想那个美丽女子的模样。

说的是汉武帝巡狩路过河间，就是今天河北河间的一个村庄，偏巧天上祥云高挂，璀璨若霞，善于拍马溜须的侍从当下进言，断定此地定有不同寻常的奇美女子。这汉武帝竟信以为真，下诏寻找，果然找到了一位年轻漂亮的绝色少女。不可思议嘛，你说她妈生下她，单单就是给皇帝准备的吗？

再说这皇帝老儿，你见过有不好色的吗？孔老夫子都说饮食男女，未见好德如好色啊！在我的家乡，那些地痞二流子浪荡汉，都爱吼叫一首民谣：六月的日头腊月的风，老祖宗留下个人爱人；三月的桃花满山红，天下的男人爱女人……

男人，看来都一个尿样。汉武帝老儿当然也不例外，这不，他那会儿的目光绝对都绿直了，一瞬间大放异彩、活力四射。皇上老儿想必嬉皮笑脸地迎了上去，一把扯过女子的手来。但见那女子不仅天生丽质，而且生来右手握成拳状，一直不能伸展。而武帝在深感惊异之际，怜香惜玉，轻轻将其右手一掰，不仅使其右手展开，还看见了手心之中紧握的一只玉钩——

天哪！“玉钩”，它该值多少钱啊！

也就是这宝物，吸引了多少人异想天开的遐想！要是能幸运地挖到那个玉钩，传世之宝呀。据说钩弋夫人的名字，即由此而传世了。

然后，不用说，自然是武帝老家伙喜不自胜，美滋滋地“幸临”她了。他将女子带回宫中，赐号为“拳夫人”，也称赵婕妤。再后来，这妙人儿就怀了孕，只是她有些特别，酷似上古尧帝他妈，怀胎十四个月才生下贵子。确实是“贵子”，因为这个儿子，也就是后来的汉昭帝刘弗陵。

可是，这世上的事情啊变幻莫测，难怪人说，福祸相连呢！就说这钩弋夫人吧，为老皇帝生了个小皇帝，那是多大的功劳啊！打死，她都想不到，她竟会因为这功高至伟的齐天荣耀，命断黄泉。你说她亏不亏！

看来，汉武帝之所以是汉武帝，就是他不仅爱美人，更爱江山。他曾长期被其祖母及母亲掣肘，欲立刘弗陵为太子继位，又恐在儿子身上重演“母壮子幼”吕后篡政的悲剧，想了想一咬牙关，拉倒，你死去吧……

真是无情最是帝王家，此言不虚。有钱有势的人，自古都是只把女人当玩物和生育工具的。声名赫赫的汉武帝是这样，后世的好色之徒霸占儿媳妇的唐玄宗亦如此。不过，一旦危及他的皇位和统治地位，他就会假惺惺地装作迫不得已，赐你三丈白绫，一刀两断！

作为一介微末草民，我当然不知有恨，只知道皇亲国戚的命运与我没有一毛钱关系，我关心的是后面的那些故事。因为钩弋夫人死后，武帝也相继驾崩。轮到钩弋夫人的儿子做皇帝了，这个西汉的第八位皇帝汉昭帝，立即追封生母为皇太后。并发卒两万余众，耗时两年之久，大兴土木，重筑墓冢。因为他娘所葬之处，古属淳化县前身“云阳邑”，故称之为“云陵”。随后，他又拨三千户居民，守护陵墓。

说守陵是假，怕人挖坟盗宝才是真吧。

而这，恰恰是千年百代以来，跟我们一样盗墓的狗屎人最牵肠挂肚的事了。我听人说过，当年汉昭帝为感恩生母为他殉难的无量功德，虔敬精心，达到无以复加的地步。据说修筑这座陵寝，就连所用土质，都要从外地特意精选，然后细筛蒸熟。而运送这些特殊处理过的土壤，不是用车、用筐，而是使用民间待嫁姑娘全新的绣花鞋来盛。再由民夫组成百里输送人工链条，手手传递，运到墓前。在这些捕风捉影的传说背后，这种高贵礼遇掩藏的金银珠宝，还用说吗？

人啊，他妈的，为啥天生就不一样呢？就说眼下，我跟随“干活”的这一群死魂“活鬼”，不也有三六九等之分吗？我和小虫几个，在“老板”与“二掌柜”大毛的手下混事，不过是些被别人支来唤去，雇用来出蛮力气、下坑捞货的苦力，这一点，我再清楚不过了。

就说几天前的那个晚上，在云陵旁边的果园和玉米地里掘洞，我就一直颇感诧异，每挖一处，土质都十分坚硬，洛阳铲和钎子直捣下去，仿佛碰在石头上，震得虎口和双臂一阵阵酸麻疼痛，满头大汗仍无法深入不说，还提心吊胆，时时揪心，总怕被警察现场抓住。

那可真不是人干的活儿。

我也曾厌恶大毛勾引我出来干这种缺德损人的“活”，但在人人都奋不顾身、削尖脑袋往钱眼里钻的疯狂时代，苦于家乡相对的贫困和自己经济上的寒酸，又实在想不出来钱的高招，更架不住大毛三番五次的蛊惑和煽动啊！再说，之前我毕竟也跟这个同村乡党干过几次同样的“活”，得手后还分过几个小钱。说是小钱，那可是好几十万元哩！钱能通神，亦能蚀心。慢慢地，我也就不问是非对错，颠倒黑白，无所谓高尚与廉耻了。大盗盗国家，小盗盗御马。盗墓贼挖祖坟，小蟊贼摸鱼虾呗。正如大毛头头是道摆弄的一套歪理，我嘴上不说，心里却不知不觉认同和接受了——

你个瓷锤，秃头被驴踢了，还是进水了，怎么个榆木疙瘩不开窍呢？你也不睁大眼睛看看，那些贪官和奸商是怎么富起来的？你还在一个劲念什么合法、非法的经？再说我们，仍然还是土里刨食的苦命，只不过是过去在地上侍弄庄稼填饱肚子，而今走点儿捷径，钻进地下，直接挖几个硬通货罢了。

半月之前，大毛就是这样打电话，口若悬河，“教训”我的。他问我，乌龟样缩在家里干啥？我说没有干啥，天不怜人哪，一场“冷子”（冰雹），把眼看成熟要收获的苹果，砸了个千疮百孔稀巴烂。今年，只有仰天长叹的份儿了，还能干啥？

大毛就说，这里又有个“活”，你愿不愿意来干，有人包吃住呢，还提供车辆工具，每天 50 元补贴，要是“出货”脱手，三一三剩一，分利。行吗？我想了想，为了“活”，必须去干这个“活”呀！这不，我就来了。在西安的宾馆里住了两天，老板就催命鬼似的，让我们赶紧上淳化来“干活”了。

我们的白色面包车，在蜿蜒曲折的“村村通”大路上下沟爬坡、七拐八弯，终于在一个村子外面的僻静之处停下了。眼前，就是大圪埏村，这里距离淳化县城约 8 千米，白天，除了偶尔有文物勘探队和零星的游客光顾，深更半夜来这里的，大多是类如我们这些鼠窃狗偷的不速之客。

熟门熟路，接下来，我们就开始“干活”了。在云陵北侧的玉米地里，“二掌柜”大头压低声音吆喝我们：“动作轻点，赶紧分头，各自寻找前几天掩藏的工具。”为了安全保险，我们各人负责掩藏自己手头经管的铲、钎、绳索和吹风机等家什，没有也不能集中存放工具设备，这也是我们这个行道约定俗成的规矩：“活儿”没有干完，离开时不带工具；工具化整为零，各负其责，各人隐藏自己手头的家伙。

少许，我们几个人不约而同，窸窸窣窣地摸了回来。

大头定睛一看，不禁大吃一惊：“怎么，咋都两手空空的，家伙什哪儿去啦？”

几个人一起摇头，见了鬼了，全不见了。

咦……大头不由得紧张，倒吸了一口气，他知道这意味着什么。

不好，十有八九，是被“条子”发现了。有人想缓和大家的情绪，压低声说：“也许，是让文物巡查的那些人给弄走了。”二老板大头却生气了：“你们这些笨猪，连个工具都藏不好。”他凶巴巴地吐了口唾沫，狠声狠气地大爆粗口：“都是些瓜皮，就算是文物上的人弄走，他们不报警吗？”

他这样一说，大伙不禁凛然，直感到后脊梁骨里透心地瑟瑟发凉。“快撤呀，还愣个球，弄不好，周围就有埋伏的‘条子’。”

大头一边说一边打电话给西安的“老板”：“情况不妙，工具……找不见了……”

“那还不回来，等着被抓吗？”老板在电话那头，粗声大气地训斥他。

我们闻声，惶惶如惊弓之鸟，稀里哗啦冲出了玉米地，急急如丧家之犬，直奔白色面包车。钻进车里，只听轰隆一脚油门低沉喑哑的嘶鸣，便作鸟兽散。

贼心不死：做“鬼”白鹿原……

俗谚说“贼不走空”，或者曰，“不怕贼偷，就怕贼惦记”。总之，淳化汉云陵几次挂“空挡”，让我们“老板”不得不脑洞大开，另想新招儿。他在做了充分“调查研究”和实地勘察之后，终于决定在白鹿原大干一场。

白鹿原这地儿，因为文坛大家陈忠实的一部厚重的同名文学巨著，已经举世皆知，闻名天下。不过，这里的历史文化、帝王陵寝，相对而言，却鲜为人知。根本原因，并不是这里埋葬的王公贵族不甚显要出名，实在是因为“自古关中帝王都”——陕西这块神奇的黄土地，埋葬了太多的帝王将相和他们的故事。

要说我陕西地盘，“八百里秦川尘土飞扬，三千万秦人高唱秦腔”，在这里吸一口空气，都带有浓郁的历史况味。或许这是文学化的渲染，但要说，一不小心就会一镢头挖出个金元宝或稀世文物，那可绝不是胡吹冒撂着意夸张。

就说这声名显赫的白鹿原，除了埋着汉文帝刘恒，还有他妈薄太后与他老婆也就是汉景帝刘启之母窦皇后。文帝本人的陵寝，地面不起坟冢，如今地面上的两个可见陵墓，分别是他妈薄太后和老婆窦皇后的陵寝。因为地属西安灞桥辖区，通常亦称为灞陵，也叫窦陵。

灞陵是两座位于汉长安城东南的西汉帝陵之一，另一座是位于西安市南郊的汉宣帝刘询的杜陵，其他九座西汉帝陵都在渭河北面的咸阳塬上。灞陵最迟在西晋即遭盗掘，并在当时发现了大量的陪葬品。2001 年 10 月，西汉窦皇后墓再次被盗，我们的一帮子同道将大量被盗陶俑出售，其中有 6 件还偷运出境，转手卖到了美国。

听人念过一首诗，“渭水桥边不见人，摩挲高冢卧麒麟。千秋百代功名骨，化作咸阳原上尘”。说是金代文学家赵秉文面对累累西汉帝陵的有感而发。当年的西汉帝陵建造是一项经常性的庞大开支，朝廷每年的三分之一收入，都用于建筑和修筑西汉陵墓。在位 54 年的汉武帝，修了 53 年陵墓，最后几年，国家二分之一的财政都用于陵墓建筑，除了建设费用之外，陪葬品多得竟然装不下了。可惜皇家人煞费苦心，却难逃盗劫和兵火。西汉末年，就有赤眉军进入长安，除文帝灞陵因传说皆以瓦器随葬而未被破坏之外，其余西汉帝陵全被盗掘。

东汉末年，董卓挟持汉献帝南迁长安，“又示吕布发诸帝陵，及公卿以下冢墓，收其珍宝”。西晋末年，长安饥民又挖开了长安城东南白鹿原的灞陵和长安三兆村南的杜陵，因此，今日人们所见的西汉帝陵，墓冢虽然高大雄伟，但地下的墓室恐怕早已面目全非了。

2016 年 7 月下旬，就是我们在淳化汉云陵“扑空”失利之后的一个晚上，有一辆白色面包车开到了月明星稀的白鹿原上，停在了汉窦陵的遗冢旁边。车上下来几个灰色人影，正是我们那一伙人。

我们带了盗墓工具，摸黑进到地里，在那里寻找盗洞。和在汉云陵一样，我和小虫用探杆，大毛用的则是探铲。当时，我们发现地里有别人走过的痕迹，就沿着那些明显的足迹探寻，结果发现了一个别人盗过的洞口。洞口用蛇皮袋子封着，上面则用土和草覆盖。

当时，差不多是凌晨2点，我们给大头也就是二老板打电话，让他上来接我们。大头开车上来后，我们将发现盗洞的情况告知了他。大头沉思少顷，不知打的什么鬼主意，竟然说先回去再说，就开车把我们拉了回去。回到西安后，先吃了个饭，才回到我们住的那家宾馆。

我和小虫住301房，大头和大毛住302房。大毛到我和小虫的房间来，我们三人在闲聊时说："咱们好不容易发现了个盗洞，为啥二老板不让咱们继续干，就把咱们拉回来了？"

大毛嘴一撇说："心怀鬼胎呗！里面有没有东西还不好说；如果有东西，我看哪，咱们还得长点心眼。"

小虫就问："你说的啥意思？"

大毛就拉下脸训斥他："你个瓷锤，木头脑袋。咱不能太老实啊！得避过'老板'，顺手给自个儿藏一些货，否则东西全给了他，指望他们给咱下苦的人能分几个小钱？"

小虫点头附和道："就是，我看'老板'的心啊，可黑着哩。"就这样，我和大毛与小虫几个同伙事先约定，说好再下墓坑挖洞的时候，多给自己"留一手"，即暗里私藏一些东西。就等于我们在"老板"的网里，又暗地结了一个结点。

当天夜里，10时左右，"二掌柜"大头终于发话，又叫我们上去，把那个盗洞戳开，继续去挖墓。

我们几个人也不吭声，带上挖墓工具就出发了。仍然是大头开车，把我们拉到了西安纺织城狄寨塬片樱桃园附近的地里。这一次，"二掌柜"大头似乎预测到了会有货出坑，他没有像往常那样把车开走，而是把车停在了路边，随即和我们几个一块儿进了地里。然后，我们在那个盗洞跟前足足守了1个多小时，见四周无人，才让小虫将盗洞上覆盖的荒草扒拉开，我和大毛则用铁锨将人家用蛇皮袋子封着的洞口戳开，相继钻下了盗洞。

展现在我们眼前的盗洞，有7米多深，约2米宽，下去一看，明显被人挖过，乱七八糟，一片狼藉。见此情景，我忍不住摇头叹气道："八成是别人倒腾过的，人家偷牛，咱恐怕是拔橛来了。"

大头在上面听见了，发起"二掌柜"的火暴脾气来，他凑着洞口低声吼我们道："笨蛋，往里面走，一定会有的。往前面挖、再挖……"

这时，我们俩便摸索着，一边扒拉墓坑里的虚土，一边谨慎地往前挪步。

没有货呀！我不由得失望地嘟囔。正说着，一只手伸过去，就碰到了一块坚硬的东西，用劲一扒拉，哗啦一声，是几个麻钱，再挖，好大一堆！

有货。我惊喜莫名，是一堆麻钱。

小虫却貌似内行，不屑地说："那破玩意儿，不值钱，看看还有别的啥没？"说罢，就凑上前来扒拉。结果，就扒出了十几个牛轭头状的石头片片。

小虫可是认识这个东西的。他说："这叫磬，是古代的一种乐器。"

我们就将那些东西用蛇皮袋子装了，让大头送过去，喊上面的人吊出了地面。

这时，大头在上面喊道："再仔细看看，保不准，还有东西。"

我和小虫就继续挖，果然神奇，真的有货，竟然一连挖出几个小编钟来，大小不等，还镀了金，在头灯的映照下，看起来煞是精致珍贵。

我们一时激动不已，不由得用手碰了一下小虫，示意给自己留下，并随手将四个小玩意儿塞进了自己的袜子里头。回头一看，小虫也心领神会，不哼不哈，悄悄给自己的袜子里塞了几个小金疙瘩。

剩下那些比较大的，小虫分别装进了两个袋子，递给身后的大毛，吊了上去。

没过一会儿，我们就让大毛喊叫，让大头把我们几个人分别吊上了地面。这一夜不虚此行，大头连说了几声很好，招呼大伙上车，便发动了车，急急忙忙往西安赶。

夜色朦胧，我们很有点兴奋、陶醉，优哉、乐哉，同时也各想"拳经"，心事重重。我终于觉得自己财运不空，可以大捞一笔，心里噼里啪啦，忍不住盘算着自己将会获得的额外收获。

变现发财的梦想，就这样勾走了我们轻薄可怜的灵魂。

魂飞魄丧：终归梦一场……

我们在"二掌柜"大头的带领下，于白鹿原下的狄寨村附近终于"得手"，满载而归，一时间踌躇满志。一伙人兴冲冲地回到宾馆，将挖出来的汉代铜麻钱跟石磬一并交给了"老板"，然后就睡意沉沉，陷落于发财致富、大富大贵的美梦中了。

一觉醒来——真的是从梦中醒来，回到了真实的现实，大毛就悄悄从他的 302 房间，蹭到了我和小虫住的 301 房间，趁着"老板"不在现场，我们几个"头脑清醒"的"贼中之贼"，便将各自在盗墓时私藏的东西拿了出来——

出现在眼前的物件，一色鎏金，玲珑精致，巧夺天工，美不胜收。仔细数点，小编钟及配件，总共 19 件，个个明光耀眼，让我们目光发绿，惊异不已。

我们纵然"鬼精"，现场"贪污"做了手脚，仍然是这个行道的下层苦力，尤其是在西安地面的"圈子"里，尚一团漆黑，没有可靠熟人，因此既怕被诈受骗，又怕事发而不敢轻举妄动，寻找别人出售变现。

我们几个同乡嘀嘀咕咕，商量该咋处理这些"东西"，最后还是小虫出主意说，他媳妇有个侄女，就在附近不远的一家小餐馆打工，她租房子住，不妨将这些宝贝小玩意儿交给她暂时保存，等有了合适机会和买家，再出售变现，然后分钱。

毕竟乡里乡党，合计之后，19 件东西，我和大毛各拿了一个金色疙瘩，其余就让小虫都拿走了。

小虫走后，我这厢便打马虎眼，给几个同伙说，不想继续窝在宾馆挺尸压床板昏睡，要到街上溜达溜达，看看街景。转身出了宾馆，我就找了个偏僻的角落，给人打起了电话。

接电话的人也是我的同村乡党，小武，只是跟我关系更加贴近要好罢了。

刚才，我在宾馆就给他发了微信，不知什么缘故，小武没有回微信，我就赶紧借口出来闲逛，和他通话。我这样心急火燎，不为别的，就是怕自己藏在身上的4个小编钟不太安全，万一不小心被“老板”发现，就泄露“天机”露出马脚，说不清了。

当时小武正在西安混事，忙着收工程款，接到电话后，就让我给他发个定位，言说忙完他就过来找我。果然，小武很快开车赶到。我下到宾馆楼下，直接就上了他的车。上车以后，我从裤兜里掏出用卫生纸包的四个小编钟，赶紧塞给他。

啥好东西嘛?

我对他神秘地眨了眨眼，说：“好货。”

小武仔细查看，东西果然精致十分。四个编钟，均为青铜鎏金，很是完美，世所罕见。编钟上面还有花纹，做工非常精巧，铜锈也很少，四个大小差不多一样，高约5厘米，宽约3厘米，表面还带有凸起的铜钉。

之前，因为我跟小武谝过盗墓的事，自然不用掩饰，说：“这四个编钟，是昨天晚上盗墓出的货。晚上我们还要去挖墓，看能不能再挖出些宝贝。”

“你不是和他们一起，怎么……”

小武的话没说完，我就神秘地笑着打断了他的疑问：“这是我在盗墓时藏的私货，我怕跟我一起的几个愣头青发现，就想先把东西寄放在你那儿，请你代我保管几天。”

小武知道我干的勾当，曾多次在微信上问起我盗墓的细节，并规劝我不要再去冒险盗墓，还不无讥讽地说我，这么多年，我看你还没有发财，反而越盗越穷。我知道小武话里有话，因为我至今还欠小武两千块钱一直没还。我说：“你放心吧，我一定会发起来的。到时，不仅要归还你的钱，还会有酬谢费呢。要不，我咋信任你，专门让你过来帮忙，把宝贝交给你保管？”小武会意，含蓄地一笑：“不赖，看来你长进得很快，也精明起来了。”

说完，当下就在车上找了个白色塑料袋子，把那四个用卫生纸包的编钟装了起来，放在他车上副驾位置的储物箱里。然后，我就下了车，跟他挥一挥手，让其赶紧开车走人了。

下午六点多，“老板”出现在了宾馆，他把几个伙计都叫到301房间，对我们一伙说，他把大头给他的古币和石磬全出手卖了。那些古币大约四五十斤，不太值钱，只卖了1000元；石磬呢，还行，卖了14万元。接着，“老板”宣布了分配方案，随后就要去银行取钱，好拿出来分给大家。

就在这时，小虫却卖乖说话了，他建议暂时不要分钱，理由倒也说得头头是道：“我看，既然白鹿原狄寨有货，咱们何不晚上再去一趟，古墓里的东西肯定没有挖完。也许，还能挖出更值钱的东西。再说，钱分给大家，晚上放在宾馆，我们也觉得不太安全，干脆，等几天再分。”

“老板”听他说得有理，就答应了。

当天晚上，利欲熏心的我们又出动了。“老板”因临时有事，把他的白色面包车开走了，让他弟开车，我们重返旧地，又来到了狄寨塬上。

到了目的地，我们一个个拎起了七长八短的盗墓工具，鬼影幢幢，慢慢蹑步，向古墓靠近。我们边走边东张西望，寻找前天夜里那个出货的盗洞。蓦然抬头，却见前面不远处有人影晃动，立即停下脚步，不敢再往前走了。俗话说，再胆大的老鼠也是害怕猫的，我们毕竟做贼心虚，吃不准到底是碰上了别的盗墓同类，还是文物保护单位的田间巡查队员。

几个人交头接耳，嘀咕了一阵，一致认为，即使碰上同类，也难免不起纷争；而万一是田间文物巡查队员，那不就等于没事找事、自讨苦吃、自投罗网吗？

到此，我们担心坏事，便小心翼翼、悄无声息地退了出来，在地头给“老板”打了个电话。“老板”听了，叹息一声，也只好作罢，他让我们原地隐蔽等待，随后亲自开车，疾风一般，匆匆赶来，把我们很快拉回了宾馆。

第二天上午10点多，“老板”亲临宾馆，给我们几个“论功行赏”，兑现“银子”。当即，每人分了两三万不等的报酬。

俗话说，钱是男人胆。钱一到手，我们这一帮贼人一边捏在手里细心数点，一边手舞足蹈，喜笑颜开，屁颠屁颠，乐得合不拢嘴。

怎么样，弟兄们，跟我干活不吃亏吧？“老板”这时也扬扬自得，很有些恣肆妄为了——不用说，他得到的肯定最多，也最高兴和满意。大伙连忙奉承有加、赞不绝口，把个开花的笑脸，全都慷慨地献给了他：是的，是的，哥很仗义，我们跟哥，那可是铁了心的。

“老板”混混半生，一直在黑道上打滚，岂有不懂笼络人心之理。他当即宣称：“这样吧，弟兄们这些日子辛苦了，明天咱们进山，放开心情，好好乐呵乐呵。你们哪，有妻子的带妻子，有坠子（情人）的带坠子，吃喝玩乐，费用我全包了。”

大毛知道老板不止一个小蜜，便半开玩笑地说：“那没有妻子和坠子的，咋办？”“老板”也不“示弱”吃素，哈哈大笑一声，狂放地大声吼道：“咋办，好办！那就带上你的锤子，只要你小子有能耐找到婊子，老子我保管给你票子……”

得了现款，嬉闹一场，各自散去。

人说钱壮男人胆。分到钱的我，感觉立马不同寻常，只觉得自己切切实实“阔”了起来。我一人出了宾馆，来到街上的豪华商店，大手一挥，就豪爽地甩出4700元，先给自己买了个苹果6手机。接着，又花了1300元，买了一套衣服和一双鞋子，其余的钱存在了卡上。那时我的样子，昂昂乎抬头挺胸，腰杆笔直，一定很像一只斗赢了的公鸡。

他妈的钱哪，真是一剂神药，特殊的鸦片。有了钱的我们下意识飘飘然了，有的去会情人小蜜，有的海吃山喝、赌博、吸毒，很快就阻挡不住地疯狂起来。但是，我们怎么也想不到，有一帮精明强悍的“猎手”，早就盯上了我们。就在那家宾馆，正当我们忘乎所以的时候，警察破门而入，一网就把我们收拾得干干净净。■

发泄不满，夹层墙里遥控强烈放射源害人
判处死缓，恶魔虽已严惩难平被害人愤怒

惊悚放射源

■ 李雅民

不法商人古计明、方振华躲藏在广州某大医院激光整形美容中心的夹层中，用自制的机械装置放出并遥控一种高强度放射源，疯狂地谋害该中心医务人员，时间长达两个多月。

医护人群突然发病，恐怖笼罩医院大楼

广州某大医院激光整形美容中心的医生、护士们，包括合同工、临时工，自2002年5月起，突然普遍出现了一种怪病：疲乏、嗜睡、食欲差、腹泻、腹痛、呕吐、精神不振、注意力不集中、记忆力减退，严重的还伴有脱发、鼻出血、牙龈出血等症状。人数达数十人。

数十人集体发病，人们感觉很奇怪，但也并未多想，起初以为是天气炎热上班容易困倦，后以为是发生了流行性病毒感冒，或是工作过于劳累所致。这家医院的激光整形美容中心非常有名，许多外地人都到这里来就医，患者天天挤满了楼道，医护人员从早忙到晚。

其中病得最重的是激光整形美容中心负责人文主任。文主任是位博导，医术精深，在全国的同行中颇有名气。他体格强壮，近来却极度疲劳，整天昏昏欲睡，午休时只要一躺，醒来便是下午5点，而且仍是头疼头晕。他的体重急剧下降，食欲明显减退，腹泻、高热，同时鼻腔和牙龈出血。2002年7月15日，医院医护人员进行例行体检，文主任刚一上班就被同事逼着去体检，血常规一查，白细胞仅有1.8×10^9g/L，明显低于正常值4×10^9g/L。文主任大吃一惊，是不是得了白血病？他当即又做了一个骨髓穿刺。

骨穿的结果3天后才能出来。这期间，文主任天天琢磨白细胞突然降低的原因。中心领导层开会时，该中心投资商古计明见文主任心事重重的样子，提醒他说："我曾有几位朋友和同学，因长期服用降压药，导致白细胞降低。你不是也吃降压药吗？要多注意身体呀。"文主任一想也是，便去询问给他配药的一位专家。文主任吃的两种降压药均是来自美国的进口药，专家的回答是两种药都不可能引起白细胞降低。为保险起见，那位专家特意打电话咨询了美国的两大药厂，得到的答复是：全世界没有出现任何因服用此药而降低白细胞的病例。

3天后是星期四，骨穿的结果出来了，文主任的骨髓像为骨髓三系全面抑制，即大量的干细胞不再生长白细胞，造成再生障碍性贫血。文主任的脑袋"嗡"的一声，像是当头挨了一棒。他问医生，怎么会得这种病？医生帮他分析说："除了遗传的因素外，有两种情况可导致这种疾病：一是化学污染；二是放射性损伤，而且你的骨髓像也提示是放射性损伤。"

文主任想：化学污染不可能，自己从不接触危险的化学药物。难道是装修的材料内存有放射物？想到这儿，文主任浑身一激灵，他突然想起科内还有其他一些同事也有与自己同样的症状，他想那肯定是装修材料的问题。

文主任一夜未眠。转天7月19日星期五，文主任上班后直奔核医学科，找科主任、核医学的专家华某某，请求他带着测量放射线的仪器到自己的科室里去测一下，看是否是装修材料的原因。

上午11时，华主任搬着一台放射性同位素检测仪，随文主任去位于医院大楼五楼的激光整形美容中心。华主任走进文主任的办公室，开启检测仪，检测仪顿时激烈地报警，“嘟嘟”的叫声惊动了全楼道的人。华主任低头一看，更是大惊失色，这台仪器所能显示的强度范围最大值是5000CPS，此时指针已打到了尽头，突破了它所能测量的最大值，这证明此地肯定存在一个能量强大的放射源。他赶紧叫文主任退出办公室，并后退到另一个房间，检测仪的计数马上下降到2000CPS。为保险起见，华主任再次走近文主任的办公室，把探头伸进办公室内，计数立刻又上升到5000CPS。华主任转身把探头对准文主任全身进行测量，计数明显下降许多，这证明他身上肯定没有放射源。华主任抱起检测仪扭头就跑，要知道仪器指针指到300CPS，周围的射线就会对人体造成伤害，而此时却超过了5000CPS，他说：“不行，这儿怎么会有这么强的射线？我得回去穿防护衣。”

楼道里发现了强大的放射源，激光整形中心的人们无比恐慌，顿时全部跑光了。此时科室工作人员的情绪非常激动。他们找个地方坐下，冷静下来分析情况，首先确定了楼道内存在强烈的射线，这射线绝不是来自什么装修材料，而是一个功能强大的放射源；其次他们断定是有人成心地放置了这个放射源，而且放在了离他们工作区最近的地方。那么，是谁能做这样的坏事？他们不用多想，立刻就猜着了可能是投资商古计明。理由一是古计明硕士研究生学的就是放射学，具有选择、安置放射源所需的专业技术；二是古计明与全科的医护人员因经济分配问题存有矛盾，有报复伤人的动机。他们当即向医院领导报告，明确地提出：“有人在楼里安放了高强度放射源，谋害我们全科的同事，如今我们的病情已相当严重。”

院长非常重视此事，但又难以相信这一事实。院长严肃地询问华主任：“你的检测是否准确？”华主任肯定地说：“保证没有问题。”从激光整形中心回到自己的科室后，华主任惊慌之中也曾怀疑自己的仪器是否出现了误报的问题。为此他穿上全套的防护衣，把存于本科的一枚放射强度不是很大的放射源从铅罐里提了出来，以试验那台检测仪。结果放射源刚一出罐检测仪立刻“嘟嘟”报警，测得的强度准确无误。华主任连试几次皆是如此，所以他敢肯定地回答院领导。

30分钟之后，华主任穿着铅制防护衣再次来到激光整形中心，走到文主任办公室的门口他再次打开检测仪，奇怪的是指针一动不动，也就是说所测的放射强度是零，神秘的放射源突然不见了。

医院领导也很疑惑：一是上午测得射线时古计明不在现场；二是古计明也在那里工作，若用放射物质害人，岂不是连他自己也要跟着倒霉？三是能有什么样的仇恨，会让古计明对全科的工作人员下此毒手？最后听说只有古计明的房间因为上锁而没有检查时，医院领导说：“无论他在哪儿，让他立刻回来打开房间。”

下午 3 点 45 分，古计明回到医院打开了自己的办公室，华主任在医院保卫科干部的陪同下，用检测仪仔细地检测他的房间，仪器的指针依然指向零。临走时保卫科的干部向古计明道歉。古计明问："出了什么事？"对方回答说："没什么，例行检查，看看有没有污染。"古计明平淡地说："噢，那是应该查查。"然后把门一关。

高智商犯罪，高技术害人

安放放射性物质的确实是古计明，办公室的房门一关，他就开始发抖。

此人 1963 年生人，一表人才，学历是硕士研究生。他本是医院之外的一个商人、广州古今科技有限公司的董事长兼总经理，1997 年 6 月，他以公司的名义与广州这家大医院合作建立了激光整形美容中心。合同里规定：激光整形美容中心的装修和所需的进口激光设备由古计明投资，但所有医护人员工资和奖金的分配，即财务大权要由古计明掌握。"中心"开业后生意兴隆，由于设备好、医护人员的技术也好，许多高难病症都到这里来投医，"中心"财源滚滚，平均每月都有 150 万 ~ 200 万元的进账，古计明发了大财。

古计明在激光整形美容中心设有自己的办公室，专门管理着账务，并安排自己的人、只有小学文化的方振华，每天盯在收银台，监督着收费情况。按说投资之后他古计明身不动、膀不摇地获取着巨额利润，应该感激每天工作在一线的医护人员才是，但他却和人们的关系闹得很僵，原因是此人把钱看得太重。

据激光整形美容中心的医务人员反映，古计明能想出种种办法克扣他们的奖金和加班费。医务人员找古计明算账，古计明或是百般推托，或是威胁和谩骂，找各种借口赖账。

日久天长，古计明的刻薄伤害了医护人员的积极性，他们开始消极怠工，以致影响了营业额。眼看着应该赚到的钱大量流失了，古计明心里特别着急，2002 年春节时，他不得不求文主任出面为他组织一个饭局，当面向大家赔罪。饭桌上古计明痛哭流涕，说自己对不起大家，保证今后再不拖欠、克扣大家的奖金和加班费。

在以后的日子里，古计明曾多次表示，"现在知道怎么做人了，也学会了怎么做人"。包括文主任在内，大家都以为古计明突然良心发现，从此会变得善良一些，万没想到他会变得更坏，就在他低头向大家道歉的时候，心里却对这些人，特别是经常为大家说话的文主任恨之入骨，发誓要报复。

春节后不久，2002 年 4 月，这家大医院又与他人合作另搞了一个经营健康美容的项目，古计明认为这个项目是由文主任促成的，成心与他对着干，拆他的台，对文主任更加怀恨在心。

与此同时，古计明又与广州另外一家医院签订了一个合同，仍是建立激光整形美容中心。古计明深知未来的那个"中心"无论技术实力还是名声，都无法与眼前的这个"中心"抗衡。于是他决定除掉眼前的这个"中心"，既可消解心头之恨，又可为未来的"中心"扫平竞争的道路。但如何除掉这个"中心"？他想到了他曾经研究的放射性物质。

2002 年 4 月，古计明先利用私刻公章和化装等手法，花六七万元从东北等地骗买到一套工业探伤机和与之配套的一根源强为 95 居里的 192 铱源。这根铱源大小如同一根大头针，盛放在一个密闭的钨罐里，它体积虽小，却具有很强的放射强度。

古计明把钨罐和探伤机运到广州之后，藏进了他办公室内的一道夹层墙内。医院里怎么会有夹层墙？此乃古计明的一大“杰作”。1997年古计明按合同规定负责装修位于五楼的激光整形中心时，他让工人在第二手术室内靠大楼外墙的一侧，用砖墙隔出了一块宽约0.6米、长约2.5米的空间。然后凿掉与之相对的一段外墙，让工人像修悬空的露台那样飘出去0.6米重新垒墙封顶，与第二手术室内隔出来的空间合二为一地形成一个封闭的暗室。暗室的出口很小，设在了古计明的办公室内。古计明用一套固定在墙上的大衣柜把出口隐蔽得严严实实，出入暗室需要打开衣柜的门、把衣服拿出来后还要横向地推开后壁才能钻进去。装修完成后，医护人员发现原本方方正正的第二手术室多出了一个“刀把儿”，以为里面安装了管道之类的东西，也就没有多想。而在大楼的外面，由于还有一座外单位的大楼紧贴着这座楼，间隔仅1米，形成的夹道两头被堵死，不走人，因此谁也没有注意到那飘出来的一块“空中楼阁”。古计明在暗室里安放了一张单人床，有上、下水管，还有洗手盆。不知道他修这个暗室想干什么。但此时它被派上了用场。

钨罐在暗室里，怎样才能把那放射源放出来让它伤人呢？夜深人静时，激光整形美容中心的医务人员都走光了，古计明和方振华开始拿出工具极其鬼祟地施工。文主任的办公室正对着第二手术室，斜对过便是古计明的房间。他们在天花板之上的地方凿洞，把一种特殊的“轨道”，从暗室起，一直伸进了文主任的办公室，伸到文主任办公桌的正上方，然后用一种线控的装置，把那枚放射源沿“轨道”送到文主任办公室。工程完工之后，外表一切如常。房间与楼道都是封闭的吊顶，看不到吊顶之上的情况。

5月15日，古计明又花5600元秘密地购买了一套包括铅头盔、铅手套在内的铅制X光防护衣，然后开始行动。

方振华每天站在服务台前监督收费，对人员的进出了如指掌，文主任上班一进办公室，他就用电话悄悄地报告古计明。古计明锁好办公室，打开衣柜，钻进暗室，穿好头盔、手套、防护衣，然后打开探伤机，放出钨罐中的放射源，用手中的装置遥控，那放射源就像毒蛇一样游向屋顶，游向文主任的办公室。文主任万万想不到在他办公的时候，一枚能量高达95居里的放射源悄悄地向他袭来，定在距他头顶只有1.5米的地方。95居里的“192铱”放射出来的γ射线，用60厘米厚、加有铅板的水泥墙才能挡住，文主任头顶上只有一层薄薄的木板，γ射线等于是近距离猛烈地轰击着他的全身。

受害的不只是文主任一人，“中心”的骨干们在文主任的办公室里开会，一般医护人员前去汇报情况，都要受到γ射线的近距离轰击。即使是活动在走廊里的人们，包括四楼、五楼的人们，也会受到那枚192铱的辐射，它的射线足以穿透上、下两层楼板。于是怪病便在整个科室里流行。人们哪里会想到，那个曾经对他们痛哭流涕的人，会藏在阴暗的夹壁里，穿戴得像个鬼魅一样，遥控着放射源，恶狠狠地伤害着他们的肌体。

7月19日，华主任用检测仪查到放射线的那一天，古计明不在现场，放射源就是由方振华钻进暗室里放出来的。可笑的是方振华做完手脚之后重新回到楼道里，傻乎乎地与他人一同“享受”辐射。后来检测仪“嘟嘟”的声响，方振华吓得魂飞魄散，趁乱钻进古计明的办公室收回了放射源。

7月19日下午，古计明被叫回了医院，一见华主任在查放射源，他顿时吓得不知如何是好。

魔鬼被揪出夹壁墙，公检法司联合鉴定

到下午5点，文主任身体已虚弱得难以站立，不得不去住院治疗。

这时医院领导把各种情况汇总后，果断下令一定要搜出那枚极其危险的放射源，捉拿犯罪分子，清除后患。医院保卫科请防化团的专家带着更为先进的放射性探测器前来助阵，根据群众提供的线索，准备再次搜查古计明的办公室。然而古计明却再次失踪，房门紧锁。

保卫干部与古计明电话联系，让他速回医院再次接受检查。古计明说自己现在在外面回不来。其实古计明就在夹壁墙里，他想混到天黑，等到没人时把那个钨罐连同放射源拿走，销毁证据。可惜没有机会。他在办公室的门框上装了隐蔽的微型摄像头，能够看到楼道两侧的情况，但拐弯楼梯上是否有人他窥视不到，所以不敢贸然行动。

古计明是否就在自己的屋里？保卫干部也在怀疑，医务人员反映古计明进入办公室后，没见他出来；另外有人对第二手术室凸出来的墙壁也提出质疑。保卫干部灵机一动，打开第二手术室，走到那堵墙壁下，用手机拨打古计明的手机。片刻，墙内突然传出了手机的响声，响了两声后突然断掉。“他妈的，这家伙果真就在这里！”保卫干部怒不可遏，当即走出手术室，打开古计明的办公室。

办公室内漆黑一片，空无一人。人们四处搜查，在古计明皮座椅的夹缝中发现了一块很小的铅皮，在场的专家拿起来一看，说：“没错，就是这个人干的，否则他用不着这东西。搜，仔细地搜。”

某防化团的精密探测仪被搬进了房间。测到暗室出口上方的天花板处，仪器发出微弱信号。人们掀开天花板，发现了莫名其妙的塑料管。保卫干部打开柜门，找到了通往暗室的暗门，他提脚猛踹，“咣咣”的几声，墙壁都为之震动，暗门竟纹丝不动。保卫干部怒喊一声：“古计明你给我出来，不然我就开枪了！”只听里面立刻有人哆嗦着说：“哎，别开枪，我出来。”

暗门从里面被横着推开了。古计明刚钻出一个脑袋，就被人抓住头发猛地揪了出来，“啪”地摔在地上，头部被一只大脚牢牢地踩在地上。没人说话，古计明自己就喊：“我坦白，我坦白，是我害了他们。”

保卫干部经验丰富，趁古计明惊魂未定之机就地突审。古计明详细地交代了作案过程，人们听得目瞪口呆。

2002年10月15日，公安部鉴定中心组织来自公安部、最高人民检察院和司法部等几部门的9位专家对受害人群进行鉴定，结果是重伤1人，是文主任；轻伤13人；轻微伤61人，总共75人。

2003年1月20日，广州市人民检察院指控古计明、方振华犯投放危险物质罪，向广州市中级人民法院提起公诉。

2003年7月4日，广州市中级人民法院以投放危险物质罪，判处古计明死刑，缓期二年执行，剥夺政治权利终身；以投放危险物质罪，判处方振华有期徒刑15年，剥夺政治权利5年。■

警察手记

派出所万花筒

——老警手记之四

■ 陆伟斌

一段“冤情”耿耿于怀数十年；一场冲突出人意料大翻转。人生有悲欢，世间存真情，感人故事，听陆警官娓娓道来……

◁ 作者正在工作

“千古奇冤”

小杨和小金一样，比我早两年进所。小金进步快，“官”至团支书。小杨虽然没有“一官半职”，但积极上进，充满正能量，在所里一直是“进步”青年的形象。所以，他跟小金一样，都是所里重点培养的“入党积极分子”。小金作为团干部，一个共产主义的坚定信仰者，去年被吸收入党。所以今年党组织发展谁，小杨呼之欲出。

在这样的关键时期，小杨今年的表现也可圈可点。年初，在管段里打掉一个赌博团伙，拘留了十几个人。不久，一个居民办好户口为了表达感激，送了他五本挂历，他如数上交。这次，所里有两个献血指标，他主动积极报名，如愿以偿。

当时，献血不算啥事。民警对此既不积极，也不消极。一般所领导在会上通报一下指标数，然后像安排工作一样，指定几个人去就完了。那时也叫无偿献血，但不像现在，多少有点营养费。那时名副其实，无偿就是"无偿"，跟词典上的定义一模一样。而且不像现在明确规定可以休息一两个星期，甚至安排疗养。那时所领导会说"注意休息"，但怎么"注意"你自己去琢磨。一般休息个两三天，就乖乖地去上班了。也有"皮厚"的，休息四五天，所领导便会"牵挂"你了，打个电话"关心"你一下。我记得我的献血经历最惨，隆冬季节，献血当晚辖区发生大案，我被叫去加班。不知是心理作用，还是献血原因，那天从半夜起床到次日白天，一直浑身发冷、发抖，笔握在手里都不听使唤。所领导好像根本不知道我白天刚献过血一样，没有一个关心或慰问我一下。次日吃午饭时我实在忍不住，故意当着所长的面自言自语感叹：献过血到底不一样，特别怕冷。所长不解地看了我一会儿，然后想明白似的说：哦，你昨天献血了。我以为接下来他会说，你辛苦了，早点回去休息吧。谁知他话锋一转，说：别瞎说，放这点血啥事也没有。我当时被气得差点晕过去。还好指导员通点人情，饭后跟我说，你去寝室睡一会儿，有事叫你。

所以，当时所里民警对献血这档事总体上不怎么积极。小杨这次主动请缨，"甘洒热血"，应该与他积极要求进步，争取加入"组织"的迫切愿望有关。

公安系统有个好传统，把"家访"作为政治工作的一个重要内容。民警或者民警家里有点什么事，比如结婚生子、生病献血、家庭变故等，部门领导都会去"家访"，一方面体现了组织的关爱，给予必要的帮助；另一方面也可以了解掌握一些民警8小时外的情况。那时虽然穷，财务也死，唯独家访买点水果、糕点之类的慰问品，费用可以报销。我个人感觉这是当时最能体现组织温情的一件事。所以，我任团支书后，一直在考虑团支部是否也要建立对团员青年开展家访的制度。我先跟小金商量，然后又在支委会上讨论，最终达成共识，付诸实践。

"劳务输出"赚得的"第一桶金"搞了一次"远程"郊游后还剩大约一半。为了确保这笔"公款"使用规范透明，我们决定由三人管理。现金由组织委员小唐保管，使用时必须由我和小金同时签字才能生效。当时，家访买点水果、糕点一二十元已拿得出手了，我估摸着我们这点钱用到本届支部任满绰绰有余。

作出这一"决策"，正是小杨献血之后，所以小杨成了我们试行"家访"制度的"小白鼠"。

小杨献血后，我陪指导员去家访。事先指导员叫我采购慰问品，我买了蛋糕、水果和人参蜂王浆，这是所领导层面的慰问。隔天，我跟小金代表团支部上门，我买的可可粉和巧克力。我替指导员办的慰问品比较传统、经典，而代表团组织买的慰问品，则体现了时尚、浪漫。这是为了凸现团员青年特点，是我有意为之。

因为跟指导员去过一次，我对小杨家已经熟门熟路，所以，为了给他一个"惊喜"，我们事先没有跟他联系。

小杨住在一个私房林立的居民小区，小区里各个年代的房子都有，好的是砖瓦结构，差的是临棚危房。比较多的是我们俗称的"本地房子"。从这些房屋类型分析，这里应该以"本地人"居住为主。当时说的"本地人"指的是土生土长的"土著"民，说话一般带有郊区口音。

小杨就是本地人，平时说话时不时会露出"本地"口音。小杨家的房子也是正宗的"本地房子”。瓦顶，木窗木门。进门是客堂间，左右两侧是厢房，小杨住左厢房。

仗着对小杨家的熟门熟路和刻意制造“惊喜”效果，我领着小金长驱直入，连门都不敲，排闼直入。

小杨阿奶正在客堂间剥毛豆，见有不速之客闯入，尽显惊惧之色。我估计我们的唐突吓坏了老太，赶紧招呼："阿奶，是我呀，昨天来过……杨杨在家吗？我跟同事来看看他……”“杨杨”是小杨的乳名。老太听我来看“杨杨”，更显局促不安，嘴里嗫嗫道："杨杨啊，在……不在……啊呀，这个‘小浮尸’……”

见老太说话颠三倒四，我赶紧上前扶着她坐回椅子说："您忙您忙，没什么事的，我知道他房间，我自己进去……”

老太好像有千言万语要讲，却只见嘴唇动而未闻声音来。我想这一下把老太吓得不轻，心生歉意。

安顿好老太，我直闯小杨房间，一面推门，一面打趣：都什么时候啦，还赖床，不就放了这点血嘛，没这么夸张吧……我话还没说完，突然觉得昨天刚来过的房间今天哪儿不对劲儿：被窝比昨天大了一倍。在我进入的一瞬间，那被窝先是翻江倒海，猛然又静止不动。再看床上、地下、外衣、内衣、男的、女的扔得到处都是——我刚要问怎么回事，猛然醒悟，赶紧推着小金出了厢房。

小杨阿奶此刻大概已经从惊骇和尴尬中解脱出来，一个劲地招呼我和小金“坐”“坐”“喝”“喝”，倒是我跟小金显得局促不安起来。

小杨很快出来了，一手托腰，一手搔头，满脸尴尬地说，你们怎么又来啦？不是昨天刚来过吗……我说，想不到吧？我们也想不到这么巧……我告诉小杨，昨天我是陪指导员代表所领导来，今天我俩代表团组织来，体现党团组织双重关心。小杨连声道谢，但我猜他心里肯定在骂我“出花头”，让他泄漏春光。我本来还想调侃他几句，但想到小杨阿奶在场，隔墙又有耳，便把话咽了回去。寒暄了几句，讲了些官话、套话，我们便起身告辞。小杨送我们到门外，我擂了他一拳说，我知道你女朋友谈了几年了，房子也有，早点办了吧……不要一不当心“小杨杨”脱颖而出……小杨被我说得脸色通红，连声说不会的不会的。

现在大家思想开放，这种事见怪不怪。可那时比较保守和传统，这种事有一个专门叫法，叫“非法同居”。普通百姓都不敢堂而皇之，何况身为警察呢？在当时，如果小杨的“风流韵事”被曝光，说不定真会“石破天惊”，断送他的政治生涯呢。路上我跟小金探讨“怎么办”，最后商定“到此为止”。我们觉得这事毕竟不是政治立场问题，不要上纲上线了。

所里发展党员议程如期展开，我认为志在必得的小杨居然出局了。党小组会和支部大会上都有人提出对小杨的看法，认为他虽然要求上进，但作风不踏实，工作不突出。说他年初打掉个赌博团伙虽好，但反映了他平时管理不力，辖区治安状况欠佳。还有他上交的那些挂历，完全可以像其他民警一样当场拒收的，何必收下再交，动机有问题……大家还提了不少其他意见。最后支部根据大家的意见，决定暂缓发展小杨，再考察一段时间。

我了解小杨非常看重自己的组织问题，这次失之交臂，肯定会对他造成打击。我既感惋惜，又有点儿不安。但这件事最后的发展走向和造成的严重后果，完全超出了我当时的想象。

发展党员信息公布大约两个月后，小杨递交了辞职报告，说自己难以适应现在的公安工作，要辞职去寻找自己胜任的工作。但听其他民警说，他最近一直在紧锣密鼓地办理去日本的相关事宜，好像快“马到成功”了。

虽然当时社会上出国成风，公安内部也有一些人“蠢蠢欲动”，但我始终认为，小杨的辞职出国一定与这次“发展”出局有关。我对自己作为团支部书记没能稳住队伍而感到内疚，但想到他如愿以偿出去闯荡一番未必是件坏事，也就释然了。

小杨提出辞职后，我明显地感到他对我的态度有点冷淡。我想他的组织问题没解决，对我这个团支书有怨气可以理解，所以也没计较。

在他临出国前几天，我约了几个平时跟他关系还可以的兄弟请他一聚。没想到他在电话里阴阳怪气地说：“我走了你很高兴吧……不就是跟女朋友睡了一觉吗？你索性在大庭广众下开批斗会，也比暗中‘弄人’好啊……”开始我对他的话一时还没反应过来。但听着听着觉得不对劲，便对着电话大声怒吼：“什么‘睡一觉’啊，什么暗中‘弄人’啊……你给我把话说清楚……”但对方挂断了电话。

我当时气得七窍生烟，五脏俱裂！赶紧去找小金。小金说他正想来找我，他刚听小杨的师兄小罗说，小杨这次辞职，是因为“组织”问题受阻，而“受阻”是我们两位向所领导“无耻告密”所致。他还说小杨认为“这件事”毁了自己的前程，再在公安机关干下去也没有意思了，所以决定离开。

天啊！我仰天长啸：苍天在上，江河长流，千古奇冤，六月飞雪啊！

小杨制造了一起冤案，拍拍屁股东渡日本了。我叫屈无应，申冤无主，直到退休一直耿耿于怀。

退休后，我放下了过往的一切，连同那桩冤案。

有一天我突然接到一个陌生电话，对方叫我“小陆”，自称“老杨”，说多年不见想“小聚”一次。我追问对方到底是谁，他吞吞吐吐地告诉我他是“杨XX”。

天啊！杨XX！你这个杀千刀的！害得我郁闷了一辈子的冤家对头，居然还敢大言不惭地邀我“小聚”，你是吃了豹子胆还是患了老年痴呆啊！我当即像他当年回绝我一样回绝了他。

“老杨”在电话里说，他最近与几位老同事聚会，获知了事情的真相。他说他这几天睡不好觉，冤枉了两个好人，他必须当面赔礼道歉。

听他说出“冤枉”二字，我止不住老泪纵横……

他请我约小金一起来聚会，我告诉他晚了，小金已经离世。

一阵沉默，然后听到他轻轻地说，我有罪。

聚会时，“老杨”告诉我，那天挂了电话，虽然一时痛快，但马上又心神不宁。一切源于自己的推测，真相到底是啥，自己并不知道。所以他对我和小金的“痛恨”一直悬在半空中没有着落。

前不久他组织聚会，特地邀请了两位当时的支委成员，才获知，时至今日，他们谁都不知道他“非法同居”的“前科劣迹”，证明我和小金一直守口如瓶，没有“告密”。

“陆书记，我冤枉你和小金了，我有罪……望小金在天之灵知悉我今天的请罪……我对不起你们！对不起啊！”

这天喝了很多酒，我回去的时候晃晃悠悠差点迷了路。

理解是金

下午2时许，所长召集大家开会。刚开场，见张扬坐在角落里一个哈欠连着一个哈欠，脑袋一冲一冲，昏昏欲睡的样子，便指着他说："你呀，也别开会了，回去回去，明天睡个一天，什么时候睡醒什么时候来上班。"张扬大概还在梦里云里，对所长的"开恩"全然没有反应。我赶紧拉拉他说："醒醒，回去了。"张扬猛地惊醒，说："散会啦，散会啦。"所长接着说："散会了，下班了，你不想走啊。"全场一阵哄笑。我悄悄告诉他所长照顾他，让他先回去休息。他赶紧起身，双手抱拳，一面向所长作揖，一面走出了会议室。

其实这几天大家都很辛苦，睡眠都不足，所以看到张扬"回去了"都有点羡慕嫉妒恨。

会议继续进行。大概过了一刻钟的样子，听到下面有吵吵闹闹的声音。开始没在意，因为"吵吵闹闹"在派出所本来就是常态。但渐渐地觉得不太对劲，隐隐约约听到有人吼"警察打人"。所长大概也察觉到了，便草草收场，宣布会议结束。大家都觉得好奇，从会议室直接下去来到值班室一探究竟。

派出所门口有十几个人在围观。张扬被众人围在中央，一个中年男子不断地推搡他。张扬既不退避，也不还手，任由男子"蹂躏"。这场景让我看了感到心疼。我愤怒地拨开人群冲上去挺胸挡在中年男子面前，责问他为什么要推搡我们民警。中年男子一把将我推到边上说："为什么？因为你们警察打人，我头都破了，我要你们赔礼道歉，要你们严惩凶手……"我定睛一看，果然发现他后脑勺有鲜血流出。这让我十分意外，一下子不知所措。

此时，所长也已来到人群中，只见他一面悄悄地把张扬往边上推，示意他往后退，一面用自己高高瘦瘦的身子挡在中年男子面前说："这位同志，我是这里的领导，你有什么冤屈、意见尽管跟我讲，我一定会认真处理，让你满意的……"然后回头跟其他民警说："你们光看着做啥，还不快点扶这个同志去所里，看看伤口重不重，先给他涂点红药水，不行就送医院检查一下……"站在后面的民警闻令呼啦一下把中年男子围了起来，还没等他反应过来，有的扶臂，有的托腰，有的开道，有的断后，大家"前呼后拥"把他"扶"进了派出所。

这边所长在"调兵遣将"，那边指导员带了几个民警已经把围观人员与当事人分割开来。待中年男子被带离后，便开始劝散围观人员。但围观者中有人起哄，呼叫"严惩打人凶手"等口号，场面有点失控。

关键时刻，大茅突然指着后面一个卷头发青年吼叫道："'卷毛'，你起什么哄！警察打人？你在现场？你看到了？你在这里瞎咋呼想捣乱怎么地……"刚才还疯疯癫癫、手舞足蹈的"卷毛"闻听有人叫他，定睛发现是大茅，立马满脸堆笑，举手行礼："茅同志啊，不好意思，不好意思，没有看到你啊……我看看闹忙，喜欢轧闹忙呀……谁说警察打人了，我没看到，警察怎么会打人啊，你们瞎讲有啥讲头啦……"大茅说："好了好了，废话少讲，快点回去。过两天我还有事找你哪。""卷毛"见大茅下了逐客令，又说过两天还要找他，赶紧双手抱拳，连说遵命遵命，带着几个喽啰走了。

"卷毛"一走，围观人群就没了生气，大家觉得没趣，渐渐都散去了。

大茅对"卷毛"的呵斥和"卷毛"的俯首帖耳，让我大开眼界，大呼过瘾！

事后大茅跟我说："你记牢，不管处理什么事，尤其是群体性事件，只要条件许可，你要做的第一件事，不是解决问题，而是将当事人带离现场。你不要试图在大庭广众下解决任何事……像你刚才冒冒失失冲上去责问人家'为什么'，可以说是犯了处理群体性事件的大忌。要不是所长'老奸巨猾'力挽狂澜，现在是什么结果真不好说。"

我本来就是大茅的崇拜者，看到他今天的"壮举"，听到这番精辟的高论，对他更加顶礼膜拜了。

眼前的危机虽然暂时化解了，但"警察打人"事件的解决才刚刚开始。

经我多方了解，基本厘清了事件的来龙去脉。

张扬被所长批准休息，回办公室取了些随身物品准备回家。当时，他的想法是，哪怕有星辰大海，他也只要眼前的苟且，就是回去无牵无挂地睡个觉。他说这是他有生以来最想睡觉的一次，他太需要睡眠了。

刚出门，就见两个人拉拉扯扯地向派出所走来，后面还跟着几个看热闹的人。张扬当时心里发毛，怕节外生枝粉碎了他的"眼前的苟且"。他埋下脑袋，侧让身体，希望这群人无视他的存在直接进入派出所，但偏偏哪壶不开提哪壶。

"张同志！"张扬听到有人叫他，那声音雷鸣般地在耳旁炸响："张同志，你来得正好。你评评理……"抬头望去，叫他的是管段里的居民小谢。他和一个与他拉扯在一起的中年男子不由分说地挡住了张扬的去路……完了，一切都完了！张扬绝望地无可奈何地停住脚步。张扬本来还想把他们引入派出所交由其他同志处理，可小谢是他辖区的居民，彼此熟识，如果此刻他拍屁股走人，以后下管段还怎么混啊。

听起来是很简单的一件事。小谢向某出租汽车公司预订了一辆"的士"送客人，先说到家里来接人，后来觉得家在七拐八弯的弄堂深处难找，又约在弄堂口的马路上候车。不料他们如约到弄堂口后，左等右等不见预约的车来，便另外拦了一辆车载着客人走了。但没想到他先前预约的车早就来了，司机看到预约的停车点竖着禁止停车标志，所以将车开到了前面的拐角处停着。他以为拐角处离约定的地点不远且能看到，不会出问题的。谁知等了好久也不见人来，不耐烦了，就找到小谢家，才得知小谢早就叫了另外的车载着客人走了。他十分恼火，要小谢赔偿"停车损失"。小谢因候车等了很长时间，也憋了一肚子火，哪肯买账，说责任不在自己，一分钱都不赔。于是双方互不相让，找到派出所来"讨公道"。

张扬说，他当时太疲倦了，实在不想卷入一场纷争，但看到眼前这种架势，想躲已不可能，只好强打起精神来应付。

这是一起因误会引起的纠纷，双方站在各自角度都觉得自己真理在手，不肯让步。

站在公正立场，张扬经分析认为，造成这场误会的责任主要在司机。虽然他改变停车地点的理由无可厚非，但他在决定这样做时，应该预料到可能产生的后果，而且完全可以像后来那样徒步去小谢家或约定地点讲明情况。他可以而且应该这么做却没有这么做，这就是他的责任。考虑到司机当时的情绪和调解的实际效果，张扬决定对自己管段的居民要求高点，让他付给司机 2 元钱算了。

小谢本来还指望"张同志"给他主持"公道"，没想到"张同志"如此拉偏架，让他十分不爽，一口回绝。好在张扬给小谢家办过不少"好事"，警民关系不错，张扬请小谢看在自己的面子上让点步算了，小谢才勉强同意。

出乎张扬意料的是那个司机竟死活不同意这个调解方案，一定要按照一个天晓得的什么规定最起码赔付 10 元。小谢见司机如此态度，再次翻脸，把本来看“张同志”面子的 2 元钱也推翻了。两人唇枪舌剑，纷争再度展开。

张扬面对这个“不知好歹”的司机心里也有点恼火，便把本来不想说的关于这场误会的责任分析给司机听。不料这下捅了马蜂窝，司机一下子把矛头指向了张扬，说他跟小谢串通一气，肯定接受过小谢的好处。还说张扬简直跟过去的旧警察一样……

张扬跟我说：“其实，处理民间纠纷时，对于民警的调解，双方当事人能接受最好，不能接受也并非不可，他们完全可以去更权威的机构，如法院等部门解决。我当时也没有把自己的观点强加给双方的意思。但后来矛盾发生了变化，司机迁怒于我，讲了那么多不堪入耳的不实之词。这种在大庭广众的公然污蔑深深刺伤了我……”

警察也是人，何况张扬还是个 20 出头的小伙子，对这样的造谣中伤如何承受得了？于是顾不得自己得来不易的休息机会，要带司机进所去“讲讲清楚”。司机见张扬要带自己进所，更加恼怒，立马转身对围观人员说：“大家看看啊，警察包庇，还要用‘进去’威胁我。怕什么呀，有什么见不得人的事不能当众讲。有种就在这里讲嘛，讲给大家听听嘛……”

张扬满腔怒火，满肚子委屈，指着派出所的门，用变了调的声音问：“你去不去？”司机毫不示弱：“不去！我偏不去，看你能把我怎么样！”

看着司机咄咄逼人的样子，张扬忍无可忍，猛地伸手抓住司机的双肩，向派出所的方向一推——也许是因为司机毫无思想准备，也许确是张扬用力过猛——司机一个踉跄倒了下去，脑袋磕在路边的消防栓上，殷红的血流了出来。

司机进所后，所长和指导员都察看了他的伤情。伤势不重，只是磕破点皮，但后果十分严重。所领导向司机了解情况，他不配合。要送他去医院处理一下创口，他不同意。他坚决要求回去，说你们不让我走就是“非法拘禁”。其实谁想“拘禁”他啊，请他进所无非想把事情搞清楚。既然他执意要走，所里也不能勉强留他。

司机走后，所长叫治安组抓紧核查司机的确切公司和住址，说要尽早跟他的组织取得联系，并抓紧上门慰问安抚，防止事态扩大。同时他令全体民警在所里待命，下班听通知。“罪魁祸首”张扬当然也不能回去了。他斜倚在一张靠椅上呼呼睡着了，指导员给他盖了一件大衣。

但一切都无济于事。

当天下午 4 时左右，司机所在车队二三十名工友围在派出所门口要求“严惩打人凶手”。很快引来数十人围观。派出所门前的路被堵死了，秩序大乱。这种场面如不及时控制，后果不堪设想。

所长喊哑了嗓子，试图扭转局面，但根本没人听。直到局长匆匆赶来，亲自与他们“谈判”，答应在查清事实后一定秉公处理，将处理结果登门通报，他们才勉强同意撤走。但临走时抛下一句话：如果处理结果不满意，他们将“游行抗议”。

局长听了汇报后对张扬说：“无论如何你过火了，造成的伤害是事实，带来的后果你也看到了……必须给你一个处分……”

“可是……”所长似乎要为张扬争辩什么。局长厉声打断他说：“现在没有‘可是’‘但是'之类的理由，处分，必须处分，所长和指导员明天去向他们车队通报处理情况。还有，"局长把目光转向张扬："你明天也一起去，要向当事人赔礼道歉……态度要诚恳，要争取得到他们的谅解……"

我看到张扬狠狠地咬着牙齿，腮帮子一鼓一鼓，眼泪在眼眶里打转。他猛地起身，说："我需要休息，我走了。"然后头也不抬地大步走出会议室。我看到他背过头去的时候，用手狠狠地抹了一下眼睛。

局长跟指导员说："你告诉小车驾驶员，让他开车送张扬回去吧。你索性陪他回去，路上做做工作。"

第二天张扬来得很早，头发蓬乱，胡子拉碴，眼睛依然血丝密布，显然昨晚睡得不太好。所长看了他一眼，一声叹息。所长也满脸憔悴。

上午9时许，所长驾驶"昌河"，带着指导员、张扬和我来到司机所在车队。许多司机因为要听"处理结果"没有出车。小小的会议室里挤满了人。

指导员先把事情的前因后果向大家通报了一遍，然后宣布："……决定给他行政警告处分……另外，医药费全部由他个人承担……"指导员讲完，会议室里一阵骚动。我感觉他们对这个处分似乎并不满意，还有什么要求要提出来。

这时，所长缓缓地站起来。他用嘶哑、低沉的声音说："也许这是题外话，但我还是想说一说。"所长转过头看着张扬说："到昨天为止，他整整三天三夜没有合过眼。他管段里一个幼儿被绑架，危在旦夕。他和他的战友连续战斗70多个小时，昨天上午，才把幼儿救了出来……昨天下午我批准让他回去休息，出门正好遇上这件事。他当时很疲倦，情绪有点失控……当然，不管怎么说，动手总是错误的……"

所长说完"题外话"后，拍了拍张扬："好了，现在你自己检讨吧。"

大家的视线一下子集中到张扬身上，刚才暗暗涌动的骚动戛然而止，会议室里鸦雀无声。

张扬起身，整整制服给大家敬礼，刚说了一个"我"，当事司机忽地站了起来，说："慢点慢点。"他先跟车队领导耳语几句，车队领导频频点头。然后径自走到张扬面前说："小兄弟，不要说了。现在事情搞清楚了，都是误会造成的……其实当时我也头脑发热，说了许多难听的话……要说道歉，我也应该道歉的……"

剧情如此大尺度翻转谁也没有料到。张扬站在那里，双目噙泪，不知所措。司机又转向大家鞠个躬，说："谢谢各位工友这两天给我的支持和帮助……现在我想要求公安机关撤销给小张的处分，大家同意吗？"

静默，随即掌声雷鸣。

局长听了汇报后说："处分不是儿戏，怎么能说给就给，说撤就撤。张扬背这个处分不冤枉，让他吸取一下教训……当然处分总要撤的，但不是现在，要看他的表现。"

张扬后来跟我说："他虽然背了个处分，但心里不像开始那么憋屈了。他说这件事让他成熟了许多，对他今后的工作有帮助。"

何止张扬呢？这件事也一直深深地刻在我的脑子里。我常想：人在世上，不可避免会有意或无意地卷入各种矛盾纠纷中。怎么办呢？需要沟通，需要理解，理解别人和争取别人理解。理解是金，可以化干戈为玉帛。■

穿警服的女孩儿最美

■ 姬鸿霞

△ 陈欣怡认真值守岗位

2020 年春节前夕，是陈欣怡入警来沪第四个年头，许久未回家的她有点想爸爸妈妈了，于是，她向组织打了四年才有一次的探亲报告，准备回温州老家过年。没想到一场突如其来的疫情中止了原本归乡的计划。疫情之下，作为一名人民警察，必须挺身而出，承担起维护社会大局稳定的职责使命。于是，她悄悄收起已经被领导批准签发的休假报告，主动请缨，投入了全市的抗疫工作。

1 月末，全国各个省市陆续发现确诊新冠肺炎病例，全市各级公安部门进入备战状态，总队治安信息管理处连夜研究开发了“智慧治安全业务实战应用系统”，实时比对分析来沪入住宾旅馆的涉重点地区住客。当时身处治安管理处行业场所科的陈欣怡和同事仔细开展社会面旅馆业住宿情况摸排，统计每个集中隔离观察点和留验点的具体人数。这项工作看上去不算复杂，实际操作却非常困难，每天的来沪人员不断增加，每个区的集中隔离观察点位动态变化，需要非常细心才能统计好各个点位的人数及安保情况。为降低疫情扩散的风险，她加班加点指导、检查辖区旅馆业单位严格依照“实名、实数、实情、实时”要求，落实住宿（访客）人员的“来登去销”制度。她和同事多次到宾旅馆检查各项措施是否落实到位，要求前台人员在接待住宿人员时，逐人仔细查验旅客有效身份证件，系统上传入住信息。根据疫情防控要求，指导辖区内旅馆业单位对所有进出宾旅馆的人员进行体温测量并做好记录，重点核实重点地区来沪人员具体情况，发现重点地区住宿人员的，一律立即报告属地卫健部门和公安机关，将相关重点人员送至集中隔离观察点入住。对工作中发现住宿旅客存在发热、咳嗽等症状的，要求立即报告属地卫健部门并引导至发热门诊指定医院就医。

因疫情的特殊性，许多工作人员没有相关防疫经验，陈欣怡和同事在积极部署的同时，又发挥主观能动性，创新工作机制，指导旅馆业单位开展有关疫情防控工作的宣传和培训，督促旅馆业单位及从业人员在落实各项防控措施的同时，主动释放善意，严禁出现不经核查直接拒绝重点地区人员入住或歧视对待合规入住的重点地区旅客等现象，既守住了疫情防控的底线，又彰显了申城的温度，为打好疫情防控战做足了功课。

为了做好市域陆路道口执勤力量疫情查控工作，2020 年 1 月 26 日大年初二的晚上，总队紧急通知各部门派员翌日一早赶赴市域道口开展督导检查，正在吃晚饭的陈欣怡临时接到通知：马上做好第二天赶赴现场的准备。虽然心里有点忐忑不安，但使命在肩，她知道自己不能退！当她全副武装地站在奉贤 S4 南桥道口开展检查时，她已然忘记了早上出门时的胆怯，陡然生出战士出征打仗的豪迈之情。

她仔细核查每个人、每辆车的详细信息，10 时左右，一辆蓝色的大众出租车从道口驶入，她例行检查乘车人员的身份证时，发现这是一名来自重点地区的乘客，经过耐心细致的盘查和人员信息比对，未发现她近期前往重点地区的轨迹记录，陈欣怡确认后予以放行。

出生于 1994 年的陈欣怡是浙江温州人， 2016 年 7 月，陈欣怡从中国人民公安大学治安系毕业，通过公务员考试进入上海市公安局治安总队治安行动队工作。回顾四年的从

△ 陈欣怡（右）和同事在进博会执勤

警生活，陈欣怡说，能参与两届进博安保和今年的抗疫工作，感到非常荣幸，而从警察职业来说，她感到成长最快的是在治安总队行动队工作的那一年。

行动队是她从警的第一个岗位。女同志到一线办案岗位，是一项不小的挑战。行动队的工作主要是打击查处“黄赌”案件，作息日夜颠倒。刚开始直面犯罪分子的时候，难免感到紧张，为了学习审讯技巧，陈欣怡向经验丰富的前辈拜师求教，每次抓捕结束后都会看到陈欣怡和师傅黏在一起的身影。有一次，在郊区抓捕一个二八杠赌博团伙，现场控制后有一个犯罪嫌疑人从后门往外逃，陈欣怡和同事立马追出去，而外面是一片荒凉的草丛，乡间小路崎岖不平，她打着手电筒狂奔了500多米，终于在马路上将犯罪嫌疑人控制住并摁倒在地，顺势戴上手铐，动作敏捷而又“飒”，让男爷们儿都佩服。当时已是初秋，夜晚已有些凉意，而她这一路狂奔，身上早已被汗水浸透。抓到人的那一刻，她紧张、激动的心情久久不能平复。同事问她：“你看起来这么瘦小，怎么会有那么大的爆发力？”她说：“谁说女子不如男，我必须追到他，证明给你们爷们儿看看！”

为了尽快上手，独立完成一份笔录，陈欣怡翻阅案宗中的过往笔录，不断学习审讯技巧。在一次审讯过程中，一名卖淫女坚决否认自己的违法犯罪行为，说自己在上海一个人带娃，平时在美甲店打工，晚上在家照顾孩子没空出门。看到她年幼的孩子，想到小朋友未来的成长，陈欣怡不禁动了恻隐之心，几乎就要被她说动了，直到她根据监控、旁证进行仔细核实，才发现该女子满嘴谎言。这次审讯经历让她明白，犯罪分子也善于掌控人心，可能会利用民警的同情心逃避法律的制裁，而民警的责任就是不被事物的表象蒙蔽，直击事情的真相，违法必究。

在一次前期侦查过程中，陈欣怡的任务是跟踪一名嫌疑人到酒店房间，确定违法行为发生现场。经过前期的目标锁定，她跟随嫌疑人一起坐上了电梯，只见长脸男子左手文着刺青，右手上有一个很明显的刀疤，表情阴郁凶煞，陈欣怡感到头皮一阵发麻：万一被发现了怎么办？她强装镇定，赶紧把头低下，装作在玩手机，看他摁了2楼的电梯，她也假装摁了一下。在电梯间里的时间一秒胜似一年，没有太多侦查经验的陈欣怡心脏几乎要跳出嗓子眼，直到电梯门打开，悄悄尾随他到走廊，确认了房间号后通知前方指挥人员，她才缓缓松了一口气。通过这次独立完成跟踪行动，陈欣怡感到自己更加勇敢了，她想，下次面对违法人员绝不能有丝毫的退却，要不畏困难冲到最前线，才能固定违法犯罪证据，为后续办案提供有力支撑。

在治安行动队工作一年多，她不仅学会了办案技巧，积累了工作经验，也直面了人性中最黑暗的一面，更明白了公安任务的艰巨和复杂。

看似和平安定的社会表面，是因为有我们警察在负重前行。

陈欣怡从警以来，从一名“初出茅庐”的新警逐渐成长为一名“业务能手”，各种荣誉也接踵而至，对此，她总是微笑着回答：“我有能力、有机会为我生活的这座城市的平安稳定做点贡献，这是我的使命，也是我的光荣！”今年10月以来，微信公众号“警民直通车·上海”推出《寻找最美警察》活动，陈欣怡的事迹被报道后，有近一万人次的点击量，很多网友跟帖评价：什么最美？穿警服的女孩儿最美！■

张晓雅，上海市公安局“110”报警台接警员。上海“110”一天的呼入量大约3万起，她每天平均每1.5分钟就要接听一个电话。一个电话，就是一个警情。她已接警14年，始终保持零投诉、零失误。

晓雅的声音

■ 陈 晨

△ 晓雅用自己的声音安抚报警人

晓雅的声音很甜，但不腻，像岩石上潺潺流动的清泉，清新、甘甜。听她的声音，如同疲惫的旅人终于找到了一汪清泉，解渴、熨帖，是可以洗去身心疲惫的，是可以解除全身铠甲的，是愿意让心稍作停留的。

晓雅的声音很软，但不娇，像晒在阳光里的棉花，厚实、柔软。听她的声音，可以听到声音背后关切的心，以及微笑的脸。这样的声音，是用善意筑底的，是将心比心的，让人愿意倾诉，值得信任。

晓雅是用声音工作的人。她是上海市公安局“110”报警服务台的接警员，从2004年入职以来，她已经用声音工作了14个年头。

14年间，晓雅接了几十万个报警电话，一个电话，就是一个警情；一个电话，联结着一个焦虑的报警人。

晓雅深谙报警人心理，她说，大部分报警人拨打电话时，都处于紧张、恐慌等负面情绪状态，接警员首先要做的，就是用声音去安抚、温暖他们，让他们感受到你的真诚。

为此，她提出了“黄金 20 秒”接警法则，就是把握好刚接起电话的那 20 秒，与报警人建立良好的信任关系，为开展后续询问工作，甚至整起警情处置奠定基础。晓雅说：“他信任你了，就什么都愿意告诉你，也就愿意按照你说的方法去尝试。”

那天，晓雅接到一个报警电话，只听见电话那头的男子高声叫嚣着：“我要杀人啦！你们‘110’怎么搞的？你们都是吃屎的吗？”一看系统显示，该男子短时重复报警已达 10 余次。

晓雅知道，一个被愤怒裹挟着的人，很容易失去理智，接这样的电话一定要慎之又慎。晓雅懂得，一部电话代表着公安机关的一个窗口，她也懂得，要以人心换人心，以善意化解暴戾。

晓雅温和地说：“您一定遇到什么困难了吧？要不和我说说，看我能不能帮到您好吗？”

报警男子激动地说了一长串话。原来他因劳务纠纷拿不到工资，打了“110”报警电话，民警到场了解情况后，告诉他，此事应找劳动局处理。他恼恨民警不作为，就一次次拨打“110”。

晓雅耐心地倾听着报警人的每一句话，并不时回应道：“不要急！慢慢说！我在听！”

报警人终于说完了他的委屈，晓雅说：“你们这些外来务工人员确实挺不容易的。”

这句话说得很轻，但落在报警人心头却很重，因为他知道，他的委屈有人在听，他的麻烦有人理解。

他沉默了几秒，继而轻轻地说了一句：“对不起，我这几天心情不好，态度差了点，我不该骂警察。是拖欠工资的黑心老板坏，不是警察不好。”

解开了心结，沟通就顺畅了。晓雅用“骨折不能看内科”作比方，解释了为什么警察处理不了劳资纠纷，鼓励他通过职能部门去维护自身的合法权益。结束通话前，报警男子由衷地道了一声“谢谢”，之后，没有再打过“110”。

沟通可以很难，难到面对面，眼睛却看不穿你的心底；沟通也可以很简单，简单到单凭一根电话线，用声音传递一份温暖。

十多年间，晓雅从一名普通接警员，成长为小教员，成了新接警员的师傅。为了让新手们快速成长，她动了很多脑筋，教给他们业务技能，更多的是想方设法，让他们始终守住心底的那片阳光。她知道，接警员在岗的每一分钟，都在直面紧张、暴躁、愤怒、叫嚣和苦闷等各种负面情绪的侵袭，如果没有强大的心理防御机能，很容易被击垮。

为了帮助小伙伴们守住心里的阳光，张晓雅把 14 年来保持零投诉、零失误的小诀窍梳理成“阳光”手册分享给大家。她教新晋宝妈的小鹿随身带着宝宝的照片，休息间歇拿出来看看，就能满血复活；她拉着被报警人投诉的芝麻一起去嗨歌，狠狠地唱了一晚；她买来的减压充气锤、小玩具，被他们蹂躏了千百遍，换了一批又一批……

在她的带领下，一批又一批接警员都在用晓雅一样的声音在说：“你好，这里是‘110’报警服务台。”■

说不完的故事

■ 李佳

我的从警路，是伴着一个故事开始的。

故事的主人公，是一位中年人，故事发生那年，他 45 岁。

2003 年 2 月 8 日，春节后上班的第一天，下午 2 时 30 分，上海浦东新区金杨警察署接到 110 处警指令：辖区南石桥一民宅内有人组织卖淫。他和同事老季立刻拿好装备驱车赶往现场。现场是一间低矮平房，室内采光不好，可视度很差。而这两位经验丰富的民警还是在开门后的第一时间，锁定了 4 名嫌疑人，并将他们成功控制。

正当他们要将嫌疑人带所审讯时，危险猝然爆发：从他们身后某处，蹿出 3 名彪形大汉，手持砖头、棍棒对着他们劈头猛打。事发突然，但他和老季并未退缩，身材瘦小的他毅然与其中一名大汉搏斗，因为多次受到砖头猛击，他终于支撑不住倒在了墙角。虽已严重受伤，但他还是在强大意志力下，通过电台发出了增援请求。

歹徒们见势不妙，企图溜之大吉。那一刻，已经气息奄奄的他，竟拼尽全力站了起来，牢牢扯住其中一人的衣角。歹徒无论怎样都甩不开他，恼羞成怒，突然拔出利刃，深深刺进了他的腹部……

增援的同志们赶到时，看见血泊中的他，焦急地上前施救，虽已气若游丝，他却说："别管我，老季还在里面……"这，是他留在人间的最后一句话；说完这句话，他便陷入昏迷，再也没有醒来。

他的名字叫陈卫国——全国公安英模、烈士。两年后，我踏上了从警路，那时候，警营里到处传颂着他的故事。

这也是我第一次以警察身份重新认识"110"。这串既熟悉又亲切的数字，曾经无数次让我安心。而作为普通市民的我，哪曾想过它背后的艰辛和危险？当然，也无法想象。直到我自己做了警察，才懂得：什么叫"24 小时守护"、什么叫"闻警即动"；才明白：每一次出警，走近的都可能是一个渴望、无助或陷于危难的灵魂，而即将面临的则是无法确知的危险，但是，每一次、千百次、无数次，人民警察都毫不犹豫地向着未知挺进，以自己的行动践行诺言。陈卫国烈士更是用生命诠释了这份沉甸甸的责任。

曾几何时，老百姓对于"110"、对于警察是敬而远之的。当 20 世纪 80 年代，110 报警服务平台在全国大中城市陆续普及后，为了让它深入人心、让警察更贴近百姓，全国公安不知付出了多少艰辛和努力，甚至一度亮出"有困难找警察"的口号并身体力行。正是一次次不舍昼夜的出警、一次次耐心细致的解难、一次次逆流而上的拼搏，才让 110 走进了“寻常百姓家”，成为老百姓的日常和念想。

还有一年，朱秋官就要退休了，这位伴着全国“枫桥式派出所”、与共和国同龄的周浦派出所成长的老民警，始终记得发生在 90 年代的那起跨区抢劫沿街商铺系列案。两个月之内，7 个镇 10 个村发生同类案件。然而，因为“110”报警服务推行不久，老百姓熟悉度有限，从案发到报警有很大时间差，加之当时的侦查技术有限，案件迟迟没能侦破。为此，几个区投入了大量警力，并启用了最“原始”、最辛苦的“地毯式”排查，终于，在一次夜间设卡中，老朱与嫌疑人狭路相逢……这个案件的侦破，让老朱获得了从警生涯第一个二等功，但回想当时的艰难与焦虑、投入与煎熬，他心里不无遗憾；他常常忍不住去想：如果能再快一点，受害的商铺会不会少几家？

20 多年后，老朱的愿望成真了。“有危难，打 110”，已成为社会共识。一旦遭遇侵害，大多数人会选择第一时间报警。而报警平台的运作、应急处突机制也越发成熟，如果发生“两抢”等恶性案件，指挥中心会立即将警情发布到周边各单位乃至每一辆巡车，以最快速度展开抓捕大网。如今，破获“两抢”案件的最快时间不到半小时。而在这样强有力的威慑下，“两抢”案件的发案率降到“史上最低”，许多地区实现了“零发案”。推行任何一项新机制，都会有“阵痛期”，但我们从中看到了更多未来与希望。

在“110”这串简单的数字背后，是公安机关不断提升的社会管控能力、治安打击水平和老百姓实打实的安全感；更有人民警察与老百姓水乳交融、情同鱼水的深情厚谊。在数不清的寻常警情甚至一些略带喜感的“奇葩 110”背后，饱含的是信任和亲近，更有几代公安人的鲜血和汗水。

可以说，这平台是用真情垒起的，这渠道是用奉献打通的；它是无数平凡的民警通过踏实一个个脚印、做好一件件小事收获的“果实”。

12 年前，血气方刚的社区民警陈刚走进管段，遇见了前来求助的耄耋老人朱阿婆。阿婆的养老金被三个儿子瓜分，她只能住在下雨天会漏水的破屋里，缺吃少穿。陈刚立即多方联系养老院，又尽心为阿婆“讨公道”，直到要回了养老金和赡养费。但他和阿婆的故事并未到此结束。从此以后，陈刚逢年过节都去探望阿婆，每年除夕都先陪阿婆过，即使在他后来调到 20 多公里外的派出所，依然如故……2020 年，阿婆 100 岁，陈刚 50 岁；阿婆渐渐忘记了许多人，却始终记着她的“小阿弟”，今年除夕，因为忙于社区疫情防控，陈刚来得有些晚，但阿婆坚持等他，谁劝都不听，她的目光里充满了期盼和信任，她知道：“小阿弟”一定会来！

其实，不只是陈刚，每位民警都如此。110，就像一条联结警民的无形线，只要老百姓在一端“启动”，另一端的警察就“一定会来”，始终风雨无阻，哪怕披星戴月。它不仅是个平台，更是一个承诺、一份为民真心。2020 年，“1 月 10 日”这一天正式被确定为“中国人民警察节”，这对于每一位公安民警，都是鼓舞和鞭策。回首平台建设的 30 余年，风雨兼程，始终如一；展望未来，我们还将在此与老百姓一路相伴、一路守护。

我坚信，有关“110”的故事是讲不完的。■

对于“出行权利”的理性思考

■ 司徒伟智

大伯大妈，参加读报，虽系老传统，但常有新收获。譬如这一回发生在某小区读报组的议论——

“人家在高速匝道出口处按两下电喇叭，就要纠处……那么，市民的出行权利呢，还要不要尊重？”老李一边读报，一边自言自语。

很快，引来周围几位回应。老徐道：“问题是他违法啦，外环线内禁止乱鸣喇叭是上了法规的。”大方也解说：“这次道路交通大整治，列出了种种乱象。出行有自由，但是乱来的就不允许。这才叫作理性思维，法治观念。”

一番争论，实质是如何理解“出行权利”。

物质生活富裕起来，权利意识也同步高涨，这表明社会在全面健康发展，很可喜。官员炫耀权力，民众惧言权利，那岂非从前的“只许州官放火，不许百姓点灯”，实属落后呢？只是，凡事怕过度。讲权利，需要讲度。你看，发生医患纠纷，就拉一伙亲友封堵病区，阻碍诊治；把小区绿地花草铲除了，种上私家葱蒜……诸如此类权利维护扩充，侵犯到公共利益，还不过分，谁受得了？公共权力出面管一管、治一治，谁都会拍手称快。

辩证法面前无神圣，绝对化思维要不得。公共权力是社会进步的成果，但要注意关入制度的笼子，不容跋扈。公民权利是社会建设的必需，但也要懂得接受规范的限制，切勿轻率。现代人的理性思维是，个人自由诚然好，法律管理少不了。一个人的权利不能冲撞别人的权利，个人权利伸张止步于公共利益的围栏。公共秩序的存在，本身就是个人权利适度妥协和让渡的产物。

问题在于，这儿那儿都要让渡，有些朋友感觉“过马路要管、停车要管、按喇叭要管，怎么现代人出行的限制越来越多了”。也是哩，君不见，古代孟尝君门客冯谖发个牢骚“长铗归来乎，出无车”，立马取得一辆车，不用上牌即逍遥去了。放在今天，还不是无证上路，扣车认罚。更出奇的，是帅哥潘岳，“每行，老妪以果掷之满车”，想想现如今，哪一群“追星族”敢放肆到拦路截车抛掷花果献殷勤乎？概因古代地广人稀，半天不见一辆车，少管亦无碍。轮到现代大都市，车如流水马如龙，人车楼高度密集，还少得了个“管”字？听任乱按喇叭，必四周一片聒噪，允许车辆逆行，必交通大乱，非“严管”则难以为继。

莫以为越是社会发达了，就越该管理松一松了。哪有这回事！记得在列举若干亚洲朋友赴美工作后抱怨“太不自由”的实例后，梁厚甫当年在名篇《纪律与自由》中专门讥嘲过：那些只知称赞“美国是自由国家”的人，“似乎忘记了一点，今天美国，也是法治国家”。

须知，一个高度发达的社会总是与高度的有序结构同步而来的。当权利意识日渐构成公众的习惯思维之际，法治观念也就亟待内化为人们的处世方式，如此双翼齐展、双轨并行才是。■

剑胆琴心

我与杨怀远的缘分

■许 平

《新民晚报》以《一根扁担两代劳模》为题，在头版报道了这个长达半个世纪、充满传奇色彩的故事。

轮船从青岛到达上海后，杨怀远为年老旅客担着行李，扶旅客下船。
新华社记者 张 萍摄

▷ 杨怀远挑着扁担挽着我姥姥、姥姥拉着我的照片，刊登在《解放日报》上

一

跟扁担叔叔杨怀远的缘分横跨两个世纪。

是1965年的事。

很多人还记得，那年某月某日的《解放日报》的头版，刊登了一张后来被称为中国劳模精神的经典照片。照片背景是十六铺码头，画面上有艘船，有男女老少的旅客，特别明显的是有一年轻人和一老一少。年轻人肩挑着小扁担，手挽着一老，一老领着一少。

年轻人就是杨怀远，一老是我姥姥，一少是我。

那年，姥姥将我从上海带回老家胶东半岛一座美丽的城市，打算让崂山水好好地滋润滋润我，却不料，没等我的肌肤像丝一般的润滑，黄浦江畔就传来了一个让姥姥心惊胆战的消息：在上海警备区某部任职的姨父住进了警备区八五医院，病情严重。姥姥于是"闺女，咱得往回赶"地吆喝了一声，就领着我火急火燎地踏上了回上海的轮船。

姥姥回忆，那天很冷，我冻得牙齿直打架、浑身直哆嗦，一上船就钻进了被窝，再也不肯露面。

姥姥说："睡上一宿，明天就能回上海见到你爸妈了。"可半宿还没过，海上就刮起了大风，舱内履舄交错，杯盘狼藉，船跟过山车似的惊人心魄。姥姥开始晕船，翻江倒海，呕吐不止。我惊恐万分，涕泗横流。也许是哭累了，后来我挂着两行泪水，枕着波涛睡着了。再后来我被一阵窸窸窣窣声弄醒了，蒙蒙眬眬中，我听到一个陌生的声音在跟姥姥问与答。

"大娘，您舒服些了吗？""强多了，多亏了您这位同志！"

我睁开了眼。我看见姥姥斜靠在床头，脸色苍白，很难受的样子。我转眼再一看，一个大高个子站在姥姥跟前。这人是不是欺负姥姥了？我一骨碌钻出了被窝，冲着他诈唬："我爸有枪，你要使坏，我用枪打你！"他愣了一下，紧接着扬头大笑，姥姥在一旁狠狠地捶了我一下："这孩子，好赖不分！"

原来他大半宿都守着姥姥，擦洗姥姥呕吐出来的黏液，用自己的被褥换下姥姥的被褥……姥姥说："把他累得够呛，亲儿子也不过这样哪！"

那会儿我太小，哪能记事。姥姥还告诉我，第二天上午风平了、浪静了，我奔出船舱来到甲板上。我看见他扛着一根小扁担正忙碌着，于是跟在他身后。我发现他见谁都跟亲人似的。我回船舱对姥姥说，他对谁都咧着嘴笑。

那天下午船进了十六铺码头。靠岸。旅客开始下船。他扛着小扁担出现在我们面前，对姥姥说："大娘，我送你们下船！"

我问："怎么您老是扛着小扁担，它是您的宝贝吗？"

他说："对喽，孩子，这根扁担是个宝，见到它就准能见到我。"

"那您叫啥名儿？"

"小扁担呗！"

小扁担？我觉得稀奇古怪，就跟姥姥嘀咕："什么名儿不好叫，偏要叫小扁担。"

几天后，我跟着父母上街，路过延安西路的一个报栏，我一眼瞅见橱窗里的一排照片，觉得面熟，仔细一看，那不是我和姥姥吗？再仔细一瞧，所有我和姥姥的照片里都有一个人：小扁担叔叔！

我兴奋万分地奔回了家，老远就嚷嚷："姥姥，姥姥，咱上报栏啦，还有那个叔叔。叔叔哪里叫小扁担，他叫杨怀远，是劳动模范！"

二

当年和姥姥乘的是民主5号轮，杨怀远是这艘船上的服务员。长大后，我每次回老家都固执地选择海路，选择民主5号轮。每次我都期盼着能再见到小扁担叔叔。我想我一定能认识他，但他能记得当年要拿枪打他的小姑娘吗？我冷不丁地站在他面前，叫他猜猜我是谁，他能猜到吗？

但我没有如愿。不知哪年，他离开了那条海路，离开了民主5号轮。再后来的偶尔，他会在电视、报端上露出笑脸。姥姥见了，很坚定地说，爱笑，面善，他就是这模样。新世纪后的五一劳动节，姥姥指着电视里的他自言自语道："有60多了吧？好人啊。"然后姥姥哼着没有旋律的歌，哼着哼着突然停了下来，说："那张照片你得好生保管着，不定哪天能再见到他，得谢谢他，到什么时候也别忘了人家对咱的好。"

照片是父亲从当年的《解放日报》上剪下来给我的，几十年了。连我自己都觉得不可思议的是，后来我当兵，上大学，东西南北那些年，鹤随云去，我遗失的东西不计其数；可这张照片，或夹在书本里，或放在抽屉里，即使泛黄了变皱了，也未远离我。我偏偏就留下了它！新千年后姥姥以96岁的高龄离开人间。之后的某个黄昏，我突然想起那张照片，突然就有了万言千语，于是，我写下了《杨怀远，姥姥，还有我》。我没想到，因为这篇文章的刊发，我和他，"失联"40年后，再见了。

三

是丁锡满先生和李伦新先生牵的线。2005年12月30日，阳光灿烂的日子，松江迎宾馆，杨怀远和他的妻子在阳光里向我走来。

我一早就守在宾馆门口。头晚就预习了见面动作：迎上去，握手，叫小扁担叔叔，说终于又见到了您，然后递上照片，问，还记得这一老一少吗？

"嚯，你都长这么大了？"这是杨怀远40年后见"一少"的第一句话。

这可不是我想象中的情景！事先想象再见他的情景，是相见不相识的陌生？是激动得说不出一句话？还是四目相对时间与空间的定格？后来我琢磨，原来很多情景是无法想象、无法臆度，更无法预习的，那个瞬间的真实：就是他的这句"嚯，你都长这么大了？"的大白话！

随后，杨怀远拿着照片极为兴奋地告诉丁锡满先生和李伦新先生："昨晚我琢磨了半天今天要见的是哪个旅客！原来是你呀。这张照片我怎么会忘记呢？我还记得她姥姥的两个闺女、两个女婿都是军人。哎，这个小姑娘很招人喜欢。刚开始的时候她厉害着哪，说我是坏蛋，船不稳当是我的错，她姥姥呕吐也是我的罪。可到了下船的时候，她跟我可亲了，一口一声'小扁担叔叔'，还拉着我的衣服不愿意跟我分手。我哄她，说'以后小扁担叔叔还会给你挑包袱的'，她高兴了，摆摆小手说'那小扁担叔叔再见了'，然后甩着小辫子，一蹦一跳地走了。"

照片复活了杨怀远的记忆，他说了很多姥姥没有告诉过我的细节，比如我当年穿的是一件红色灯芯绒的外罩！这个细节让我将信将疑："您确定您不会记错？"他大笑一声道："绝对错不了！"几天后，我收到了他寄来的当年《水运》杂志的封面照片，小样的我，外罩果然是红色灯芯绒！

走笔至此，我依然觉得这个细节堪称奇迹，依然无以言表我的惊诧和感动。还记得那天他说“绝对错不了”之后，反反复复地说：“我当年听毛主席的话，学雷锋，可是怎么才能更好地活学活用呢？我看到有的旅客行李多，不方便携带，尤其是上下船，很是费力，便想到了我从部队带回来的小扁担……没想到，我当年只做了这么点儿小事，却让旅客记到了今天。哎呀呀，当年是你们给了我莫大的荣誉，现在又是你们给了我莫大的安慰，我谢谢你们啊……知道吗？我挑了37年的小扁担，撂下它的那天，我舍不得哪。我舍不得旅客们，我还想为旅客们服务啊。”

所有在场的人都将感动写在了脸上。丁锡满先生说：“这个故事具有现实教育意义，我要写篇文章，弘扬为人民服务思想和知恩图报情结。”李伦新先生说：“为人民服务和知恩、感恩，过去需要，现在更需要。”

记者抢了不少镜头，为我们合影的时候，丁锡满先生突然想起了什么，忙说“且慢，且慢”，然后他拿起老照片，放在胸前，说：“这道具，具有历史意义，不能少了它。”百感交集的我，当晚写下了《又见杨怀远》。我的劳模情缘，借着这些文字，穿越了40年的时空隧道，续上了。

四

因为这份缘，2010年我成了中央电视台的采访嘉宾。

杨怀远是100位感动中国人物之一，央视制作电视片，我是旅客代表。采访前，央视提醒我，请一定带上那张经典的老照片。

这天央视主持人在门口认领我，说，杨怀远夫妇已经到了，你得有个准备，听说你到场他俩激动得厉害……主持人话还没说完，演播室的门开了。但见杨怀远夫妇笑容满面地向我伸出双臂，而我更是见着亲人似的迎了上去。记者见状扛着摄像机奔过来。主持人在一旁说赶紧赶紧，这段留着，即兴的，真实。

几分钟后我坐在了CCTV的镜头前。我指着照片说，40多年前那个冬天，那次大风大浪，那条海轮，那个翻江倒海的夜晚，一位服务员和一位老人、一个孩子的故事。这期间，全场肃静、专注。末了我说，感谢当时新华社记者在同一艘海轮上目睹了故事的始终并抓拍了这个画面，为我们留下了劳模记忆、留下了时代感动。最后我顺带爆料没读过几年书的杨怀远有一绝活儿：开口就有歌谣，出手就成歌谣，且朗朗上口。几十年来，他编创的歌谣上万首，被整理记录下来的有六千余首，他有本书的名字就叫《杨怀远歌谣》。他用歌谣记录了他为人民服务的初心和旅客至上的坚守，比如：“扁担虽短情谊长，长过大江深过海；我为旅客挑行李，春夏秋冬一个样。”“七老归国来探亲，大小行李二十件。我为侨胞挑行李，重担压肩沉甸甸。一连三趟全挑走，七位侨胞露笑脸。硬把小费塞给我，我说为客不收钱。”“我为人民挑扁担，春夏秋冬都不闲。挑得冰雪化春水，挑来凉风送暑天，万里征途跟着党，越挑心里越觉甜。”“一张笑脸一个亲，一杯开水一声‘请’，一句良言一片暖，一把扫帚一个勤。一上岗位一头汗，一见旅客一身轻，一条扁担一趟送，一担行李一份情，一个目标一个‘为’，一心一意为人民。”他对我说过，“工作中生活中有点感想，我就会顺口说出一首。你每来看我一次，我也都会写一首。”

五

真真切切，十多年里，每年的年前我都会去看望杨怀远。

每次，天目中路某个小区的大门口，我的车被门卫的臂膀挡住。门卫说：“外部车辆，不得入内。”我说：“我去杨怀远家。”“哦，看劳模啊，咯么好咯，侬开进去好了。进去朝前，左转弯。”

每次，进去后左转弯，一脚油门就到了杨怀远的楼下。杨怀远住17楼，楼梯口有防盗门，没门卡开不了，我只得拨打杨怀远的电话，说：“小扁担叔叔，我到了，在楼下。”杨怀远说：“等着，我下去接你。”

每次，还没见杨怀远就听见他的声音：“我的小旅客来看我了。”然后杨怀远就出现了，伸手牵住我的手，将我领进电梯。

每次，杨怀远的妻子等在17楼的电梯口。进屋我想换鞋，阿姨不让：“换什么鞋，不换不换。”阿姨把我让进客厅，把我按在沙发里：“我去倒茶。”阿姨转身进厨房后，杨怀远就说：“我领你看看。”然后他就牵着我的手领着我从这个屋到那个屋：“我们的条件还可以吧？托改革开放的福啊。”最后他将我领进书房。

每次，进书房我就肃然起敬。杨怀远书房所有能挂照片的墙面上都挂着照片。那些照片，让人肃然起敬。从毛主席、刘少奇、周总理到邓小平、江泽民、朱镕基再到胡锦涛、温家宝直到现在的习近平，共和国最高领导人的形象都集结在他的墙上，而所有的照片上都有杨怀远。从20世纪60年代到21世纪的今天，作为中国劳模的他，接受了党和国家历任领导人的接见。

唯有一张照片特别，就是杨怀远、姥姥还有我的那张。

他很在意这张照片，他将这张照片挂在书房醒目的位置，阿姨告诉我，每每来人进他书房，他都会特别地介绍这张照片，声情并茂地讲述那遥远的、长久的、美丽的故事……

六

我至今保存着2005年12月我和杨怀远40年后第一次再见那天，他带给我的一把拖把，上面有他亲笔书写的“为人民服务”五个字。那天他极其郑重地递给我，说：“自退休那天起，我就开始扎拖把，部队、工厂、学校请我作报告，我就带上，送给他们。今天送给你，就是要告诉你，到什么时候，都要保持劳动人民的本色。”

从此，只要我去看他，他就会送我拖把。每次我都是扛着拖把跟他道别。有一次例外。是2012年2月春节前。这天也不知怎的，他和我都忘了拖把。直到送我下楼开了车门，他才想起拖把还在书房里。他要返回17楼，我拦住了他。七十好几的人，不久前小中风过，双手微颤、行动有点迟缓、姿势有点僵滞，上上下下、进进出出、急急忙忙间有个闪失可怎么了得！

一个月后，3 月里的一个星期六上午，我接到他的电话，他说这天下午应邀到松江泰晤士小镇参加一个活动："不晓得离你远不远，我想给你带拖把。"

他坚持这么做。我便赶到泰晤士小镇。他说不清具体方位，只说在湖边。我于是绕着湖边寻他。他于是沿着湖边找我。因为是周末，泰晤士小镇游人很多，湖边更是人头攒动。我俩捉起了"迷藏"，直到我看到拖把。

确实我先看到了拖把。远远看去，几把拖把跟机关枪似的朝天架着。我料定"枪手"是他。

他将一捆拖把扛在肩上，一步一张望。我挥着手，小跑着迎上。

"今天给你带了六把。我年龄大了，身体也不如以前了，以后恐怕扎不动了，六把够你能用几年的。记住，艰苦朴素是不能丢的。"

那刻我泪目。当年意气风发的小扁担叔叔，老了。可他扎的拖把不老：一如当年的小扁担，过去、现在、将来，延续的，有中华民族的美德，还有我的劳模情缘哪！

七

其实杨怀远给我的影响，何止艰苦朴素！

当年因为那张照片，我跟着他上报纸、上杂志、上画廊、上墙头，小小年纪的我知道了：做好事光荣，光荣就是人人说你好。从那以后的好几回，姥姥刚蒸出笼的包子，转眼就少了好几个。有一回姥姥终于破了案，问我作案动机，我理直气壮自豪地说："我拿给小朋友吃了，我要像小扁担叔叔那样，做好事，光荣。"

这仅仅是孩童的幼稚吗？

18 岁，我参军到部队，不声张、用化名"娜达莎"给受灾的战友家寄去我的士兵津贴；后来上大学，为没带钱、不相识的农妇付了挂号费和门诊费；再后来当编辑，挑灯吟字地为人做嫁衣……每次做好事，我有没有想到小扁担叔叔呢？民主 5 号轮上，惊涛骇浪之夜，他劳模精神的种子，是不是那时就无形地植入了我心间？

2016 年，我获得上海市五一劳动奖章。坐在"中国梦劳动美"——上海市庆祝五一国际劳动节大会的现场，我迫不及待地想把这一喜讯分享给他，我甚至盘算着会议结束后立即给他打电话，好想对他说："感谢遇见您！是您，才有了这张被誉为中国劳模精神的经典照片；是您，潜移默化地让我也成为一名光荣的劳动者。为人民服务，是您的信条，也是我的遵循；不忘初心，并把它一代一代地传承下去，这是我们共同的精神守望啊！"

我哪里能想到：会议结束，走出会场，在人群里，我一眼就看到了他。意外的相逢，让他让我都惊喜不已。当看到我胸前的大红花和五一劳动奖章时，他抓住我的胳膊转身面对众人失控地大呼一声："我的小旅客，光荣了呀！"

在场的媒体，怎么可能放过这样的新闻！5 月 1 日这天，《新民晚报》以《一根扁担两代劳模》为题，在头版报道了这个长达半个世纪、充满传奇色彩的故事。

是夜，小扁担叔叔给我打了一个长长的电话……■

夜忆迪老

■ 张　晔

▷ 著名作家李迪

一

2020 年 6 月 29 日，夜。

是夜难眠。

上午，我正在单位开会，会场上一位同事忽言：迪老去世了！大家立马查看手机上的新闻。一条短新闻赫然刺入眼帘：著名作家李迪于 2020 年 6 月 29 日 9 时 38 分因病医治无效离世，享年 71 岁。新闻最后写道：李迪创作精力旺盛，常年深入农村、油田、警营等一线采访写作，积劳成疾。他的最后一次采访是在新冠肺炎疫情之前，他像战士一样倒在了毕生书写的真情文章案前。在他生命的弥留之际，其采访的反映农村脱贫攻坚的报告文学《永和人家的故事》和《十八洞村的十八个故事》两本新著付梓，成为他留给读者最后的纪念。

夜晚 11 点多，我，躺床面顶，再度想起迪老，忆及点点滴滴，织补从前过往。

我是迪老最后一部公安文学图书《英雄时代》的责任编辑，也是他生前最后一部获奖作品的责任编辑。我还编辑出版过迪老的《傍晚敲门的女人》《戴脚镣的舞者》《风中，那一把红雨伞》《穿蓝马甲的女人》《星星点灯》《走着走着花开了》《警官王快乐》《你可知道，那草帽在何方》等公安文学作品。迪老于我亦师亦友。开始叫他李老师，随着接触的深入，去掉了生分，渐渐称其“迪老”，既表尊重又显亲近。

虽然迪老是我交往的作者中年龄最大的一位，但他并不老，每天坚持做一百个俯卧撑，身体不输小伙子。他性格开朗，幽默豁达，平易近人，脸上始终洋溢着笑容，让人倍感亲切。他才思敏捷，是个写作模范，六七十岁还勤于写作，在我公安文学出版领域耕耘二十年的职业生涯中，在我认识的作者中，实属少见。记得在2018年除夕之夜，迪老依然不辍创作，在电脑前用灵动的手指敲打着“深圳警察故事”。其他人说起迪老，说得最多的便是，迪老精神头儿足，勤于写作，并以此为乐。

然而，矍铄、平和、勤奋、乐观的迪老，虽未进衰年，却没有抵御住突至的病情，溘然长逝，令人叹惋。得知迪老去世的消息，我很悲痛。关于他的一些事，是值得我永远难忘的。

二

2013年2月5日，夜。

是夜因阅读带来的身体颤动而兴奋。

上午送有孕在身的媳妇儿至火车站回老家准备过年，晚上回到家中，在书桌前读完《丹东看守所的故事》，上床睡觉，却不能眠。

受公安部宣传局委托出版《第十一届金盾文学奖获奖作品集》，而《丹东看守所的故事》名列该奖项第一名。鉴于《丹东看守所的故事》是一部长篇报告文学，只好忍痛割爱以节选方式收录其中。为了选出最动人、最精彩的章节，我要翻看一下这本书。以为是翻看，便选择了这样一个相对轻松的夜晚。可未承想读着读着让我越发心动，遂将全书细看了一遍。那是一部“当代中国看守所真实状况实录”，迪老满怀激情地写出了特殊环境下有血有肉、激荡人心的故事，读后让我有一种被刺痛直至全身颤动的感觉，从此迪老的作品和迪老扎进了我心里。

这并不是我第一次接触迪老的作品。2009年我编辑迪老的《傍晚敲门的女人》（收录在《公安文学六十年作品精选》小说卷中），那时初识了迪老的作品，也通过网络了解了迪老。

迪老，20世纪60年代末开始发表作品，系中国著名侦探推理小说家。《傍晚敲门的女人》在20世纪80年代发表后，相继在俄国、法国、韩国等国家出版，开了中国推理小说走向世界之先河。2009年，恰是我从业十年之际，十年间我主要编辑出版世界侦探推理小说。在侦探推理领域，外国作品特别是英国和日本的优于中国的侦探推理作品，这是不争的事实。当编辑到这篇深受金发碧眼的西方人认可的中国侦探推理小说时，着实对这位还未相识的神秘作者产生了由衷的敬佩之情。创作《傍晚敲门的女人》时，他才三十多岁。每每和我讲起当年在北京市公安局采访犯罪嫌疑人时就吃两个馒头，喝上几口白开水，一采访就是半年，他颇为荣耀与兴奋，仿佛一个孩子刚刚获得了全年级唯一的“三好学生”证书一般。

后来，与迪老熟识起来，听他讲起丹东看守所，总是充满自豪与激情。他七赴丹东，三个春节都在看守所里度过，与民警和在押人员同吃同住。春节那几天，在押人员都想见见迪老，他们对管教说：“这辈子跟父母都没说的话，今天要跟李老师说说，因为他把我们当亲人。”一个在看守所里走夜路的形象时常晃动在我眼前。月黑风高，一个人影迎着寒风走在看守所的小路上，哨兵突然打开探照灯，一个缩着脖子的老头儿慌忙喊道，别开枪，我是好人！他就是迪老。迪老就是在这样一个悲痛与寒冷交织的地方，那样一个陌生而熟悉的处所，散发出自己真挚的情感，以乐观的精神、饱满的热情，书写了《戴脚镣的舞者》《穿蓝马甲的女人》，那些让人几近战栗的凄婉悲情故事。

今夜，终于拜读了他的《丹东看守所的故事》，看书思人，他那张略带皱纹却洋溢着阳光气息的脸如影历历。

三

2018年12月28日，夜。

是夜，睡前给女儿讲自己即兴编的故事，我将《英雄时代——深圳警察故事》中的几个故事改编为“儿童剧”，坏人用大灰狼、小狐狸代替，好人由大象、黑猫充当。由于迪老编织的故事构思巧妙，加之小动物的形象，女儿很喜欢听。女儿在听了一个个警察故事后，慢慢睡去。我起身离床整理资料，想到几天前，《英雄时代》研讨会在出版社召开，作为《英雄时代》的责任编辑，我与迪老的交往因为出版这本书、因为这次研讨会而进一步加深，也在沟通与摩擦中碰撞出了友谊的火花。

在召开《英雄时代》研讨会的前夜，几人在出版社会议室布置会场。在会议手册上少了一个迪老以前同事的人名，迪老不高兴，说要重新打印上，我觉得是迪老在反复确认名单时疏漏了，迪老却认为是我打印时漏掉了，迪老坚持重打。六十多份手册重新打印、装订，还是挺麻烦的。在迪老的坚持下，我们重新打印、装订。忙完准备工作，我们一起吃饭时，迪老特意敬了我一杯酒，说自己有些着急，希望理解，又调侃几句。我瞬间释然了。我们举杯小酌，一酒一笑泯不快。和许多获得成功的人一样，平易近人正是迪老思想成熟的一个重要标志。对待他人，迪老总是热情洋溢，亲切随和。他和我辈青年编辑、作家交谈时，从不使用“你要怎样”“不要怎样”之类说教的话语，而是经常用幽默的语言、形象的比喻、接地气的北京话来说明一些道理，全然没有居高临下的姿态和大作家的架子，他可曾在人民大会堂作为作家代表讲过创作体会，是见过大世面的大作家啊！迪老乐于帮助青年公安作者和编辑，指导他们写作，在文学创作方面给予他们诸多慰勉。他经常为年轻作家或行业作家授课，传授写作技巧。他的“生活是创作的源泉”“三个故事撑起一篇报告文学”等或宏观或微观的创作理论，通过其三言两语的讲述，开启了很多人的报告文学创作之门，可惜那时我不太用功，没有深入创作世界中。

迪老是个重情重义的人。在《英雄时代》研讨会召开前，与会领导、专家在红红的签名册上书写了大名。在会场服务的编辑把这样的签名册权当应景之物，在会议结束后将其抛于脑后。由于未把签名册交于迪老，他接连催问两次，最后由一位离他家较近的编辑带给他。一本普通的签名册，在迪老看来，见字如人，“浮现眼前，犹如昨天”。还记得他曾讲起汪曾祺送的一块赤峰鸡血石及一幅墨宝，他一直妥善留存，以石忆故，墨宝追昔。

四

2020 年 6 月 30 日，凌晨。

此时已是迪老去世后第一个凌晨时分。实在睡不着，我翻看起迪老的朋友圈，看到迪老赴东欧旅游的见闻，感觉一片火红出现异国，让我心悠然一动。迪老以一篇轻松别致的游记，带我穿过蓝色多瑙河，目睹壮丽的布达佩斯渔人堡，了解古老而神秘的斯洛伐克，为这略微燥热的夏夜送上一丝清爽快意。

迪老，是个快乐的老头儿，是个热爱生活的老者，是位有亲和力的智者。迪老有文学界“红衣老少年”的美誉，难以忘记他参加在西安举办的全国图博会的一张照片，他身着红衬衣白裤子，头戴海军帽，撑伞奔跑，颇显顽皮。已近古稀的迪老，依然让我感受到他身上蓬勃的朝气与活力。迪老的作品接地气、接人气，所以作品贴近人心，有读者缘。从迪老的很多作品中，可以分享到美好的事物，体会到他的快乐，感受到他对生活的热爱。朋友圈中，迪老的微信我是喜欢看的，他每次都要写上一段充满亲和力的推荐语，比如在他创作的《女行千里父担忧》（原载《天津日报》）公众号文章上方的“这一刻的想法……”一栏中写道：“我的好朋友们，年关已近，你是否已经或正走在回乡的路上？你是否已经安排好大年三十与老人团聚？是自己包饺子还是去饭店？或许，大年三十你来不及，那么，初一，一定要去看看老人。他们望眼欲穿！他们别无所求！”迪老最后还不忘献上五朵“红花”、四颗“红心”、四杯“咖啡”。

著名诗人李瑛去世后，《天津日报》特约迪老赶写出悼念文章《落瑛如霞》。迪老写得情真意切。他在文章的最后写道：“他走了。他又没走。诗人没走，他变成了孩子。他依然在作诗，依然在歌唱，他张开永不疲倦的诗歌的双臂，拥抱喷薄旭日，拥抱满天朝霞！”和蔼、可亲，脸上总挂着笑，这是迪老给我的永恒印象。迪老，热爱生活，勤于写作，富于爱心，他常常非常鲜明地出现在我的眼前。如今，“他走了。他又没走”。

凌晨的思绪又转至六月下旬。迪老病情恶化，恰逢新冠病毒二度袭击京城，北京从三级转为二级防控。迪老住在三〇一医院，家属婉言谢绝大家去医院看望迪老的请求。在迪老弥留之际，并未看上迪老最后一眼，深感遗憾！我想象着迪老在病榻之上永远睡去前的场景：攥紧拳头，也许还向往着拿起如椽大笔，继续抒写像火一样燃烧动人心魄的作品；嘴唇微合，似有千言万语要倾泻而出，却无奈咽下；眼神焦躁，从眼角淌出泪河，那条河映出他对这个世界依依不舍的留恋，他留恋火热的警营，留恋永和人家，留恋迷人的加油站，留恋十八洞村的村民们……■

他当面向我认罪

■ 李 力

飞机上鸟瞰，日本国完全就是万重山脉。飞机上广播：地面温度39摄氏度。我们登陆长崎机场后出了候机楼，一阵阵海风吹来，凉爽的体验打消了对高温的恐惧。海洋性气候适宜人类居住。海边山城，道路崎岖，树木花丛，干净清新，没有一点泥土和灰尘。出租车司机都已年逾花甲，宾馆大堂迎客boy也近古稀之年。

那次我参加董事会，我们住的酒店豪华而又安静。那天晚餐由长崎NHK社长宴请，我们对吃生鱼片都有思想准备，服务员端上的牛肉、茄子、冬瓜等食品都是生的，简直让你体验一顿人类不会使用火的饮食。日本大概缺乏资源，自古以来，岛国生活吃生习惯了。现在日本饮食变成料理，全是靠各种调料，味道鲜美。我们刚学会品尝就喜欢上了。

日本的城市大都是劈山填海建成的，那隧道、高架桥随处可见。高速新干线、地铁都秩序井然，人们礼让谦恭显示出高度文明的城市现代化。百货大楼里商品琳琅满目，呈现奢侈昂贵的景象。当年，我们的收入为每月一二百元。在餐厅一碗面条换算成人民币200元，一碗蔬菜值人民币150元。我们成了名副其实的观光客，就像逛奢侈品商店。看着商品的价格表去掉一个零还是成千上万日元。日本董事岩田先生，好客热情。他的招待体现出人性化，吃好玩好还不耽误开会。当时，中日关系还处于“蜜月期”，日本客人的热情是发自内心的。日本需要中国庞大的市场，中国需要日本的技术、管理和资金。

我遇到一个小插曲：在长崎宴会上，长崎NHK社长是年过古稀的老人。他介绍自己于20世纪40年代初，在上海虹口住过几年。我问他去上海干啥，他如实说，是驻军。我本能反应就是遇上当年侵略中国的鬼子了，我想起外公是八路军干部，1940年被日本鬼子杀害。外事处处长反对我说些不友好的话，我说日本人民是我们的朋友，中日那场战争日本鬼子烧杀掳掠，对中国犯下了滔天罪行。今天，我和侵略中国的鬼子面对面喝酒也算是天赐良机，为我外公的牺牲我也得和鬼子叫板一下。我们的翻译很给力，不听处长的劝说，照我的意思翻译过去。看得出这位鬼子社长正在琢磨我们的交谈，听了翻译的日语，他马上站起来向我鞠躬，我拿起酒杯洒酒在地上，为外公敬上一杯。翻译说他向我道歉。我说：“道歉不行，一定得认罪。”他只得认罪，再三鞠躬。

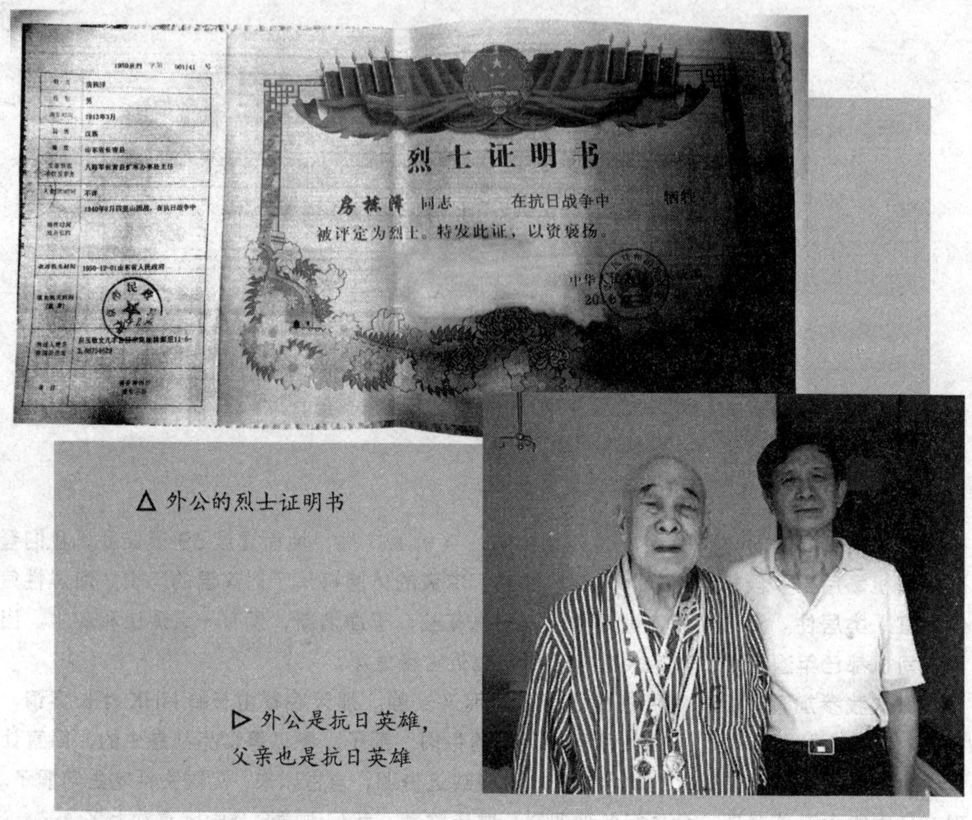

△ 外公的烈士证明书

▷ 外公是抗日英雄，父亲也是抗日英雄

晚宴后，社长给每人分发一包礼品。他们的都是红丝带大包装的，我的只是一个小盒子。出门后，处长说我不该和社长说这番话（他的意思是我吃亏了）。我说：“见到侵略中国的鬼子和日本人就感觉不一样，我是不会轻易放过他的。他的认罪比你大包的礼品值钱，至少可以告慰我的外公。抗日战争时我没出生，今天我见到了当年的鬼子，他向我认罪，这是我来日本最大的收获。”他说：“你还想着报仇。”我说：“这不是报仇，这是做中国人的尊严。”回到宾馆，我打开小盒子，里面装着一枚闪闪发亮的钻戒。他们的礼物就是一根领带。董事们羡慕我的运气，我却认为这是一件“战争赔偿”。它的价值就是侵华日军的鬼子在战争结束近半个世纪后，向我认罪鞠躬。我很满足这种行为，它抵得上一百枚钻戒，至今我都后悔没用相机拍摄下这珍贵的情景。这张照片可以作为最好的祭品放在我外公的墓前，告慰外公抗日英雄那颗顽强不屈的心灵。

社长一人向我认罪，说明当事人已经忏悔。中国牺牲了两千多万同胞，日本政府必须向德国学习。当年，德国总理勃兰特在华沙犹太人死难者纪念碑前下跪认罪，这惊人之举震动了世界，也感动了世界。很多犹太人见之纷纷表示原谅德国人，因为德国总理代表其国家向受害者表示忏悔，这才得到了世人的宽宥。■

往事拾零

■ 徐　麟

▷往事并不如烟

小时候的夏天

小时候，夏天可没现在这么热；小时候，夏天的天空可要比现在的蓝，晚上，天上会一眨一眨地冒出来很多的星星；小时候，夏天的蛙鸣蝉叫可要比现在的好听；小时候，夏天的乐子可要比现在多好多好多……

清早，我们汗津津地从凉席上爬起来，脸上会留着一片枕席印，胳膊上、小腿上会留着几个被蚊虫叮咬的红包。趿着塑料拖鞋在两家合用的卫生间里胡乱洗把脸便坐下来吃早饭。早饭是上海人传统的“泡饭”，下饭的咸菜或什锦菜或大头菜；难得也会有咸菜炒毛豆，家境好点的，里面还会扔几根肉丝。

上午，大都是要做会儿暑假作业。语文、算术什么的都集中在一个宽宽的彩色本子上，每天做一页。没有补习班，亦没有兴趣班，好像也没有起跑线。那时候都住得挺挤，别说有自己的房间，就连可以写字的桌子都不见得空得出来。趁着上午凉快，三五个小伙伴相约把大方凳、小板凳、小竹椅搬到楼下背阴处，在“天”大的书房里，一气做完几天的暑假作业，然后就开始在火辣辣的太阳底下“疯”。抓皮虫、逮知了、追蝴蝶、看蚂蚁送快递、用泥巴造“炸弹”、在弄堂里捉“强盗”、在食品店门口捡棒冰棒头……

进家门前，先到浴缸里用自来水冲冲脚，又凉快又干净。那时，防暑降温基本靠水，这不，下午四五点钟，楼上会跑下去一两个“志愿者”，他们拉着一根红色的橡皮水管，来来回回在门前的水泥地上洒水，这是在开辟纳凉阵地。自从挖了“战备井”之后，井水成了天然的冰箱，这时，有人从床铺底下掏出西瓜放进竹篮子里，竹篮子上拴着一根绳子，然后，一起潜到了井里。晚饭后，来几片“冰镇”西瓜，清凉消暑又解渴解馋，爽！

凉席、蒲扇、药水肥皂、蚊香、万金油、花露水、喷雾器……是各家过夏天的标配。最常见的扇子是芭蕉叶风干后的那种，讲究点的会在它的四周包上布条，可延年益寿。我们学工的车间里，降温也是用巨大的扇子。一排三夹板挂在了半空中，一台电机，一个偏心轮，一根长长的连杆带着它们来回舞动，为劳作的人们送来了带着机油味的人造风。

隔三岔五，也是下午四五点钟，居委会的一个大伯或大妈，手里拿着土制的铁皮喇叭，扯开嗓子一路叫过去：“大家注意了，今朝夜到熏蚊子啦！”接着，各家各户都会派小孩子去居委会门前买敌敌畏，到了统一行动的时间，人们把敌敌畏倒在枯枝废纸堆上点着火，不一会儿，新村里烟雾腾腾，到处都是农药味，蚊子纷纷大逃亡。

天色渐渐地暗了下来，工人阶级们大多都吃好了晚饭，楼前树下，各款的纳凉组合开始“嘎三糊”。老伯们大都半眯着眼在竹躺椅上有气无力地摇着扇子，边上放个硕大的搪瓷茶缸，里面装的是略带氯气味的白开水；上班族光着膀子，压低嗓子贩卖着各种稀奇古怪的小道消息；比我们大的孩子，玩得最多的是军棋“四角大战”；女人们很少跑下楼来“乘风凉”，拖地板、擦凉席、陪着老的、哄着小的……干不完的家务把她们拴在了热烘烘的屋子里。偶尔偷闲出来，她们会穿着睡裤逛逛天山一条街，回来时顺手买几根棒冰包在毛巾里，送到自家男人和孩子们的手上。

我们这些半大不小的孩子与其说是在纳凉，不如说是在找热。没有消停地在新村里窜来窜去，活脱脱是一条条小泥鳅。当然，坐在小凳子上听故事倒是相当地安分。有段时间，民间流传着几个惊悚故事，《绿色的尸体》《一只绣花鞋》《梅花党》……这些故事又长又吓人，天天被吓到，可天天又熬不住地要去听，十点钟故事会散场后，更恐怖的故事上演了。那时的住宅楼，楼道灯是永远不亮的。黑漆漆的门洞里、楼梯上会不会躲着一个狗特务？会不会躺着一具有颜色的尸体？胆小而又没同伴的我，进了大门便慌里慌张地唱起了歌，一路小跑上到三楼……

书信和邮票

大约在小学四五年级的时候，父亲被单位派去江西“支内”，隔三岔五地，他会有一封信寄到家中。记忆中，父亲的家书从来没多于一张信纸的，可母亲每回都要拿着这张纸看老半天。当母亲读信的时候，我会在她的身边晃来晃去，偷看几个字算几个字，偷看一行算一行。不过，怎么也没有看到过亲昵的词，连称谓都是平平淡淡的：“志贤”“存义”……

回信自然是母亲的事，读过私塾的母亲，写信的格式、词语还蛮有古典味的。她有一支金笔，绿色基调的笔身，胖胖的笔头，配上蓝黑墨水，写出来的字，工工整整、漂漂亮亮。有天，母亲突发奇想地一定要我来写回信，我死憋活寻地凑够了大半页信纸才算交了差。当兵后，几乎所有寄往家里的信，都没超过一张纸头，真可谓“有其父必有其子”啊！

不过，写给老师、同学的信，就会有许多的话。记得在一封信里我描述了部队去煤场帮忙的场景，还写了一大段我的心理感受——都市里长大的小男生，没见过现实版的贫穷，触景生点情，倒也正常——这封信，足足写了四页纸！不过，说话啰里啰唆可真不是我的强项。第一个恋爱对象在河北保定念大学，我们的沟通交流基本靠通信，一来一往数量上谁也没亏没赚，可每封信的厚度却是大有反差的。不时，她的来信是要加贴几分钱的邮票的，因为超重了呀。另外，每封信言语的细绵程度更是极度不公平，回想起来，我的那些蹦豆子般的字词句，换作其他女孩儿，还真的受不了呢！多年后的另一场恋爱，对方是上棉六厂的纺织女工，人相当本分，她的信写得相当节省，一共七八封“情书”，哪一封都没超过一百个字！

当新兵时，收信发信是刻板单调日子中的浪涌。每天的10点来钟，文书就会捧着报纸和信件现身在我们的宿舍，等候已久的“蛋子”们围了上去，夺过那一沓书信寻找自己的名字……经常地，他们会发现不写回信地址只用“内详”两个字来作掩护的信件，这下，收信人要拿到它就得费点周折了。偶尔，我也会有“内详”的来信，不等盘问，先夸张地认账——其实，偶尔有女朋友踪影。课余和休息日，宿舍里貌似人人都在写信，睡上铺的，一般是趴在床上写；睡下铺的，一般是坐在小马扎上写。

寄信是要到营区的“商业中心”去的。军人服务社的门口挂着一个邮箱，这是个涂成绿色的铁皮盒子，好像一天只开两回，大多，我们会赶在第二次开箱前把信塞进去。那时，在城市的街道上还有许多长得粗粗壮壮的铸铁邮筒，它的个子差不多有一人高，每天有那么三四回，穿绿衣、骑绿车、背绿包的邮递员会准时来到它跟前，从它的“肚子”里面取出一堆五花八门的信件。

寄信一定是要用到邮票的。那时的邮资是这样的，寄往本地的4分，寄往外埠的8分，挂号信好像要2毛。邮票分普通票和纪念票，据说，再早些还有军用邮票和三角形的军用邮戳，专供军人免单使用。因为那时不是机器分拣，贴邮票也没有规矩，有的贴正面，有的贴背后，还有些“把细”的人把邮票贴在信封封口的地方。在家贴邮票用饭粒；去邮局贴邮票则用局子提供的免费化学糨糊；纪念邮票的背面有快速胶水，把它放在舌头上沾点口水就能和信封亲密“接触”了。

父亲在江西时，寄信用的都是纪念邮票，那是因为我在“集邮”。说是集邮，其实是伪集，因为我根本没用心思也没用钞票去做这事儿。不过，当年的这个“嗜好”，倒让我留下了一些蛮好玩的票，像毛主席接见红卫兵、毛主席诗词手迹、毛主席去安源……多年后，北京的一个女战友送了几款生肖票给我，上海的李姓男战友送了几本专题邮册给我……就这样的零敲碎打，我的“集邮”虽没有质，但至少算是有了点量。

不知道我有多久没写过传统概念上的信了，也不知道有多久没见过邮箱、邮筒了。尽管现在的沟通方式五花八门、快速便捷、有声有色，可我总觉得，用钢笔、圆珠笔在纸上涂鸦的信，读起来要比用电脑、手机写的“信”更有味儿，更加温馨！

运　动

小时候挺好动，也挺好运动——准确地说，是挺好玩。差不多所有平民能玩的运动我都玩过：田赛径赛、大球小球、力量技巧……遗憾的是没有一样玩得精。

玩得最多的当然是足球。有段时间，班里的十来个男生，每天天蒙蒙亮就去沪西体育场踢足球，小伙伴们还像模像样地穿着球袜、戴着护膝……五六点钟，体育场大门还没开，可临中山西路的那面围墙有个豁口，进出倒也方便。后来，包括我在内的七个同学ＡＡ制买一个皮质足球，放学后就在新村的一块空地上踢。几天后，矛盾来了，那只足球，白天不管放在谁家都没有争议，因为要去上学，谁都玩不了，可到了晚上，谁都想让它住在自己家里，这样就可以悄悄地自娱自乐了，这有点不太公平，于是，经全体会员充分酝酿、热烈讨论，最后决定采用轮班制来解决那个足球的住宿问题。

游泳是上小学前后学会的。父亲工作单位里有个游泳池，彩色的马赛克池壁，浅水区有个会吐水的石雕青蛙，每个礼拜天，父亲都会带着我去戏水。天山游泳池，是个经营性的标准泳池，日场好像是五分钱一小时，每年的泳季，我几乎每天都要去那儿泡泡。冬天，是去愚园路上的那个室内泳池玩，每次去，总有小伙伴拎一个竹制的热水瓶，里面装着红糖姜水，既是驱寒土药，又是解馋饮品。部队里也有一个标准池，夏季，我们经常会去那儿报到，不玩水、不闲坐，纯运动——绕着四周游他个十来圈走人。

在青岛疗养的日子里，我天天下海冬泳，零下十来度的气温，海水钻心刺骨地凉，每次下水也就七八分钟，上岸活动一会儿后再游七八分钟……显然，这种玩，更多的不是玩体质而是玩毅力。有天，疗养院组织我们去崂山一日游，上山后，总觉得这天不能下水缺了点什么，于是，我便悄悄地离开大队人马，找到一个水潭，除尽衣衫游了个痛快。不想，要上岸时麻烦来了，水边的山石长满了青苔，又黏又滑，没法下手攀爬，几次尝试后还是出不了水。随着体温的下降，臂力也越来越弱，说实在的，心里还是蛮恐慌的，好在我很快就镇定下来，找到了一处可以搭手的山石，这才活到了今天。

在司令部、政治处、飞行大队任职的那些年，我差不多一直独居一室，晚睡早起、早睡早起、不睡不起一点儿也没顾忌。所以，不管春夏秋冬，我都会在五点钟起床做运动：先是两三公里的长跑，然后是单杠、双杠、俯卧撑、哑铃，最后洗个冷水澡。那对哑铃，是我休假时在南京东路的全国体育用品商店里买的，七块八毛钱，背回部队后，战友们还笑话我买了两坨生铁。不过，几年下来，倒也对它们生出了点感情，转业时背回了上海，几次迁徙，都没舍得扔。

运动的本质是锻炼；锻炼是有回报的——每年体检，我几乎所有的指标都在正常值以内。当然，早先运动的老本是吃得完的，我也想开了，吃完拉倒，再也不会为了健体养生去重启运动模式！■

暖暖的“陌生号”

■蓝 茹

我不知道她姓甚名啥，却不愿意把她从“陌生号码”来电中删除。

我也不知道她那天晚上回去，是不是真的如她所说“挺顺利的”。

但我知道：“以作善降祥为因果”之人，必是“胸中自无火炎冰竞，眼前时有月到风来”的向暖、多福之人。

在我心灵的收藏夹里，还有两个与她一样，想起来就温润沁心、令我无法忘怀，更不可能删除的暖暖的“陌生号”。

那天，不知是迷迷蒙蒙的细雨乱了我的脚步，还是钱江潮一样涌来的“路上行人欲断魂”的悲情湿了我的心智，我如折翼迷途之雁，漫无目标地在湿漉漉的街上徘徊着……

路过一个十字路口时，忽然一个甜甜的笑脸如雨后玫瑰友好地冲我晃了晃，那双清亮如山涧溪流、圆润似黑宝石一样的大眼睛里，荡漾着春阳一样明亮暖心的柔波，仿佛轻轻地对我说：怎么了？开心点哦！

我灌满了铅块一样愁云的心间，忽如裂开了一条缝隙的冰面，透进了一丝暖暖的阳光，不由自主地随着这位脸有稚气、留着厚厚齐刘海的小姑娘真诚的关心笑了。但也许我勉强的笑比哭还难看，小姑娘笑意盈盈的脸上闪电般滑过一丝不满和无奈，随后就如不倒翁一样左摇右晃地对我开心大笑，双手同时顺着嘴角向上做了一个提拉的动作，如一只淘气可爱的小花猫在洗脸，我忍俊不禁，随着她一起开怀而笑，乌云密布的心头顿如骄阳满溢一样温热、亮堂起来。

小姑娘满意地朝我挥挥手，不待我说出“谢谢”两个字，便如跃出水面的小鲤鱼一样，倏地一下又潜回到匆匆而过的人海中。

望着小姑娘渐行渐远的背影，我突发奇想：那个春日晴空一样明媚的笑脸表情，是不是源于她啊？那么纯净！那么甜美！如特写镜头下的出水芙蓉一样，蓬蓬勃勃地绽放着，馨香袅袅地浸染着，让人一见就再也无法忘却；一回想起来，愉悦的情愫便如清澈的波纹般从心底荡漾开来，涌遍全身，默默提醒我：今天你微笑了吗？没有过不去的坎，也没有走不出的风雨和泥泞……

几个月之后，我心灵的收藏夹里又添了一枚同样无法忘却的笑脸。

那是一张爬满皱纹，被风雨打磨得如同干裂、黝黑的土地一样朴实无华的中年环卫女工的脸庞。

着了火一样的空气，让街头等候红灯闪烁和公交车的时间，如九曲十八弯的盘山路一样漫长而难熬，被丢弃的冷饮包装纸、矿泉水瓶等杂物垃圾，亦如热浪滚滚的天气一样源源不断地在地上或果皮箱周围涌现。

那位穿着橘红色马甲的环卫女工拿着簸箕和笤帚，不停地清扫着，有时刚一转身，才扫过的地方又冒出了雪花一样的纸屑或是瓜子壳等杂物，她便如磁铁一样迅即将其扫入簸箕内，再倒进随身小手推车上的垃圾袋里。

她黑瘦、粗糙的脸庞上，密密麻麻的汗珠如刚喷过的水一样滴滴答答地往下落，我不由得感叹了一声：“真辛苦啊！”

她直起腰，笑得像一朵八月金丝菊一样说：“不辛苦！只要你们大家高高兴兴的，街道上干干净净的，我们这心里就舒服。”说话间，她又娴熟地舞动着笤帚，将一根不知从何处飞来的雪糕棒轻揽入簸箕内。

我刚想说“你的觉悟还挺高，挺有职业精神的”，她却已迅捷地跟在一个边走边扔瓜子壳的时髦女青年身后，边扫边乐呵呵地说：“天热。大家别急啊。绿灯亮了再走，车子停稳了再上。安全第一。”

以前我一直觉得自己特“脸盲”，可不知为什么，那名环卫女工挂满汗珠的笑脸，却如岩画一样深深地烙在了我记忆的胶片上，让我在自觉苦、累、烦时，情不自禁地想起，顿感自己颇有些身在福中不知福，太过矫情！比起那位风吹日晒、披星戴月工作的环卫女工，在“冬有暖气，夏有空调”的环境中工作的我们，有什么资格叫苦喊累？她能那么发自肺腑地笑着面对，我又有何理由不“以前言往行为师友，以忠信笃敬为修持”呢？

这之后不久，因我自告奋勇给同事的玻璃水杯配一个漂亮的隔热“外套”，我心灵的收藏夹增添了她这枚暖暖的“陌生号”。

邂逅她的前一天晚上，我凭推测到她所在的小商品夜市上寻找隔热杯套，结果自然是“不买时满街都是，真想买时却踏破铁鞋无觅处”。我心有不甘地向一位和善的老伯打听，老伯随即热情地拨通了她的电话，得知她家中有事，近期都不准备出摊儿。

想到自己对同事信誓旦旦的承诺，我焦急地恳请她“能否尽快来一趟”。

那位老伯也热心地帮着恳求她说：这位老师找了好几天了，都没找到合适的。你明晚就抽空来一下吧。人家答应了同事，买不着多着急啊！

她让老伯把手机递给我，简单问了一下我大体想买的杯套款式、颜色，热情地说她那儿多得很，让我第二天晚7点在老伯处等她。

那一刻，我觉得霓虹闪烁的街头真美！真暖心！

次日晚6点刚过，一个陌生号码打进了我的手机，我接起来一听，竟然是她的声音。

她有些不好意思地问我能不能早一点过去，她已经到了。因她发现天气不是太好，想忙完了尽早回去。

我感动得飞一样匆匆赶了过去，却发现她的隔热杯套是我预选时首先毫不留情否定的那几种，但我仍然决定买一个，只为她大老远专程来一趟的真诚和不易。

她却突然收起笑容，略有些严肃地盯着我说：“你实话告诉我，这是不是你想要的那种？”

我想安慰她说“是”，可面对她纯净如泉水一样的眼神，又实在不忍心说假骗她，但又满心感激，想以“顺利开张”来感谢她。于是，我犹豫着连连点头，并随手拿起一个杯套要买。

她却心如明镜似的朗声笑着说：“你一看就不是会撒谎的人！谁还没个急事难事！你没有相中，就别为了照顾我而买。否则，我心里还怪不得劲儿的。为了这三块五块的，让咱们心里都不舒坦，值当吗？”见我终于放下了并不中意的水杯套，她如畅饮了蜜糖水一样如释重负地笑了，我满心感动地想把她的名字存进手机电话簿里。

她却一边收拾东西，一边笑呵呵地说，她相信人与人讲究的是一个“缘”字，以后我还需要什么，到那儿找她就行。说完，如一朵怒放的山丹丹花一样骑上电动自行车走了。

看着她渐渐融入远方灿若星河的灯火中，我突然觉得：其实，只要我们愿意，我们每个人都可以成为他人眼中暖暖的“陌生号”。

比如，倒生活垃圾时，尽可能系紧系好，方便环卫工人顺畅地装卸；如垃圾袋内有玻璃等尖锐物品时，尽量多包几层，以防扎伤垃圾清运人员。

再如，遇到有人问路时，在告诉他或她“路东”“路西”的同时，最好告知其“左转”或“右转”。

又如，我们履行职务行为时，尽可能多一点笑容和耐心，不把职业厌倦或麻木等负面情绪带到职务行为中，这样你不仅会成为他人眼中难忘的暖暖的“陌生号”，你所在的单位、部门或群体，也会因你的微笑和热情而好感度大增，更多一份魅力呢！

在如今十分流行的境内外出游中，你文明的言行，不啻标明你是一个令人赞许的暖暖的“陌生号”，更鲜明地展示出一方水土或一个国家和民族令人叹服的最美风景和实力！

举手之劳间，就能成为一枚向暖、多福的暖暖的“陌生号”，何不试而趋翔？赠人玫瑰，手留余香！■

难忘的童年

■ 叶振环

小 河

家乡崇明岛是真正意义上的泽国水乡。江湖交错，河网密布，连祖上住宅四周也开凿了小河，俗称“宅沟”。在我的记忆中，最难忘的是小时候家门口靠近江岸的那条小河，叫作岸转河。

童年的小河是可以朗读的，但更多的时候应该默念。那充满韵律的起承转合，行板如歌，在心头浅唱低吟，时而激荡起一圈涟漪，时而停留于一泓深潭，唤醒儿时并不如烟的记忆。

在春意浓浓的时节，小河边除了一片片冒青吐绿的芦苇外，一簇簇各色各样的野花争芳斗艳，有紫紫蓝蓝的玫瑰，有红红白白的野菊；更多的是匍匐在地上的毛耳朵草，尽管身材矮小，但盛开的各色花朵数量多，持续时间长。给我印象很深的是一种“拉人草”，叶边如锯，状似眉刀，常在我的胳膊和腿上拉出血糊糊的口子。大人们说鲁班就是因为手被“拉人草”拉了个口子而发明了锯子。秋风起兮，河边的芦花漫天飞絮，纷纷洒洒。我们农家人常将大一点的芦花拔回家做扫帚。更多的芦花则在河边形成白茫茫一片，多半被河水带走，小半被水草羁绊，成为鱼儿的点心。像柳叶样的翘白嘴鱼，乡音叫蚌丝条，在水底水面穿梭争抢食物，倏地一下，鬼魅一样迅疾，激起河面波光点点。夕阳照在水面上，满河流金。

河水晶亮亮地流淌着，云影驻足，天光徘徊。水颤酥酥地从光洁的鹅卵石上滑过，薄薄的、透明的水片儿，就像冰糖葫芦上挂着的那层薄薄的、透亮的冰糖，惹人怜爱。常有山雀对着它梳洗打扮，濯足沐浴。小河的水既是她们光洁明亮的铜镜，又是她们一尘不染的九龙池。

清晨，小河笼罩在轻纱之中。我骑着牛路过小河时，看到下河洗衣、淘米的婶子和宅上的堂姐们，只能看见她们上半身的衣裳。回家后，我将这种情况告诉婶子和堂姐们，她们说，她们也只能看见牛背上的我，不辨座下的牛："小脑袋晃晃悠悠的，神仙一样地飘着哩！"清晨的小河变成了传说中的仙境，王母娘娘的瑶池。

记忆中，小河的夏天是个热闹的季节，也是我最快乐的日子。整个夏天我都在忙两件事：钓鱼，洗澡。一到夏天，小河里的"老板"鲫鱼（家乡方言）最喜欢在村民淘米、洗菜的河边水桥旁觅食。一条条、一群群，有时为争食还会出现"火并"，瞬时溅起阵阵不小的水花。偶然还在水深的温草下见到色彩斑斓的红鲤鱼，头部呈赭褐色，尾部和上下鱼翅泛着橘黄色，身上的鱼鳞呈金黄色，漂亮得像花枝招展的小姑娘。

我常常到家宅的后竹园里砍一根水竹，再到妈妈的针线盒里偷几根针，在灶洞里或煤油灯下烧红了，用夹钳弯成鱼钩，拴上线，找几个细一点的高粱秆或是剪一根鹅毛竿做浮漂，钓鱼的利器就有了。鱼饵是到菜地里挖一点蚯蚓或是到饭篮里拿点米饭团。那"老板"们纷纷抢食，不一会儿就能钓上来一大篓。想起大大小小的鱼儿在岸上蹦跳的样子，至今还兴致勃勃，正是"食鱼不如钓鱼香"。当妈妈把几碗烧好的香喷喷的鲜鱼端上桌子时，一家人都"闻到腥，胀断筋"。在那个物质极端匮乏的年代，小河给了我许多物质上的享受。

说来奇怪，每到夏天，我就长"偷针眼"，眼睛肿得像个烂桃。妈妈一见就笑着说，肯定是偷针了。我瞪大眼睛既不摇头也不点头，但心里很相信是偷针偷的。

小河给我的童年带来了诸多欢乐。每天中午，约几个小伙伴跑到小河中游一个叫"沙锅港"的地方游泳。天火辣辣地热，水清莹莹地蓝。裤头背心一脱，精光光地一个猛子扎到水底，好半天才在远处像鸭子一样露出黑黑的小脑袋。又从河岸上像下饺子一样"扑通扑通"学"高台跳水"。我女儿的大表舅也是我的玩伴，他家住在离我家不远的西村，常在我们面前吹嘘他游泳怎么怎么厉害。有一年夏天，我们约定到"砂锅港"比试比试。他一下水就像个秤砣一样往下沉，害得我们几个小伙伴手忙脚乱地把他捞起来，但已经喝了好几口水了。谁知他到河岸上后，一边用手抹脸上的水，一边大声说："我们那里的水漂，你们这里水不漂！"啊？水不漂？我们全都大笑起来。

这一笑四十多年过去了，童年的小河仍在记忆的河床上清晰地流淌着。去年盛夏回老家，我没有去家乡新开发的美丽景点，而是特意来到童年玩耍的小河边，芦苇依旧，河水不改。看到穿着各种颜色泳裤在河水里扑腾的孩子们，仿佛又回到了童年，心中涌起阵阵暖意，不知不觉就像小河一样的泪水在脸上缓缓地滑落……

夏　夜

我对于荏苒的光阴常常流连眷顾，这让我时常想念起一些特殊甜美的时光。直至今日，那些甜美的时光还活现在脑中，其中，依稀可辨和挥之不去的，是镂刻在记忆中的那一个个难忘的夏夜。

一年四季的乡村夜晚中，夏夜是最迷人的。当火辣辣的太阳劳累了，躲进西方天际之后，便是一个叫人感到浑身轻松惬意的夏夜。

故乡的习惯是每当晚饭后，家家户户都把吃饭用的方桌搬到院子中心，或铺上一块块大大小小的门板，搭起简易的床铺，坐着或躺着乘凉，把蒲扇摇得呼呼响。

夏天正是瓜果成熟的时候，大家就到自留地里摘上几个西瓜、甜瓜，把它们放进吊桶，下井浸入水中。晚饭过后，满院子的男男女女、老老少少在一起，人声鼎沸，热闹非凡。男人们说着奇闻趣事，女人们离不了家长里短，小孩们也有他们"小人国"的谈笑打趣，但他们最牵挂的，还是浸在井里的瓜果……不久，家家的小桌上摆满了凉凉的、甜甜的瓜果，香溢满院，凉爽宜人。

夏夜，村里的左邻右舍还互相走动。田埂小路上随时可见蒲扇在月光下晃动。当然，人们最乐意的向往之处，便是夏夜内容最丰富的地方。什么猜谜啊，乐器对板（齐奏）啊，讲故事说书啊……热闹极了！那个地方便是我的老宅。

我在夏夜猜的第一个谜语应该是这样的：一个白发老头子，沿路撒下棉花籽——这不就是我亲手喂养的山羊吗？

在记忆中，我生平第一次受到众星拱月般的礼遇和追捧，好像也是在夏夜。拉二胡，是我在学龄前跟宅上叔公学的。不知是天分还是认真，我身体与二胡差不多高的时候，还跟叔公学吹箫、跟大伯学弹琵琶，并与他们一起像模像样地合奏江南丝竹。我的表演不仅引来了众多的乡里乡亲捧场，阵阵掌声中竟然有人还喊起了"小天才"，使我额头上汗津津的，难为情的小脸上红一阵白一阵，但心里却是很得意呢。后来证明，我之所以年少时被部队破格录取并多年从事文化工作，与童年夏夜的经历不无关系。

夏夜去捉"织布娘娘"也是很有趣的一件事。瓜棚下、草丛里，根据声音仔细地判断位置，然后把两只手轻轻地合拢，缩小包围圈，一举捕获。

最难忘的，还要数我在那时候听到的说书人说的故事。乡亲们围坐在一起，请一个识字的人念旧小说，现场一片鸦雀无声。

最早听的是《珍珠塔》，很为落难的小方卿担心。后来又听了《西游记》。几个小伙伴便时时争论着西天佛国是什么样，还商量好：等长大后，养几头牛结伴去取经——我的家乡没有马，只有牛。为此还在麦秸堆上苦苦地练起翻筋斗……

我童年的心灵，总是和善良的农民在一起，我从小就仰慕那些路见不平、拔刀而起的好汉；还为牛郎织女的隔河相望而愤愤不平……

童年的夏夜，使我隐隐约约地知道了另外一个天地。

童年的夏夜，使我朦朦胧胧地产生了很遥远的联想……■

精彩小说

归　零

■李　牧

上海南京路。

熙熙攘攘的人流中，一位西装革履的“50后”，缓步走进那家中外闻名的上海“朵云轩”艺术品拍卖公司。

他是这里的老熟客，营业员立即热情地迎了上来。“季先生，您不是对吴昌硕有研究吗，最近我们收进了他的一幅好画，请您帮忙鉴定一下。”说着，前面引路，来到一间雅室。

墙上挂着一幅吴昌硕的画。季先生扶了扶眼镜，上前仔细观看。他觉得这幅画似曾相识，很像自己十几年前出手的那幅。他调侃营业员：“这幅画肯定是赝品，我出国前有幅一模一样的，早就卖了。”说着，继续观看此画。

他边说边走近画前仔细端详起来。其实，是真是假季先生没那个鉴别能力。现在古玩字画市场上鱼目混珠、真假难辨，很多大师级的专家都不敢妄下结论。

突然，他在左下角印章边发现有块擦洗的痕迹，非常细微，只有他看得出来。这痕迹是当年他们拿进拿出时不小心弄脏的，为了美观，他用工具小心翼翼地擦洗过。今天看见这痕迹依然还在，他断定这就是当年自己卖出的那幅真迹。

一时间，季先生的脸色变得煞白，只觉得心脏跳动频率加快。再看一眼上面的标价“五千万元”，他眼前一片黑暗，身体摇晃着快要倒下了。

营业员见此，关心地问他有什么问题。季先生摇了摇头，说：“给我倒杯水吧，让我歇一会儿再好好看看。”营业员赶紧搬来靠背椅子让他坐下，又泡了一杯咖啡给他提神，关上门让他休息，悄悄退了出来。

季先生陷入了沉思。他的思绪回到了出国前的那个场景。

20 世纪 80 年代初，季先生还在被别人叫着季师傅的时候，就喜欢收藏字画、玉器、古玩等。他只是工厂里的汽车修理工，似乎和名家字画、紫砂壶、玉器等玩物没什么关系。但他早年在农场结识的未婚妻小闵，出身大户人家，家里收藏着一些古字画。小闵自小就爱好书画，且有名家教诲。他俩从农场返城后都是工人编制，每天的体力劳动，上下班遥远的路途，忙不完的柴米油盐，哪有闲风花雪月。

为了改变命运，新婚不久季先生就做出一个大胆的决定：去日本打工。照他自己的话说，安徽土插队婚姻跳龙门，东京洋插队淘金发洋财！

那年季先生已过 33 岁。听说在日本打工，每天可挣 1 万日元约合人民币 800 元，国内每月工资才 45 元，这种淘金的机会就是他的梦想，也是改变人生的一条捷径。季先生出生于工人家庭，兄弟姐妹多，母亲又不上班，全靠父亲那点工资养活全家老少。自己的穷家是指望不上了，他叹息着。

小闵见丈夫垂头丧气，毅然拿出家里一幅吴昌硕的名画，让他在“朵云轩”以 5000 元人民币的低价出售，筹集了这笔去日本的盘缠。要知道，在 20 世纪 80 年代初，5000 元已是一个天价，相当于一个青年工人 5 年劳动的全部收入。

妻子小闵的举动令季先生感激不尽，他默默地下决心，要挣很多钱来报答小闵的恩情。那天，他们在虹桥机场分别时泪流满面，依依不舍。季先生告别妻子，乘飞机到达那个听不懂一句“哇达西哇”语言的日本。

异国他乡，一切从零开始。起先，他在中介安排下，去了一家酒店洗碟刷碗。为了多挣钱，他每月甚至打三四份工。三更灯火五更鸡，季先生清晨 5 时甚至更早起来，到企业去做清扫工，下午再去学日语，晚上还要回到餐馆打工。每逢周六、周日，再各打两份工。他经常用计算器换算每月的收入：30 多万日元相当于人民币约 3 万元。这样紧张疲惫的生活他坚持了五个月，就感到有点体力不支，毕竟年龄不饶人了。

两年后，季先生遇到一个偶然的机会去新宿打工，那里是日本的红灯区。据说，中国女孩儿在日本靠“背活人”营生，中国男人在日本靠“背死人”攒钱。季先生没有“背死人”，却也在红灯区干着不男不女的活，攒钱比以前容易但名声不好听。他想，这里是海外，谁认识我呢，好听不好听的只要有钱就行。这时他有了些积蓄，开始每月给老婆寄生活费了。同时，近水楼台嘛，也有机会解决一下自己的某些生理需求。

夫妻分居 3 年，季先生没回过一次上海。他妻子小闵，每年都去日本领事馆门前排队签证想去探亲，但是这种探亲签证似乎永远没有可能，因为她有移民倾向的嫌疑。

季先生在日本过了语言关后也没放松补课，他选了外贸纺织的课程拿文凭。当年，中国是世界纺织业制造大国，他算是有眼光想着将来。在红灯区打工尽管收入不错，但毕竟不是长久之计。好在眼前每月给妻子的生活费已超过国内当工人的收入，人虽辛苦但总算有钱了。他舍不得吃喝，攒着回家养老的钱。

终于熬过了5年艰难寂寞的苦日子，季先生从计算器的加减乘除中有了底气。他毅然决定返回中国探亲。熬干熬瘦的妻子，久旱逢甘霖，盼来10多天的团聚，却又面临离别的酸楚。伤心的场面再次出现在机场的入口处。

季先生返回日本后，才知道老婆怀孕了。小闵去不了日本，就要季先生回来。季先生好不容易在日本站稳脚，当然不肯回来。而且，计算器里得到的数字告诉他：没攒到足够养老的钱。妻子一气之下就把胎儿打掉了，她不肯一个人生产，没人照顾，谁受得了啊。

转眼又是5年，季先生依然没有回来的想法。妻子下了最后通牒，再不回来就离婚。季先生反复斟酌后也只能悻悻地踏上回国的班机，他无奈地结束了在日本的打工历程。

季先生回到上海首先是买套房子，那时上海的房价刚刚开始上涨。这年他已经过了45岁，没孩子是他们家庭的一个遗憾。让人欣慰的是他在日本攒了些钱，可以过上安稳的日子了。

中国的物价让季先生看不懂：房价、物价、医疗费、学费都涨得让人纠结。这时，他们夫妻趁着手中有钱，又悠闲地玩起古董了。他们经常出入几家古玩店，也去杭州、北京等名店观赏。两年多时间，他们与这些古玩店的工作人员都可以称兄道弟了。

“季先生，好些了吗？”营业员提着电水壶进来加水，轻声的问候打断了他的遐思，季先生这才回到现实中来。

“哦，好些了，谢谢你。”他镇静了一下自己的慌乱情绪。

“这幅画是真还是假？是您当年的那幅吗？”

季先生长长地吐了一口气说：“这是赝品，不可能是我的那幅真迹。唉，现在造假的技术太高明了。”他眼神混浊，又瞄了一眼那幅离别十几年的真迹。

营业员听他这么一说，不置可否地摇了摇头，然后又恭恭敬敬地将季先生送出了大门。

季先生回到家，那口气还是缓不过来，他不信这幅画居然值5000万元人民币。他用计算器反复计算了好几遍，感叹道：假如当年那幅吴昌硕的真迹不卖放到今天，易言之，当年不去日本玩命地打工，什么都不干，就这幅画也抵得上他在日本打三辈子苦工所攒的钱了。

心揪的时候，他又做了阿Q！我没后代，这画又不能传承，去日本还是攒了些钱，人生不就是图个过程吗？

但过了一阵，他脑袋又发涨了：不去日本就有儿子了，这画留给儿子不是两全其美吗？

季先生的晚年就是在矛盾的心态中度过的：时而舒心，时而沮丧；时而坦然，时而纠结。

从“朵云轩”归来以后，季先生的手中就成天拿着个计算器，加减乘除一番后，按了一个“0”按钮，出来一句设定的中国话：归零！再重复过程，又是归零！

一切从零开始，如今复归于零。■

天黑后别开门

■薛 萌

1

那雪悄然而来又悄然而去，虽然时间不长，地上还是积了厚厚一层。

夜色降临后，从镇的北面吹来的风，卷起地面上的碎雪不时地在里弄小巷里肆虐着。尽管菊英早就把临街的门关得死死的，但湿冷的寒风还是从门缝里挤了进来，使得屋子里的电灯不时地晃动着。散乱和昏暗的灯光下，菊英将自己裹得严严实实，端坐在屋子的中央，惶惑不安地盯着临街的那扇陈旧的门。屋里没有别的人，只有草纸燃烧后的味，这味是从餐桌那边飘过来的，那里有取暖用的炭火盆。炭火盆没生火，只有燃烧过的纸灰，这纸灰是菊英烧给自己的男人的。

菊英的男人叫马守武，几周前死了，就死在自己家的床头前。那天也是夜晚，菊英到邻居家玩了几圈麻将，回到屋里就见马守武倒卧在地断气了。过后，镇上的派出所来人忙过一阵，没有寻找到被害致死的证据，结论是马守武因心脏病猝然而死。菊英虽然对自己男人的死亡心存疑虑，但对警察做出的结论说不出辩驳的理由，只好在亲戚朋友的劝导下草草料理了后事。可没想到，就在料理完后事的当晚，菊英梦到了马守武，只见他站在床前脸色苍白，浑身颤抖。马守武沉默了许久后，对菊英说："有人趁我昏迷后，在我的头顶扎进了一根长钉，我现在还头疼得厉害……"没待菊英问话，梦就结束了。梦里醒来的菊英起身坐在床沿上，望着暗淡而又空落的屋子，胸口一阵阵地发慌，接着冷汗不断。

天亮后，菊英去了派出所，把当夜梦里所见告诉了值班的警察。那警察叫老杨，已有些年纪了，听完菊英所说，他淡然一笑，问："梦里的事你也当真？"老杨问话时的神情严肃而又认真，菊英愣住了，心里紧张后，她忘了自己是怎么离开派出所的。回到家的菊英没有死心，祈望着能在梦里再见到自己的男人，可连续几日这样的梦却没有重现。

没有了梦的菊英，悄悄地去了镇东头的阿牛家，把梦见自己男人的事说了一遍。阿牛与菊英都是五十六七的人了，打小就在这镇上生活，俩人私下感情甚好。阿牛二十多岁时就跟人学相术，上知天文、下懂地理，镇上的人遇到了解不开的事，都会找到他的门上问问。

阿牛听完菊英的叙说，沉思了会儿说："梦里的事有真有假，你那个时辰做的梦不吉利。我算过了，过个几天会下雪，落雪的当晚会有人来敲你的门，不管是谁你最好不要开门，千万记住要多烧些纸钱。"菊英对阿牛的话半信半疑，直到天空里真的落起了雪，她才信以为真。为此，菊英把早已准备好的纸钱放进炭火盆里烧了，然后裹着厚厚的冬衣端坐着，盯着关紧了的房门一动不动。

会有人来吗？他会是谁？

寒风不时地从屋外吹过，偶尔能听到有东西落地的声音。

不知过了多长时间，外边的雪地里有了脚步声，它从远而近显得有些急促。怎么，真的有人来？屋里的菊英，悬着的心蹦跳了几下，接着神情有些慌乱了。随着脚步声的临近，菊英的身子不由自主地颤抖了，感到周围的空间正被一股无形的力量压缩着，呼吸也变得困难了。菊英极力地张着嘴，直到重新感觉到了那湿冷而又凝重的空气，才慢慢地缓过神来。此时，外边的脚步声戛然而止，仿佛已随着那肆虐的寒风而去。那人走了吗？没有！菊英依然端坐着，畏葸的目光扫视着紧闭的房门，不敢大声喘气，她隐约地觉得外边有人正通过门缝往屋里窥视着。

就在菊英焦虑不安地猜疑和等待时，有了敲门声。这敲门声先是轻轻地，接着还是轻轻地，似乎在试探屋里人的反应。这敲门声尽管使菊英又有了惊慌甚至恐怖，但之前始终悬着的心顷刻间落地了，因为该来的还是来了。片刻后，菊英站了起来，在暗淡的灯光下犹豫了会儿，而后缓慢地朝陈旧而又紧闭的房门走去。屋子的门终于打开了，门前除了皑皑的积雪，不见有人，只有寒冷不紧不慢地吹过。菊英迟疑了会儿走出屋去，站在雪地里环视了会儿，见没有异样又回到了屋里。

当菊英把开着的门关上后，忽地听到背后有沉重的喘气声，这声音只有人快要断气时才会这样。菊英猛地转身，屋里灯光照旧，昏暗的光线下所有的摆设还是老样子，空荡荡的空间里除了她没有别的人。难道是幻觉吗？菊英下意识地往手背上使劲捏了把，疼痛很快传遍了全身，显然她没处在幻觉中。那么沉重的喘息声来自何人？菊英揣着疑惑，胆怯地回到屋子的中央，此时她发现不久前她坐过的椅子被移到了放炭火盆的地方，而炭火盆却被挪到了原先放椅子的地方。这就是说，在菊英开门走出屋子的时间里，有人趁机在屋里做了手脚。这人是如何进屋的，还有那椅子和炭火盆的换位意味着什么？菊英是明白不了这其中的缘由的，她此刻最担心的是那进屋的人并没有离去，而是躲在某个旮旯里正窥视着自己。

这人究竟是谁？菊英左思右想，始终寻找不到答案。于是，菊英打开了屋里所有的灯，然后握着一把做菜用的刀，将里屋和外屋查了个遍，结果没见到有人。也许是过分紧张的缘故，菊英感到极度的疲惫，她有气无力地重又坐到了那张椅子上，不久昏沉沉地睡着了。

不知过了多久，屋外又有了敲门声。

敲门声时急时缓……

2

天亮后，寒风停了，镇上很快热闹了起来。

街道上的积雪由于走的人多早已变了颜色，当派出所里的老杨踩着这变了颜色的雪来到阿牛家时，他正蹲在门口抽着烟。阿牛与老杨很早就认识，但老杨从没来过阿牛家，所以老杨来了阿牛觉得肯定有事。阿牛见老杨来了，灭了手中的烟，慢慢地站起身子，问："你有事？"老杨说："是。听说昨天菊英来找过你？"阿牛诧异地望着老杨，而后点了点头。老杨问："她与你说过什么没有？"阿牛答道："菊英是让我解梦的，没别的事。"老杨说："没别的事就好，菊英昨天夜里出事了。"阿牛的脸色忽然沉了下来，急切地问："她怎么了？"老杨睨视了一下阿牛，说："今晨一早，菊英慌里慌张地跑到了派出所，说昨晚有陌生人进了她的屋子，她担心与马守武的死有关。"阿牛点燃了香烟，猛吸了几口后，说："这女人，昨天夜里她定听到敲门声了，而且还开了门。我跟她说过，天黑后那门是开不得的。她没事吧？"老杨迟疑了会儿，说："没事，不过看她的神情非常不好，昨晚上肯定发生过什么，只是不愿意多说。"阿牛沉默了会儿，说："人没事就好。马守武才死不久，如果再有什么事，菊英可能会受不了。那个陌生人是谁？知道了吗？"阿牛的话虽然说得不紧不慢，但抽烟的样子有些不自然。阿牛的样子，老杨看在眼里，他停顿了会儿，说："知道陌生人是谁，就用不着来你这里了。我问你，天黑后菊英为什么不能开门？"阿牛继续吸着烟，神情黯然，没有回答老杨的问话就进屋去了。

老杨离开阿牛家后，阴沉的天空里忽然有了阳光。

阳光洒落在街道上虽然有些刺眼，但增添了许多温暖。老杨踩着阳光走到一家服装店前站住了，店的对面刚好是菊英的家，此时菊英家的门半掩着。老杨记得很清楚，他去找阿牛时曾路过此地，当时门是锁着的。菊英离开派出所时，说是去镇卫生院的，难道菊英去了卫生院后又回来了？老杨来到菊英的屋子前，观察了一下，而后推开半掩的门走了进去。也许是外边有阳光的缘故，老杨在屋里待了一阵才适应过来。屋里除了阴沉和寒冷，不见有外人，也没见菊英，只有正对屋门的案几上那只座钟"嘀嗒嘀嗒"地响着。马守武死的那几天，老杨来过这屋，曾注意过这只座钟。当时，菊英告诉说，这座钟坏了好多年了，已经修不好了。一只修不好的座钟怎么又走动了呢？是菊英说了谎话？老杨走近那只座钟仔细地端详着，良久，忽地觉得这只座钟特别眼熟，好像在什么地方见过，但肯定不是在这屋里。这时，屋门口传来轻微的撞击声，好像有人故意碰落了东西。老杨急忙转身走到屋门口，只见屋外的街道上人来人往，似乎没有人靠近过这屋子。于是，老杨再次来到那只座钟旁，不过此时他的注意力没在座钟上，而是凝视着案几上方的墙面许久没动。他记得，这墙上曾挂有一幅国画，这画虽然已经老旧，但画面上的山水依旧清晰可见。

听菊英说，画是从马守武爷爷的手上传下来的，尽管有些年数但不值钱。而此刻，墙上的国画不见了，只留着挂画用的钉子。既然那画不值钱，菊英该不会有兴趣摘下此画，更何况她对自己男人的死因还有疑虑。座钟和国画在老杨的心里成了谜，他想，这两样东西是否与昨夜里发生的事有关系？或者是菊英自己故意设了什么圈套？是圈套还是有别的原因，别人难以揣摩，也只有菊英心里清楚。老杨在案几前徘徊了会儿后，走出了菊英的屋子。

屋外的阳光依旧温暖，热闹的街上仍然人来人往。

老杨将菊英屋子的门关好后，刚要转身去镇卫生院，猛然间感到服装店那边有双眼睛正注视着自己。是谁？老杨顺着那双眼睛望过去时，只看见了个背影，而且这背影已离开了服装店，朝街的另一头走去。从背影看，这是个年轻人，二十四五岁的样子，穿得有些单薄。老杨不熟悉这背影，尽管心生疑惑，但并没有跟随而去。当那个年轻的背影在人群里消失后，老杨匆匆地去了镇卫生院。卫生院当班的医生老杨熟悉，那医生告诉老杨，菊英是来过，后来就不见了。老杨问医生，菊英是什么时候离开的？医生说，给她换输液瓶时不见的。老杨又问，知道她去哪里了吗？医生不明白老杨问话的意思，没回话，只是摇头。难道菊英回自己的屋里去了？匆匆而来的老杨，又匆匆地返身去了菊英的家。菊英没回家，屋里仍旧与老杨先前离开时一样，看不出有人进入过。这女人究竟去了哪里？老杨寻思许久，似乎找不到答案。找不到答案的老杨，又回到了派出所里，可坐下不久，所里领导过来说道院塘村发现了一起旧案的线索，要他迅速过去看看。

镇上到道院塘村原来有四五里地，后来随着镇子的不断扩大，道院塘村也就成了镇的一部分。至于那起旧案已是 20 世纪 80 年代末的事了，当时村里有个叫红菱的女人被人勒死在村口的大樟树旁，由于死时全裸着下身，引来了众多的非议。根据当时现场分析，红菱应该与凶手是非常熟悉的，而且凶手是在与她发生性关系时突然下手的。

于是，村里好几个男人进入了侦查的视线，但反复排查后又逐一排除了，最后怀疑的目光落到了红菱男人的身上。红菱男人姓朱，小时得了小儿麻痹症后一条腿就瘸了，村里没人叫他正名，都叫他朱瘸子。怀疑朱瘸子的理由是，自从他与红菱结婚就没有好好地过过日子，由于吵闹多了朱瘸子就怀疑红菱与别的男人偷情，而且多次当众用拐棍把红菱打得头破血流。所以，村里好些人公开或者背地里说，是朱瘸子不能容忍红菱背着自己偷汉子，从而起了杀心。

本来这事只要朱瘸子开口，就能明明白白，而偏偏在办案人员把他带到派出所后撞墙死了。朱瘸子撞墙寻死，说明是他杀了红菱，要不难以解释。尽管此案还有疑点不明，但办案人员还是鸣金收兵了。

红菱被害那阵子，老杨就已经在镇派出所里工作了，当时也参与过案件的调查。发现这起旧案线索的是村里的书记，说是线索其实就是一张发黄的纸条，纸条上写有“我知道红菱是被谁害的”，这几个字写得歪歪扭扭的，勉强能辨认。村书记告诉老杨，这张纸条是他清早路过那棵老樟树时看见的，觉得事关重大就给派出所打了电话。过后，老杨找了些人了解情况，但问来问去没什么结果，太阳落山前就回派出所了。

老杨还没到派出所，在街上碰见了阿牛。阿牛见到老杨后，有意要避开，老杨赶紧上前拦住了阿牛。老杨对阿牛说："道院塘村早先被害的那个红菱与你是亲戚，现在有人知道她是被谁害死的，你信吗？"老杨的问话有些突然，阿牛毫无表情地站了会儿，说："人死了这么多年了，信不信不该问我。"阿牛说完继续走自己的路，老杨对着他的背影追问道："天要黑了，你这是去哪里？"阿牛回过头说："找人。"找谁，阿牛没有说。

这时，天全黑了，街上很快亮起了灯光。

3

亮灯后，白天停息了的寒风，不知不觉又起了。

当寒风从菊英屋子前刮过时，那本来关着的屋门被人拨开了。夜幕里，有个黑影趁机进了菊英的屋子，随后开着的门又被关上了。屋里电灯没有打开，但依稀能辨出进屋的是个男人，走动的样子有些笨拙。也许是不熟悉屋里的摆设，那男人不知碰倒了什么器物，引起了不小的响声。响声过后，暗处忽然有了女人的声音："我担心你还会来，你倒真的来了。"这是菊英，说话声低沉而又显得无奈。那男人怔住了，顺着说话的声音，看见了在案几前坐着的菊英。片刻后，黑暗中的男人缓慢地朝案几走去，虽然脚步轻盈，但屋里的气氛顿时有些紧张。菊英见状，提高了说话的声音："你最好别动，逼急了兔子也会咬人的。"那男人不动了，观望着四周，预防着什么。菊英接着说："你不用担心，这屋里除了我没别的人。你昨晚说的事我并不清楚，更何况我的男人已经死了，人死了无法对证，你还是趁早走吧，省得给你自己添麻烦。"菊英的话音刚落，在黑暗里始终静默的男人忽然开口了："那幅画呢？你把那幅画给我。"这时，坐着的菊英站了起来，她停顿了会儿，说："是谁告诉你画的事的，我不想知道，只想告诉你这画没什么用场，前些天我把它收起来了。"也许是菊英的话刺激了那个男人，他瞬时提高了嗓音："没用还收起来？谁会相信？你可别逼我动手。"双方僵持了会儿，菊英只好摸黑走进里间拿出了一个长方盒子，边递给那个男人边说："画就在里面。好了，该了结的都了结了。"那男人接过画后没说话，犹豫了片刻后，才匆忙离去。

屋子的门开启后，寒风正从门前刮过。

菊英吃力地把门重新关上，然后打开了屋里的电灯。灯光下，菊英脸色苍白，穿着臃肿，人也显得疲惫和憔悴。她在屋里木然地站了会儿后，又在案几前坐了下来，然后神色惶惑地凝视着已关紧了的屋门。此时，菊英内心里尽管充满着怨恨和懊悔，但在紊乱的思绪里她怎么也理不出头绪来。昨夜里到底是怎么了？菊英极力回想着当时的情景，可当这些情景慢慢地在脑海里浮现后，她感到心里在隐隐作痛。菊英记得，当时把门打开后，就是刚才离去的那个男人闯了进来。没待菊英明白是怎么回事，那个男人举着刀把她往里屋的床上推，接着强逼她脱了所有的衣服。这期间，菊英有过剧烈的抵抗，但无济于事，最后只能听之任之。

也许是菊英的软弱，勾起了那男人的良知，当他野蛮而又粗暴地发泄完自己的欲望后，用棉被将她赤裸着的身子盖上。当那男人穿好衣服离开床后，菊英依旧没有摆脱不安，被窝里的身子不由自主地抖动着。那男人见菊英恐慌的样子，沉默了会儿，说：“别怪我，我之所以这样，都是因为你男人的缘故。”听到这话后，菊英似乎有些缓过神来了，畏葸地问道：“我男人怎么了？”那男人凝视着菊英，停顿了会儿，说：“他欺负和折磨过一个女人，和野兽没什么两样。”菊英诧异地注视着跟前的男人，原先的惶恐和不安顿时消失了，眼睛里露着复杂的神色。忽然间，菊英觉得这个神色阴沉的男人有些眼熟，但又想不起在哪里见过。就在菊英寻找记忆时，那男人转身离去了，离去时他丢下一句话：“你等着，我不会轻易放过你。”这夜，菊英始终处于痛苦中，当这心头的痛苦实在无法排解后，她趁天亮去了派出所。

屋外的寒风没有停息，不时地扑打着窗棂。

关紧的屋门有了轻微的响动声，仿佛有人在外边推搡着。菊英警觉而有些慌乱的目光盯着那显得幽暗的门，刚静下来的心再次悬了起来，是那个男人又回来了？菊英下意识地移动近旁的桌子，用它死死地顶住了屋门，直到那轻微的响动声消失后，她沉重而又缓慢地叹了口气。

这屋子是马守武祖上留下的，菊英自打嫁给马守武就一直居住在这里，尽管屋子老旧但也算得上安逸。可没料到随着马守武不明不白地死去，原有的安逸不但影踪全无，那些令她感到后怕的梦魇却随之而来了。这究竟是怎么了？难道马守武真的作孽了？

为了弄清其中的缘由，菊英白天离开派出所后，避开眼目去了趟道院塘村。菊英到道院塘村是去红菱家的，红菱家就在那棵大樟树后面，是三间泥墙围的屋子。这屋子原先就有些破旧，经过多年的风雨侵袭更是破败不堪了，不过看上去还能住人。

红菱出事的那阵子，因红菱的丈夫朱瘸子与马守武是要好的朋友，菊英跟着马守武到这屋里来过。当时，他们夫妇俩是来宽慰朱瘸子好好过日子的，可没想到，几天后朱瘸子留下儿子撞墙而死了。那时朱光银的儿子才十二三岁，菊英觉得挺可怜的，就与马守武商量想把这孩子带过来一起过，出人意料的是马守武坚决不同意。男人不同意的事，菊英也不敢做，只是心里老是记挂着。不过，随着日子一天天过去，菊英对那孩子的记挂还是慢慢地淡漠了。要不是昨晚那个男人的突然闯入，给菊英带来恐慌和难言的痛苦，也许她不会来道院塘村，更不会站在红菱家的屋子前……

又有了敲门声，不轻不重，很有节奏。

这突起的敲门声瞬间打断了菊英原有的思绪，整个身子忽地变得冰冷冰冷的，似乎感觉不到自己的存在。还是那个男人吗？菊英觉得又有些不像，因为这敲门声，听上去与前几次的不一样。那么又是谁呢？菊英此刻已经不愿去多想，由于心头的阴霾仍然还在，不管外面敲门的是谁，这门她是不会开了。那敲门声依旧，显然就不想停息。良久，也许是敲门的人见屋里有灯，又迟迟不见有人来开门，干脆大着嗓门喊开了。这嗓门声熟悉，是在镇东头住的阿牛，菊英绷着的神经顿时松弛下来，她利索地移开了那张顶着门的桌子，开了门让阿牛进到了屋子里。

进了屋的阿牛疑惑地望了望四周的摆设，然后又将目光移向菊英，静默了会儿，问道：“我敲门，你没听见？”菊英回话说：“听见了，就是不敢开门，你说过天黑后别开门。”阿牛说：“不该开门的时候你开了门，该开门时你又没有胆量了，怪不得会出事。”菊英说：“又不知道是你，知道是你早就开门了。这么迟了，你来是有事？”阿牛问：“你去过道院塘村了？”菊英沉默了会儿后，点了点头。阿牛见菊英神情凝重的样子，停了片刻后，问：“派出所的老杨找你，知道吗？”菊英思忖了会儿，说：“老杨找我，肯定是为我男人的事——”没待菊英说完，阿牛就接过了话题，说：“不管是你男人的事还是别的事，其实道院塘村你不该去，会惹祸的。”会惹什么祸？菊英诧异了，她疑惑地望着阿牛，很想明白此刻阿牛说这话的意思。

这时，门外传来了金属的撞击声，阿牛警觉地朝屋门凝视了下，没再说什么就匆忙离去了。菊英呆呆地望着离去的阿牛，瞬间内心里又有了畏惧和惶恐的感觉，当这种感觉难以控制后，她踉踉跄跄地走出了自己的屋子……

4

太阳露出脸庞后，镇上的人都知道阿牛死了。

阿牛死在了自己家里，他的胸口被人捅了两刀，其中一刀刺破了心脏。根据现场的情况看，凶手是在阿牛没有任何防备时突然下手的，而阿牛倒地后还痛苦地挣扎过，地上有他挣扎时留下的血痕。阿牛的母亲还在的时候，他曾娶过一个外地女人，但过了几个月那女人就与阿牛分手了，理由是阿牛在床上太会折磨人她受不了。那女人走后不久，阿牛的母亲说再给他找一个，可直到老人离世也没有找着。没有了女人的阿牛，除了给人看相再就是做些小生意，平日里很少与人结怨，所以他的被害使得很多人感到震惊和意外。

于是，在不长的时间里阿牛家门前聚集了不少人，原本他们是想进屋看个明白的，结果全被派出所的老杨挡在了警戒线之外，因为从县公安局里来的技术人员正在勘查被害现场。此时，太阳的光线亮得有些耀眼，但四周里的寒气依旧袭人。在警戒线旁守着的老杨，虽然为驱赶寒气不时地跺着脚，可他的内心里怎么也平静不了，老是想着阿牛要菊英“天黑后别开门”的事。没等老杨想明白，派出所的领导要他去核实阿牛被害的报案时间。

其实报案时间派出所里已有记录，报案人是个女的，用的是电话，老杨要核实的是打来这个电话的准确地址。老杨没费多少时间，就找到了那个电话，电话的主人是西印轩的老板。西印轩在镇的热闹处，专营古董买卖，这几年的生意一直不错。老杨说明来意后，西印轩的老板矢口否认用店内的电话打过报案电话，而且再三说明店里除了他和一个男的伙计外，根本就没有女人。

这就怪了，是店老板有意隐瞒还是另有隐情？老杨正要追问，忽然看见内室的墙上挂有一幅老旧的国画，而这国画他很眼熟，就是菊英家的那幅。店老板见老杨注意起国画，赶忙说：“这画是镇东头的阿牛拿来估价的。”老杨疑惑了，问道：“是阿牛拿来的？什么时候？”店老板回话：“已经有几天了。”老杨又问：“阿牛说什么了没有？”店老板寻思了会儿，说："他说，今早准会来取画。"老杨接着问："阿牛昨夜被人害了，你知道吗？"店老板变了脸色，说："知道，是刚才听路过的说的。"老杨没信店老板的话，他觉得在店老板身上至少有两件事值得怀疑，一是那个报案电话，二是店里挂着的国画。于是，店老板被老杨带回了派出所。

这事很快在镇上传开了，街头巷尾都在议论是西印轩的老板杀了阿牛。

西印轩老板进派出所不久，店里的伙计就急着赶了过来，找到老杨后说："有个男青年来店里，要取走那幅国画，是给还是不给？"老杨愣了会儿，问："他凭什么要拿走画？"伙计说："没有任何凭证，只说那幅画原本就是他的。"老杨觉得这事蹊跷，就与那个伙计一道去了西印轩，可进店门后那个男青年已不在了，先前挂着的那幅国画也没了踪影。老杨顿时感到了自己的疏忽，在带走店老板时，不该把那幅画忘了。那么这个来店里取画的男青年是谁呢？老杨思忖了会儿，觉得此事与阿牛的死有关联，只有找菊英才能明白其中的缘由。老杨离去时，是伙计跟随着送到门口的，就在他跨出门槛的当儿，忽然感到身后的伙计有些异样。老杨问那伙计："你是镇上人？"伙计赶忙说："是，我是镇上的。"老杨"噢"了声，转身离开了西印轩，沿着弯弯曲曲的街道，来到了菊英住的屋子前。

这里有阳光，阳光是从对面两座楼房的中央照过来的，刚好落在菊英家的门上。那门没有上锁，依然像前两次那样半掩着，看样子似乎刚有人进去过。老杨在阳光里站了会儿，见没人注意，推门走进了菊英的屋子。屋里仍然显得暗淡，只有临街的窗棂处有些亮色，顺着这亮色可以看见案几前有个模糊的背影。老杨以为是菊英，可当这背影转过身后，才看清楚是道院塘村的村书记。显然村书记对老杨此时的突然出现感到意外，没待老杨开口，就急忙解释说："我是来找菊英的，没想到我前脚刚进屋你后脚就到了。"老杨沉默了会儿，问："菊英人呢？"村书记的语气平静了些，说："屋子的门开着，我还以为她在呢，结果没见有人。"老杨继续问："你找她有事？"村书记急忙答道："不是我有事，是菊英她……"

见村书记欲言又止，老杨追问道："菊英怎么了？"村书记犹豫了会儿，说："菊英昨夜很迟了找到我家，问我红菱死后她的孩子是跟谁过的日子，她想与这孩子见个面。我告诉菊英，那孩子开始由村里的亲戚照顾，后来因为老是惹事，在村里就很少见到了。菊英听后好久没有说话，看她的样子好像有心事似的，情绪有些失常。我不知道菊英遇到了什么，问了几句话后，她竟然悲伤地哭了。要不是我老婆在场，我还不知该如何宽慰她呢。"老杨不怀疑村书记说的话，稍停了会儿问："红菱都死了很多年了，菊英怎么会突然对红菱的孩子感兴趣呢？"村书记望着老杨说："这就不知底细了，或许菊英知道了什么秘密，而这秘密逼着她想杀人。"老杨惊诧了，问："杀人？她想杀谁？"村书记说："菊英想杀谁我不知道，只是听说镇上的阿牛昨夜里被人杀了，才想起来菊英这里看看。"老杨打了个冷战，又问："你是怀疑菊英杀了阿牛？"村书记立刻说："我怀疑了吗？这是要有证据的。"老杨欲继续问些什么时，有人在屋门口探了下，很快就消失了。是谁？老杨迅速走出屋去，目光不停地在来往的人中扫视着，可好久什么也没发现。是菊英吗？如果是她，为何要躲避呢？难道她真的与阿牛被害案有关系？老杨思忖良久，他又一次想到了西印轩。

老杨与道院塘村书记分手后，又来到了西印轩，令他没有想到的是西印轩的店门关了，那个伙计也不知去了哪里。此时，天空里的太阳已经开始西移，街道上又有了寒冷的风。老杨伫立在寒冷的风里，不时望着有些昏沉的太阳，不多时他似乎察觉到了什么，而后快步回到了派出所里。这时，西印轩的老板还在询问室里坐着，老杨见到他后就大声斥问："我问你，那个伙计是你什么人？"那老板被老杨的问话唬住了，顿时脸色苍白，过了一会儿才战战兢兢地说："他不是我的人，是阿牛介绍来店里的，已有些日子了。阿牛当时与我说，是朋友的孩子，要我帮帮忙，其他的我一概不知。"店老板说完，耷拉着头，不敢正视老杨。老杨见状，紧接着说："告诉你，你的那个伙计在我来这里前不见了，还有，阿牛给你估价的那幅画也没了踪影，你是不是做了什么手脚？"店老板从老杨的话里听出了意思，他失神地望着老杨，而后畏惧地说："你可千万别怀疑是我杀了人，不过，那个报警电话确实是有人在我店里打的，打电话的是菊英。这女人，想必你也认识。"

店老板的话完全出乎老杨的意料，他原本是怀疑店老板事先与伙计串通好，故意将他骗出派出所，然后在那幅画上耍了手腕企图占为己有，可没想到歪打正着，店老板不但承认了报案电话的事，还说出了打报案电话的人。不管店老板此时说出这话的用意如何，老杨都来不及细细揣摩了，此刻所有的心事全放在了菊英身上，他想，如果真是菊英打的报警电话，那么她是怎么知道阿牛被害的事的？难道真像道院塘村书记说的那样，菊英或许知道了某种秘密，而这秘密恰好又与阿牛有关，所以菊英不顾一切地杀了阿牛？

太阳落山前，老杨让店老板走了，他是让店老板去寻找菊英的。

5

夜幕不知不觉地降临了，随着街面上灯光的亮起，寒风停息了。

刚进屋的菊英将门闩紧后，身子不由自主地哆嗦着，是由于寒冷的缘故还是内心里害怕，她自己也无法说清楚。当屋里有了昏暗的灯光后，菊英走到衣柜前换去了早已肮脏的衣服，接着对着镜子梳理了头发，然后在案几旁的椅子上坐了下来。刚换上的棉衣是黑色的，光亮下有种阴森可怖的感觉，加上此刻菊英脸色憔悴和神情黯然，更给屋里增添了一种神秘和恐慌的氛围。自从昨夜里走出自己的屋子后，菊英揣着痛苦而又难忍的心绪，去了道院塘村原来红菱住的老房子。她在老房子前蹲守了好长时间，当明白房子里根本就没有人住后，又去了村书记家。菊英这样做，就是想知道威逼和强暴她的那个男人，是否就是红菱的那个孩子。

当菊英的愿望落空后，她无奈之下又去了阿牛家。阿牛当时没睡，正与一个男人说着话，见菊英推门进屋后，与阿牛说话的男人从另一个门匆忙离去了。菊英虽然见到的是那个男人的背影，而且只是短暂的一眼，但已感觉到这背影与进她的屋子的那个男人极像。于是，菊英再三追问阿牛，而阿牛有意避开她的问话，显然想掩盖什么。后来，菊英实在逼得急了，阿牛只得对菊英说："我说过，天黑后别开门，而你又不听。"菊英听后，茫然不解地望着阿牛，问："天黑后开门又怎么了？"阿牛沉默了会儿，说："你别问了，其实都是你男人惹的祸。"说到自己的男人，菊英的心好像被针刺了下，脸上有了苦痛的表情。阿牛见菊英难受的样子，说："天不早了，回去吧，有些事以后你会明白的。"菊英见阿牛要送客的样子，想问的话到了嘴边又打住了，她明白此刻就是问了阿牛也不会说。菊英回到屋里躺下后，脑子里尽想阿牛那句"天黑后别开门"的话，这话里究竟隐藏着什么意思呢？菊英想着想着睡去了，睡去后做了许多噩梦，梦醒来天也亮了。天亮后，菊英又去了阿牛家，可万万没有想到……

屋外有了敲门声，先是轻轻地几下，接着声音变得重了。

菊英知道今夜会有人上门来，但没想到会来得这么快。她站起身子，有些畏惧地走到门边，拉开了闩紧的门，而后又坐回了椅子上。良久，见门外没有动静，菊英大着嗓门说："进来吧，门没闩着。"话音刚落，那幽暗中的门慢慢地被推开了，随后进来的是西印轩的老板。菊英吃惊不小，问："怎么是你？你不是进派出所了吗？"也许是刚从外边进屋，店老板冷得直打战，说话时有些不自然："进了派出所就不能出来吗？我没有杀人，他们凭什么要关我？"菊英坐不住了，她站起来走近店老板，放低声音问道："那我见你在阿牛屋里是怎么回事？"店老板回话说："我是有事去找阿牛，没想到他被人杀了。也凑巧，我刚要走，你就来了。我看你当时的样子，肯定以为是我杀了阿牛。其实，我与阿牛无冤无仇，还有像我瘦骨嶙峋的样子，能有胆量和能力杀他吗？"菊英觉得店老板的话在理，于是又问："那你为何要我去你店里打报案电话？"店老板说："你想，要是我杀了阿牛，还会要你这样做吗？当然，要你到我的店里，本来是想给你一样东西的。"菊英凝视着店老板，不解地问："东西？是什么东西？"店老板迟疑了下，说："是幅画。这画是阿牛拿来估价的。阿牛吩咐过，如果他不能来取画准是出了事，要我把画交给你，说你见到画后就清楚了。"清楚什么？店老板没有说。是阿牛没与店老板说明白，还是店老板有意卖关子，菊英对此捉摸不透。

至于那幅画，菊英更是疑惑不解，既然是阿牛的，为何要交给她呢？菊英还没理出个头绪，店老板又说话了："是你在我店里打的报案电话，我已经与派出所里的老杨说了，真不好意思，请你去派出所里证实一下。"这事，菊英觉得不好推托，但她又不愿在这个时候离开，只得寻了个理由把店老板支走了。

屋子的门开了又关上。

菊英又把门闩紧后，缓慢地走到案几前，借着昏暗的灯光望着曾经挂过画的墙壁许久没动。此时，菊英的心事全在店老板说的那幅画上，她想，这画很大的可能原先就是挂在自家的屋子里的，要不阿牛没有必要对店老板说那样的话。想到这里，菊英忽然有了一种不好的预感，莫非是——她沉重地叹了口气，不得不中断了自己的思绪。中断了思绪的菊英，想起了白天去道院塘村时，村书记老婆与她说的话："……你家的马守武早就与红菱姘上了，这事村上的好多女人都知道，开始他们在那棵老樟树后面的小山坡上做见不得人的事，后来害怕被人撞见，红菱就趁其男人不在时约马守武去她的家里上床。

"这天下哪有不透风的墙？事做得再秘密总会有被捅破的时候，不过最早知道这事的是红菱的男人朱瘸子。听说，朱瘸子当时气得要用菜刀劈了红菱，是马守武下跪求饶，并保证不与红菱来往后，这事才平息下来。过后，村里人确实没见马守武来过，朱瘸子与红菱也没有了吵闹，日子也算过得太平。可自从红菱怀孕生了孩子后，这家人又不安宁了，村里人经常能听见朱瘸子责骂红菱的声音，这样的次数多了村里人也就习惯了，谁也不会去多想什么。

"在红菱被害和朱瘸子撞墙死在了派出所里后，村里特别是我们这些女人怀疑红菱生的那个孩子不是朱瘸子的。不过怀疑归怀疑，谁也说不出个一二三四来，无非是过过嘴瘾。我也是嘴快，说了你也别往心里去，你家男人反正也不在人世了，还是宽恕他吧……"说者有心，听者心乱，这样的事菊英能忍受得了吗？自从菊英与马守武结婚后，两人相处不是十分和睦，但也算不错。特别是得知菊英不能生育后，马守武并没有表示出嫌弃和厌恶，这使得菊英对马守武有了很好的感觉，而且多年来这样的感觉始终没有变过。所以，村书记的女人当着菊英的面，把红菱与马守武的事点破后，对她心灵的打击实在是太大了。那女人虽然嘴快，但菊英信她的话，因为在这之前菊英已经有了怀疑和猜测，只不过这些怀疑和猜测在这个女人这里得到了某些印证……

又是敲门声，时急时缓。

听着这敲门的声音，菊英似乎既觉得熟悉又感到陌生。不过，不管是熟悉还是陌生，对自己来说都不会有好的结果。菊英忽然间有了懊悔的感觉，早知如此还不如跟着西印轩的老板，到派出所里做证去。但此时此刻，这样的懊悔迟了，菊英完全明白，她已无法阻止外边的那个人进入这屋子，因为门闩正被从门缝里伸进的什么东西拨动着。菊英顿时感到了寒冷，她用力让黑颜色的棉衣将身子裹紧，但仍然控制不住因恐慌而起的颤抖。随着恐慌越来越剧烈，菊英机械地移过近处的桌子，她想用桌子顶住屋子的门。但当桌子就要靠近屋门时，原先闩着的门被拉开了，屋外的人顺势推开了屋子的门。菊英没看清是谁，只觉得一个黑影闪进了屋里，并快步朝自己走了过来。她惊叫一声，而后快速转身跑进了里屋，与此同时屋里的灯光忽然熄灭了。黑暗中，除了搏斗声，就是菊英呼喊救命的声音，但这声音太弱，没一会儿就听不见了。

半夜后，停息的寒风又起了。没多久，菊英家的屋子起火了，这火在寒风里越烧越旺……

6

大火是在天亮后才被扑灭的，狭长的街道旁有十多家店铺和屋子被殃及。

没过多长时间，消防队在清理火场时发现了菊英的遗体，虽然她的身子已被大火烧焦，但由于脸部朝地依稀可辨。再过了些时间，在菊英烧塌的屋子旁找到了一只塑料桶，是盛汽油用的，显然此次火灾不是失火引起而是有人纵火。

当日，在对菊英遗体进行法医鉴定后，确认她在大火燃起前已经被害，纵火者的目的是想破坏杀人现场。于是，县公安局里来的侦查员与派出所里的人，经过调查和走访又一次将西印轩的老板带回了派出所，理由是他在大火烧起前去过菊英的屋里。对此，西印轩老板没有否认，他说，他去菊英那里是让她来派出所里做证的，接着把阿牛被害前托付的话又说了一遍。西印轩老板说完，见望着他的人全是疑惑的目光，不得已又补充说：“我真没犯杀人的事，道院塘村的书记可以证明，当时我走出菊英的屋子时他刚好在门外。”

过了半个时辰，派出所的车把道院塘村的书记带到了派出所，弄清事情的原委后，村书记当即证实西印轩老板说的是实话。村书记说，西印轩老板走出菊英的屋子后，他看见菊英在屋里好好的。既然西印轩老板与案件无关，那么村书记就得说清楚，在寒冷的夜里去菊英那里做什么。村书记还没来得及解释，派出所里的老杨出面说话。老杨说，村书记是想进菊英的屋子，但不知何因最终没有进，当时他就隐藏在菊英家对面的店铺旁，对此看得真真切切。老杨还说，他在黑暗里曾跟随过村书记好一阵，直到村书记进了自己的家门，才匆匆地赶回派出所。依据老杨的话，尽管村书记有作案的时间，但没有作案的可能，也就是说，当老杨跟上村书记后，有人趁机进了菊英的家，而这个人才是杀害菊英的凶手。那么凶手究竟是谁呢？当夜涉及菊英被害案的总共有三个人，一个西印轩的老板，一个是道院塘村的书记，还有一个自然就是老杨了，而前两个都已说清关系并有人给予证明，唯独老杨当夜的真实去向无人能证明。为此，老杨为自己辩解道，他去菊英那里是与阿牛被害的事有关，而且此事所里领导事先知情。

由于镇上在很短的时间里连续发生杀人和纵火大案，尽管派出所的领导出面帮老杨解脱，但县公安局里来的领导对老杨的陈述不置可否。没有态度就是怀疑，接着老杨的行动受到了限制，他不能擅自离开派出所。过后，不能擅自离开的老杨还是在众多的目光下悄然消失了，去了哪里，派出所里没有人能说得清楚。

老杨真的与镇上发生的凶案有瓜葛？

就在熟悉老杨的人为老杨担忧时，悄然消失的老杨又回到了派出所，此时离他悄然消失整整过去了十多个小时。回来后的老杨脸色苍白，神情疲惫，他没有与任何人打招呼，顾自去了自己的房间倒头大睡。虽然，离老杨房间不远的地方多了好几双监视的眼睛，但没有人过来惊扰他，生怕在这个节骨眼上惹出什么麻烦来。老杨这觉睡得够长，从早上七点多钟直到太阳偏西，他才睡眼惺忪地走出房间。走出房间的老杨径自去了所长的办公室，见到所长后，他不停地搓着自己的手，说：“阿牛和菊英的死，我已经查明白了。”所长诧异地望着老杨，先是满脸疑惑，接着目光里有了不信任的神色。老杨见状，又说：“别这样看我，带你去见个人，就什么都明白了。”老杨说完，正要走动，所长说话了：“你最好哪里也别去。告诉我，那个人在哪里？”老杨无奈地站着，沉默了会儿，说：“道院塘村口有棵老樟树，老樟树的左侧有三间灰塌塌的泥屋，人就在这泥屋里。那人虽然已经被绳索绑着，但进去时还是得小心点。”半个时辰后，果然一个戴着头罩并反绑着双手的年轻人，被办案人员带回了派出所。接着是连续不停地审问，到了后半夜，那个年轻人终于开口了。

他叫朱骏，是红菱的儿子。

红菱被害那年，朱骏刚好背着书包上小学四年级。朱骏记得母亲死前的那晚与父亲吵过嘴，不知父亲对母亲说了什么，脸色大变的母亲当时就跑出了屋子。朱骏第二天起床后，见桌上没有白粥和他爱吃的酱黄瓜，才知道跑出去的母亲再也没回来，他只好空着肚子提着书包上学去了。本来朱骏是要去找同学的，由于心情不好，就独自往大樟树那边走了。这天刚好有大雾，当离大樟树还有几步远时，朱骏透过雾气看见在大樟树的后侧，有个人蜷缩着身子倒卧在地上。当时，他有些心慌，但还是走了过去，结果没想到是自己的母亲……

几天后，朱骏的父亲在派出所里撞墙死了，村里人说朱骏的父亲就是杀人凶手。对此，朱骏怎么也接受不了，父亲怎么会杀母亲？见朱骏不信，村里有人问，没杀人为何要撞墙自杀？是呀，父亲为何要这样做呢？心灵上遭受打击的朱骏从此不再上学，整天坐在那棵大樟树下发呆，再过了些日子大樟树下见不到他了，说是去了亲戚那里。

人们再次见到朱骏，已经是十二三年后的事了，此时他已是二十多岁的小伙子了。朱骏说，在这十二三年里他大多流浪在外，可不管在何处父母的事总让他难以忘却，于是他回到了镇上。回到镇上的朱骏得知的第一件事，就是母亲除了父亲还有过另一个男人，他就是菊英的丈夫马守武。这事是阿牛告诉他的，阿牛与朱骏的母亲是远房亲戚，那天阿牛主动找朱骏喝酒，是酒喝多后说的。酒话图的是一时痛快，酒醒了说不定什么也记不住了，所以朱骏没把阿牛的话当回事。

隔了个把月，朱骏去阿牛那里闲聊，聊着聊着说到了他母亲的死因，阿牛对朱骏说："知道是谁害了你母亲吗？是马守武。当你母亲生了你以后，她与马守武就纠缠不清，过了些年，马守武害怕露馅儿就对你母亲下了手，因为你父亲不能生育。"朱骏后来才清楚，马守武作案后的第二天去找过阿牛，要阿牛证明凶案发生的当晚他在阿牛家玩麻将，没有作案的时间。马守武这样做的代价是，默许阿牛与菊英私下往来，当然这事菊英并不知情。获知真相的朱骏首先同情的是父亲，他说，为了可怜的父亲也要让马守武到地狱里去。没过几天，朱骏趁菊英不在家用毒草熏倒马守武后，又在他的头顶心扎入细长的钢针。这事，朱骏自认为做得神不知鬼不觉，可不久后他从阿牛那里得知，菊英对自己丈夫的死因起了疑心。朱骏顿时觉得，菊英这女人可恨也可怕，于是就有了天黑后敲门的事……

本来朱骏只想在肉体上蹂躏菊英，以解自己的心头之恨，可没料到弄巧成拙，反而让菊英起了疑心。当朱骏看见菊英去了道院塘村后，就明白自己的面貌难以遮掩，特别是阿牛让他向菊英要那幅画后，更感到危险就在眼前。为了消除危险，朱骏只好用刀捅死了阿牛，结果危险不但没有消除，反而使西印轩的老板进了派出所。不过，此时的朱骏还没打算要菊英的命，是派出所的老杨对西印轩挂的那幅画起了疑心后，才促使他有了再次杀人的欲望。朱骏承认，菊英是他杀的，菊英家的火也是他放的，当大火把夜空染红后，他避开耳目回到了道院塘村原来住过的屋子。此时的朱骏已经极度疲惫，找了个干净的地方倒头就睡，醒来后天已经微微发亮，就在他想远走他乡时，怎么也没想到派出所的老杨突然出现了……

当晚，朱骏被押送到了县里的看守所。

7

朱骏被收押后，对老杨的怀疑自然就多余了。

没了禁忌的老杨不再参与案件的查证，尽管后来查获的证据证实朱骏确实是杀害马守武、阿牛和菊英的凶手，他也没有特别兴奋的样子。这事过去个把月后，县公安局突然来电话，要老杨去县里的看守所，什么事电话里没有说。

老杨有些纳闷，到了看守所才知道是朱骏想见他，俩人见面的地点是在看守所的提审室。提审室里放了两张椅子，一张老杨坐着，另一张上坐着的是朱骏。朱骏见到老杨后，显得局促不安，沉默了会儿才问：“你是怎么怀疑到我的？”老杨睨注着朱骏，神色显得凝重，他犹豫了一下，说：“对你的怀疑是从菊英家那只座钟开始的，那只座钟的玻璃盖已经破损，时针也只有半截，底座上有个不规则的破洞。这座钟在你母亲红菱被害时我在你的家里见过，如果你当时注意过的话应该还有记忆，至于它后来为什么会在菊英家，我不知道，你也不一定清楚。当然引起我注意的还有菊英家的那幅年代已久的画，这幅画原先挂在堂前的墙壁上，后来忽然不见了。画不见了其实也不值得生疑，可把此时发生的两件事联系起来就有问题了，一件是有人趁天黑敲门进了菊英的家，一件是有人在道院塘村那棵老樟树旁贴了张‘我知道是谁害了红菱’的纸条。你想，红菱死了那么多年了，这个时候能念念不忘的应该是谁呢？只有你！不过，仅仅凭这些，还不足以让我怀疑你，而恰好此时阿牛被人用刀捅死了。这么说吧，要不是查那个报警电话，我也许不会去西印轩，也不会见到菊英家的那幅画，更不会见到你。在见到你的那一刻，我马上想起曾在街上注视菊英家的那个年轻人，当时我就认定这年轻人就是你。虽然当时我带走了西印轩的老板，可心思还是在你的身上。没想到你主动上门来，说是有个陌生的青年人拿走了西印轩里的那幅画，我去了店里后就知道你说了谎，那个陌生的青年人根本就不存在，拿走那幅画的就是你自己。于是，我推测你把那幅画拿走后交给了菊英，很有可能是你与菊英联手谋害了阿牛。不过，接下来发生的事证实我的判断有差错，菊英是无辜的，而你才是真正的凶手。好了，该回答你的都说了，我也该走了。”

老杨说完站起身，朱骏见状，突然问道：“你不想知道那幅画的下落？”老杨迟疑了一下，低沉地说：“我对画没有兴趣，更何况与画有关的人都死在了你的手里，它就是再值钱又有什么用呢？”

老杨说完，睃视着朱骏毫无表情的脸，猛然间想起了什么，于是接着说：“有件事本来不想说，说了会刺激你，可想想还是应该告诉你——是你母亲与马守武生了你。”

朱骏猛地从椅子上站了起来，愣了好一会儿才说：“阿牛与我说过，但我不信。”老杨又说：“这个时候谁还会骗你？当然，信不信由你。”朱骏痛苦地望着老杨，想说什么又什么也说不出来。

朱骏回到监房后，先是莫名其妙地大笑，接着便抱头大哭……■

杀　意（下）

■ 张国庆

六

这是一条精致的女式 18K 白金手链。

米芳拿着放大镜，像一位经验丰富的首饰鉴定专家，手指轻轻捻动着细细的纹路仔细搜寻着。

这条制作工艺精巧手链的特殊之处，就是手链挂钩是两条盘蛇的对应造型。翻过来看，手链上部背面刻有“周记”字样。

只是，那两条蛇的链接挂钩断开了。很明显，这是在外力作用下形成的。

手链，应该是戴在胡小梅的手腕上的。中间链接挂钩被拉断，是否说明，在汽车落水前，胡小梅出于求生的本能，打算推开车门逃命，因用力过猛导致手链脱落……

但是，这个推论很快被推翻了。

因为副驾驶的车门及车窗是呈关闭状态的；另外，经过比对，米芳发现手链环绕直径与胡小梅手腕直径的尺寸相差了1.5厘米；胡小梅的母亲也证实，女儿生前从没戴过这样的饰物。

假定手链是肖伟送给胡小梅的生日礼物，可显然这是一件完全不合尺寸的礼物啊！以肖伟的做事风格，买一件不称心礼物的可能性很小。

同时，在两人信息交流和随身物品以及车内，没有发现手链包装盒或是发票之类的相关物证。

再有一种解释，就是因这条不称心的手链，两人在汽车里发生了争执，不慎拉扯断的……

专案组的论证会一直开到傍晚才结束。

与会的刑警们，围绕搜集来的物证和线索，各自发表了对坠河案的观点和依据。

汽车自动挡位挂在前行位置上，车窗打开一扇；男性死者的体内检测出剧毒氰酸钾成分，不能排除肖伟驾车自杀的可能性。

“现在下结论，还为时太早，从坠河现场来看，虽不排除自杀的倾向和企图，但需要我们拿出合理的依据和证据来。”米芳谈着自己的观点。

大屏幕上打出了几张被碾轧过的野花照片。这是10月5日，米芳在现场用手机拍的。

“请大家注意看这几张照片，堤坝上这些被轧过的野花，明显是汽车碾轧的痕迹；而从汽车出水的位置来看，与这些痕迹处于一条直线上；这说明汽车是顺着堤坝滑入水中的，从汽车坠入河底的距离来看，汽车当时的速度很低；或者说，车子是从静止状态起步后，从堤坝上滑入河道的……”米芳说道。

接着，大屏幕上闪现出一条白金手链。

“这条女式白金手链，是在坠河的车里发现的。经过我们调查，排除了手链为死者胡小梅所有；也排除了作为生日礼物的可能性。

“因为手链直径与女性死者的手腕直径不相符。重要的是，手链是从中间断开的，而且是在外力作用下断开的……而这条断开的手链，向我们传达了什么样的信息呢？”

这是一幢老式旧楼。

狭窄的卧室和客厅里，摆着不同年代的旧式家具。胡小梅生前与母亲就是住在这样一幢小两室的单元楼里。

米芳和顾强各自拎着营养品，敲开了那扇紧闭的房门。

胡小梅的母亲已经七十多岁了。这个戴着近视镜的退休音乐教师，因为女儿的意外离世，精神受到重创而卧床不起。

书桌上的小相框里镶着一张照片：一身护士服的胡小梅与一个五六岁的小男孩儿坐在

花坛上，一脸稚气的孩子笑得天真无邪——那是胡小梅离婚前与儿子的唯一合影。

“您女儿以前在医院工作吗？”米芳看着照片问道。

“对，她以前是医院的药房管理员，离婚后，觉得医院的工资太低，就辞职自学了财会。”

老人看着照片感叹着。“我女儿命真苦啊！离婚后，她拼命地挣钱，省吃俭用，就为她儿子今后能出国学习音乐。没想到，突然死得这么不明不白！”老人痛苦地说。

从胡母的介绍中得知，胡小梅的儿子今年 17 岁了，正在省城读音乐附中。这个男孩儿从小就有音乐天赋，主修钢琴，目前正备考英语晋级，为来年出国做准备。

胡小梅的前夫已重建家庭，并生下一个女儿。经济状况紧张。多年来，儿子的学费和日常生活开支都是由胡小梅担负的。

胡小梅出事后，为了不影响孩子每年一次的备考，胡母一直对外孙隐瞒着母亲的死讯。

“半年前，您女儿从安途运输公司辞职，她是否跟您讲过她辞职的原因？”米芳问。

米芳的问题，让老人怔了一下。

“我这个女儿做事很有主张，外面遇到的事，从不回家说；从公司辞职一个月之后，她才告诉我。但她说找了一个薪水更高的公司，后来我才知道，就是她那个男朋友办的公司。”

“您见过她的男友吗？”米芳继续问。

“那个小伙子到家里来过一次，还给我带来很多保健品。人长得很精神，能说会道的，就是年龄与小梅差了太多，我感觉不太踏实！”

“她辞职前和到新公司后的经济收入，您感觉有什么变化吗？”米芳轻声问。

“变化还是有的。到了新公司之后，她比从前更忙了，经常忙到很晚才回家；收入好像也多了，每个月的生活费也交我两千块了。”老人断断续续地说。

“她到了新公司以后，也爱讲究穿戴了，还说与人合伙投资了保健品。我还介绍了几位退休的老同事去买他们的保健品。”老人沉吟着说。

“你知道她投了多少钱吗？”顾强问道。

“我也很纳闷儿，我想她没有多少存款，那么钱是从哪来的呢？”老人不解地说。

“出事前，她与男朋友的关系怎么样呢？”米芳问道。

“出事前一个月，她的情绪有点焦虑，回家还总找碴儿跟我吵；我以为是跟男友闹矛盾了，就问她怎么回事。她死活不肯说，还把自己反锁在卧室里哭……可过了几天，她情绪开始好起来。她说把儿子送出国，就考虑成家的事。”

说到此处，老人禁不住眼圈发红，忙摘下眼镜，用纸巾擦拭着眼泪说：“好端端的一个大活人，怎么就掉河里淹死了呢？”

“这正是我们要调查的，希望您能帮助我们，尽早查清事件真相。”米芳接着道。“我们非常理解您的心情。这期间，如果您想起什么或是发现了什么，请您及时告诉我们。”

米芳说完，从本子上撕下一页纸，写上自己的名字和手机号……

刚从胡家出来不久，顾强手机里接到的一条信息，让米芳郁闷的心情突然拨云见日了。

信息，是顾强一位从事电商的同学发来的。

通过手链盘蛇和“周记”特征，这位同学在首饰业内连续寻访了几天；有人提供了一条重要信息——该产品出自G省Z县一家私人作坊，并提供了对方的地址和联系电话。

警车正准备转头奔往Z县。米芳的手机突然响了。接听之后，米芳顿时愕然不已……

七

下午，刚到上班时间，美容中心一楼大厅休息区的几排沙发上，坐着几个等候美容健体的女顾客。最后一排沙发上，端坐着一位穿着米色风衣的年轻女子。

沙莉从二楼办公室里款步走下来，径直奔顾客休闲区而来。

她脚步放慢，不时与沙发上那几张熟悉的面孔点头打招呼。最后，她的目光落在那个穿风衣的女子身上："请问，是您找我吗？"

"是的，我是刑侦支队的米芳。"风衣女子轻声说着，从身边的提包里掏出一个黑色的警官证。

确定了对方的身份，沙莉稍有诧异，但依然微笑着问："请问，有什么事需要我配合的吗？"

她在女警官对面的沙发上坐下，随后，抬手喊过门口的迎宾小姐。

很快，迎宾小姐用托盘送上两杯红茶。

米芳环视着大厅里温馨的环境，望着沙莉说："不好意思，正忙的时候来打扰沙总。"

沙莉微笑着注视对面的女刑警说："没关系，如果这儿谈不方便，请随我到二楼贵宾室。"

"不麻烦了，就在这儿吧！"对方微笑回应。

上午九点，沙莉突然收到吴臻发来的一条微信：警察又来公司了！随后，还发来一张从办公室窗口拍的照片，一辆警车正停在公司院子里。

她正要回复吴臻，但转念放弃了这个想法，估计这个时候，警察已经坐在他对面了。

中午，吴臻的手机处于关机状态。

下午，她正准备给吴臻打个电话，前台女迎宾员打来电话说：楼下有位客人找您。

"让我猜一下，您是想了解肖伟的事吧？"沙莉仰起脸儿问。

"您猜对了，我就是为汽车坠河案来的，想跟您核实一些情况。"米芳语气平稳地说。

"那么，您想了解肖伟什么情况呢？"沙莉端起茶杯微笑道。

米芳从提包的本子里抽出一张照片，放在茶几上说："您认识这件东西吗？"

照片上是一条女式白金手链的特写照片。

沙莉拿起照片，仔细端详了一阵说："哦，这条手链和我那条一模一样。"

"请问，您的手链还在吗？能否让我看一下？"米芳收起照片问。

"现在没有了，一个月前，我把手链送给肖伟了。"沙莉平静地说。

"送给肖伟了？您能告诉我，送给他手链的原因吗？"米芳语气平和地问。

沙莉轻呷一口茶说："肖伟以前是我老公的司机，后来自己开公司了；他最近交了个女友，发展速度挺快，据说准备谈婚论嫁了；肖伟是我的小兄弟，思来想去，就送了条手链给他，算是我提前给他的祝福吧！"

阳光洒在长形的茶几上，映着杯子里琥珀色的汤汁，也映着两个女人半张明亮的脸。

“这条手链是我们在坠河的汽车里发现的。根据我们的调查，这条手链就是您的！”米芳说。

“哦，确定是我送的那条吗？”沙莉问道。

“是的，这条手链是七年前在Z县一家私人作坊订制的，订货人是您的丈夫吴臻。并且您的丈夫也确认了，这条手链是他七年前，为您专门订制的生日礼物。”

“那应该就是了。送他这件礼物，是因为肖伟生前曾帮助过我们，至于他怎么处理手链，那是他的问题。”沙莉表情镇定地说。

“您是属蛇的，据您的丈夫说，这条手链是他慕名前往Z县那家作坊，为您订制的盘蛇手链。这么珍贵的东西，怎么会轻易送给一个陌生女人呢？”米芳微笑道。

“每个人的珍贵标准是不一样的。您可能不会理解，对我来说，一切都是身外之物。”沙莉将身子倚靠在沙发上说。

“那么，您能告诉我，10月5日晚上您在什么地方吗？”米芳问道。

沙莉微皱眉头说：“那天还是黄金周，店里搞酬宾活动，那些日子，我一直在店里忙着，连晚饭都没有吃，天黑后感觉有些累了，就出去到购物中心转了转，顺便在快餐店吃了快餐。”

“据我们调查，您是晚上七点左右出去的，一直到晚上十点半才回来。请问，这个时间您在什么地方？”米芳看着对方问。

“吃了快餐后，又在餐厅里休息一会儿，就去逛附近的露天市场了。”沙莉说完，看着对面的米芳说：“怎么？你们怀疑我和这件事有什么关系吗？”

“我可以告诉您，10月5日发生的甘露河坠河案，不是意外事件，而是一起涉嫌谋杀的刑事案件。”米芳的语气变得坚决，“确切一点说，您与这起案件有关联！”

“是吗？如果你认为车里的两个人是我杀的，请拿出确凿的证据来，现在是法治社会，任何人凭空诬陷，是要负法律责任的。”沙莉的语气开始强硬。

“好吧，现在请你在这儿签个字。我们换个地方继续谈吧！”米芳说完，站起身来，从提包里拿出一张传唤证。

接过米芳递来的笔，沙莉迟疑了片刻，而后在传唤证上草草签上了名字。

她抬起头，见两个陌生男子不知何时悄悄走进了美容大厅，正一步步朝她走过来。

八

传唤沙莉之前，专案组对肖、胡生前的公司业务及经营状况的调查结果已经出来了。

早在四个月之前，肖伟的信息咨询公司运营处于全线下滑状态，放出去的部分小额贷资金无法收回，资金周转处于停滞状态；近两个月甚至连房租及公司员工的工资都难以维持。无奈之下，肖伟曾向多人借款。其中30万元因逾期未还，还被债主儿子告上了G市的一家法院。

而胡小梅经营的保健品，属传销模式，面对的客户多是退休老人。客户虽然不少，但产品积压严重，资金运转处于停滞状态。

外界盛传市场前景看好且产品销路顺畅的信息咨询公司怎么突然遭遇了霜打，而濒于破产的绝境呢？

公司运营亏损是一种表象，造成公司危机的根源是什么？这是米芳所要调查的重点。

资金运行调查显示，公司成立注入启动资金为280万元；三年间盈利150万元。可是，在近半年内，除去部分正常收入与支出外，350万元资金被陆续移走。被抽空的公司账面上，周转资金仅剩下5000多元。

其中，保健品项目营销显示，胡小梅投资的45万元，全部用于产品风险抵押和购买产品的支出。

显然，这是胡小梅借助公司营业执照经销保健品的个人资金注入。

而350万元资金移向的去处，是G市注册的一家健身运动会馆；法人代表是——沙莉。

讯问室里只有三个人，沙莉、米芳和顾强。

“这280万元是我当初借给肖伟开公司的启动资金，归还350万元是本金加利息，这有什么问题吗？”沙莉坦然地说。

“据我们了解，半年之前，肖伟的信贷公司运行一切正常，为什么半年之后，你突然收回本金和利息？”米芳语气平缓地问。

“因为我要在市内开一家美容分店，急需资金投入，我也是没有办法，才把钱撤回来的。”沙莉面露无奈。

“你称肖伟是小兄弟，为你们公司和家庭出过很多力；你还说自己是重情义的人，突然的釜底抽薪，是不是与你的处事原则相矛盾？”

沙莉抬头看着对面的女刑警，无奈地摇摇头说：“您是警察，我是商人。您是捍卫法律，我是维护个人经济利益。这有什么不妥吗？”

“除了个人经济利益之外，应该还有一个更重要的原因，那就是个人的感情利益！”米芳语调坚决地说，“这个，应该是你无法回避的事实吧？”

“我与我先生结婚7年，感情始终很好，你们可以去调查。我听不懂您说的感情利益指的是什么。”沙莉满脸茫然地问。

“那么，你应该听说过这个协议吧？”米芳说着，拿起一张复印件，继续说：“协议的内容是，关于胡小梅失业补偿协议书。”

米芳的话，让沙莉的脸突然一阵抽搐，她睁大双眼，死死盯着女探长手里的那张纸。

胡小梅母亲在女儿遗物中发现的一纸“协议”，让吴臻花钱掩盖的那个“秘密”，最终浮出了水面。

除这份协议书之外，胡母还找出了胡小梅的三张意外人身保险单。

对再次上门的刑警，吴臻供述了“画外音”事件的全部经过，并将自己保存的那份“协议”也拿了出来。他声称自己这样做，是为了维护家庭和公司声誉的无奈之举。自己是被胡小梅敲诈的“受害者”。

“画外音”事件的另两位当事者已不在人世，但一纸“协议”，让坠车案再添神秘。

沙莉说，她全然不知丈夫背着她签下了这份荒唐的“协议”，并大骂吴臻道德败坏。

从沙莉听到“协议”的瞬间表情里，米芳就确定，对面这个镇定的女人，对“协议”

内情是很清楚的。

而她对“协议”的矢口否认，却让米芳对她身上无法排除的疑点再次上升。

首先是出现在车里的盘蛇女式白金手链；而且，美容院有员工证实，案发当天，沙莉手腕上确实戴过一串白金手链。

但沙莉辩称，这证明不了她曾到过案发现场，因为，她家里有很多与之类似的白金手链。谁能保证女服务员没有看走眼呢？

看来，她矢口否认的背后，是警方缺乏一个强有力的证据——她曾在案发现场出现过。

刑警对10月5日晚上，912国道出入车辆的监控回放显示，案发前后时间，确实没有发现沙莉的任何影像，甚至连女司机的影子都没有。

“即使证实她出现在杀人现场，我们能证实她什么呢？现在来看，肖伟绝望服毒后强迫胡小梅一起自杀的嫌疑在增加。”顾强的这一观点，得到了一部分人的认可。

“假定真是如此，我们也必须查清沙莉在这起案件中所扮演的角色；查清楚在那份‘协议’之后，肖伟与沙莉、胡小梅三个人，在这半年中究竟发生了什么。”这是米芳坚持的观点。

滞留在刑侦支队接受讯问的沙莉，满脸的镇定自如，她时而闭目养神，时而看看腕上的手表；沙莉公司的一位法律顾问，已经登门询问刑警，如果证据不足，何时放人。

“单凭一条手链就把人传来，是不是有点草率？现在怎么办呢？24小时审不出个结果，只能道歉放人啦！”专案组副组长说。

米芳从审讯室里走出来，看看手表，距副组长说的放人时间，还有10个小时。

沙莉真的没有到过坠河现场吗？难道那条断裂的白金手链真是凭空偶然出现的吗？这起“自杀”案中，沙莉究竟扮演着什么样的角色呢？

胡小梅拿着50万元“封口费”离开公司后，又发生了什么呢？还有那个貌似服毒“自杀”的肖伟，从哪里搞到的氰酸钾呢？

米芳心绪复杂地浏览着手机信息。

猛然，她的视线停留在微信的这条信息上。

这是转自某自媒体平台的短文——“菜鸟”司机路面记事。作者网名为——会飞的小猪。

“……警车上有两个年轻的便衣警察。一男一女，男警真的有点帅，女警冷峻而犀利。看了几乎追尾的车头，再查我的新驾照。我内心突突，不知该说什么，好在，跟我一起练车的‘小兔子’忙下车道歉并揽过了责任。幸运啊！叔叔和阿姨没说什么，开着警车飞快地走了。

“新手为啥这么笨？路面刹车险些追尾，对‘菜鸟’来说已经不是第一次了！

“几天前的晚上，那个开宝来的‘美人痣’也经历了同样的有惊无险。庆幸的是，当时开车的不是我，是新手‘小兔子’哦……”

下午刚上班，安静的银行贵宾室环境优雅，宽大舒适的欧式沙发，地面上铺着深灰色的地毯，茶几上的果盘摆着精致小包装的各种茶点。

穿着银行工装的长发女孩儿敲门走进来。

沙发上并排坐着两个陌生男女，女孩儿用职业的微笑问：“您好，您二位想办什么业务？”

对方互相对视了一眼，微笑着没有说话。

女孩儿茫然地站在沙发前，表情疑惑地打量着来人的奇怪神态。

“今天我们不办业务，就想找你了解一些情况。”米芳站起身来，慢慢走到女孩儿面前。

“想起来了！是你们啊！”女孩儿的脸突然泛红了。“真是抱歉，那天都是我不好，差一点追尾！”

“这篇文章是你写的吧？”米芳打开手机，递到女孩儿的面前。

“是啊！就是写了一点心理感受，要是您觉得哪里不妥，我可以马上删除，真是太抱歉了，我不该在网上提到那天发生的事！”

长发女孩儿不安地搓着双手，紧张的声音有些发颤。

“文字很幽默啊，不必删除；你能告诉我们，那天开车的‘小兔子’在哪儿吗？”米芳微笑道。

“当然可以，她是我的同事，就在楼下大厅里办理业务呢。”女孩儿的目光充满着疑惑。

九

上午九点。参与调查“10·5”汽车坠河案的相关人员，陆续走进刑侦支队会议室。

主持会议的专案组副组长，简要介绍了甘露河坠车的案情。之后，他请米芳介绍案件的调查过程以及结果。

米芳整理好手里的材料，起身走到会议室前，示意顾强打开巨幅投影仪。然后平静地说：

“首先，我想从汽车坠河案的现场说起。

“我们从坠河案现场提取的相关物证为，一罐掺有氰酸钾的易拉罐，一条断裂的女式白金手链。

“两位死者中，其中男性死者肖伟体内检测出氰酸钾成分，法医检验结论是，其坠河前就已经死亡，女性死者胡小梅系溺水而亡。经我们查实，二人系恋人关系。

“单从表面上看，显然是肖伟服毒后，故意将失控的汽车开进了甘露河里，造成了同车的女友胡小梅的身亡。

“而且，我们对肖伟生前的公司经营及资金状况调查显示，其是负债经营，甚至因欠账被告上了法院。因债务压力厌世而选择拉着情人自杀的动机似乎可以成立。

“但是，这里有两个疑点让我们无法解释。

“首先，是车里这串女式白金手链，它既不是肖伟买给女友的生日礼物，也不是胡小梅个人佩戴的饰物，而是被拉断后丢在车里的。

“另外，肖伟喝了掺有氰酸钾的饮料，数秒之后，其呼吸及大脑就会停止工作，是不可能再去操纵一辆汽车的；而从汽车坠入河道与堤坝的距离来推测，汽车是从静态起步后，再从堤坝上滑入河道的。

“这说明，汽车坠河前，是停在堤坝的公路上的。之后，是被外力介入后启动坠入河里的。

“两个疑点的唯一解释就是汽车坠河之前，案发现场还有第三个人！”

会场很安静，所有人都屏住呼吸，悉心听着女探长对案情的分析，暗自猜测案件的结局。

米芳指着大屏幕上的白金手链，继续说：“这是我们从Z县一家私人首饰作坊的账本上查到的，这条手链是一个叫吴臻的男人，七年前给新婚妻子沙莉专门订制的。

“但是，沙莉矢口否认10月5日晚上曾到过坠河案的现场，声称那条手链早在一个月前，就送给了准备与胡小梅结婚的肖伟。

“这个说法显然是站不住脚的，是为应付警方调查事先准备好的。因为，就在案发当晚，确实有人在井河公路上看到她了。

“当天晚上九点多，两个刚拿驾照的银行女职员，开着车在井河公路练车时，因为路面突然停车，差一点与身后的一辆宝来车追尾。因为天色很暗，两个姑娘下车道歉时，看到司机是一个戴黑色棒球帽的男人；可双方对话时，才发觉对方是一个刺着‘美人痣’的女人——她就是沙莉。

“经过照片辨认，两个目击证人确认当晚遇到的那个眉头刺着‘美人痣’的司机，就是沙莉本人。

“不过，她男人装扮得的确很成功，开着向朋友借来的白色宝来，不仅让两位目击者产生了错觉，甚至让我们调查912国道监控探头的刑警，对这个影像也发生了误判。

“关于10月5日晚上，在甘露河发生的汽车坠河案，沙莉的供述如下……”

米芳举起手里的一沓儿笔录说。

“认识吴臻之前，我与肖伟就是‘情人’关系。

“虽然他处事及外表无可挑剔，但以我们家的经济实力和家族的影响，我是不能嫁给一个从乡下进城来的打工仔的。

“说心里话，我心里是喜欢肖伟的，可父亲却看中了有学历和海外留学背景的吴臻。当时，我内心很痛苦，很长一段时间，只能借酒浇愁。

“那次酒醉，被吴臻送到医院之后，我彻底改变了主意；为了家族的兴旺，为了不让父亲伤心，我决定嫁给他。

“与吴臻结婚后，我逐渐疏远了肖伟。这让肖伟伤心绝望，他依然想与我保持情人关系，几次想用自杀威胁我。

“但我拒绝了，因为我已经结婚了。可作为相爱过的人，我内心感到有种深深的亏欠，为了弥补我的愧疚，我满足了他辞职去开公司的愿望，并暗地里给他的信息咨询公司注入了280万元启动资金。

“半年前，肖伟偷偷告诉我一件事。说吴臻与会计胡小梅签了一份封口的‘协议’；事情的起因和经过竟如此荒唐！更让我气恼的是，50万元已经交给这个女人了。

“当时，我真想找上门去，亲手杀掉这个姓胡的可恶女子。再看看身边这个道貌岸然的吴臻，感觉像吃了只苍蝇似的恶心和难受。

“最让我气愤的是，肖伟竟然在事情过去之后才告诉我！他那‘为了家庭和公司的未来’的说辞和对天发誓的借口，让我难以接受和理解。

“我当时想去报警，控告胡小梅的敲诈勒索。可是，警察如果介入调查后，势必会闹得满城风雨；我与吴臻的感情和家庭必然土崩瓦解，公司和我个人的声誉会遭受巨大损失和影响。

“那些日子，我几乎是在煎熬中度过的。回家看着那个一脸正经的吴臻，我真想一脚把他从我身边踢走，甚至有杀掉他的冲动。

“我在痛苦中，暗自寻找解决问题的办法。为了避开吴臻，我故意找了借口住在美容院里。心里越盘算，越觉得憋屈——这个貌不惊人的临时工，竟然轻而易举地敲走了50万元。

“那段时间，我感到肖伟有些异常，总是在有意回避与我见面。于是，我委托他人暗中调查，结果让我一下子崩溃了。

“我始终信任的肖伟，不仅与这个姓胡的女人搞到一起，还把她招到公司做起保健品生意。

“有一天，我找了个借口，把肖伟单独约到一家豪华酒店里。待我们喝得酩酊大醉之后，我拿出了一把刀，顶在肖伟咽喉上，要他说出实话。

“肖伟知道我暴躁的脾气和冲动的性格，当时被吓坏了，他跪在我的面前道出了实情。

“我不得不佩服胡小梅，这个貌不惊人的小女人，竟将吴臻派去做‘说客’，成功地说服肖伟做了她的情人。并按照她的计策，轻而易举地将50万元封口费拿到了手。

“钱到手之后，为了不引起我的怀疑，她让肖伟又以‘保护家庭和公司声誉’为借口，将此事透露给我。接着她以应聘的名义，暗地到肖伟的公司，把敲诈来的钱投入到保健品的市场开发。

“听完肖伟痛哭流涕的诉说和忏悔，我决定必须报复这些欺骗我的人。

“我让肖伟把事情经过写成书面文字，签字画押后，我告诉肖伟：第一，被敲走的50万元，必须一分不少地给我拿回来；第二，想办法把胡小梅手里那份封口‘协议’拿到手；第三，拿到‘协议’后，我会以胡涉嫌敲诈向警方报警；第四，我与吴臻办理离婚后，马上嫁给肖伟。

“让胡小梅交出那份‘协议’，可不是一件容易的事。我思前想后，决定让她自己‘跳出来’。

“通过肖伟得知，胡小梅投资的45万元，目前已盈利近20万元。资金出入全部在肖伟公司的账上。那一刻，我看到了复仇的机会。

“此时，肖伟已完全听命于我，几个月前，我让肖伟以还债为借口，不露声色地将运转资金陆续抽空；造成公司运营困难的假象。而这笔钱里，就有胡小梅投入的50万元保健品运营资金。

“资金被撤空，造成保健品大量积压，胡小梅几乎疯狂了。当肖伟告诉我这个消息时，我顿时心花怒放，复仇的第一步就这样成功了。

“接着，我让肖伟佯装与胡小梅结婚，并以吴太太准备与吴臻离婚，需要这个证据为名，想以20万元赎回她手里的‘协议’。胡小梅最后同意了，但赎金是50万元。

“我便让肖伟事先准备好，见面时，把她说的话全部录下来作为反诉她的证据。

“10月5日，晚上八点多，肖伟突然打电话给我，说胡小梅约我九点在甘露河见面。

“当时，我正在露天市场挑选一顶棒球帽。于是，我急忙付了钱，找附近一位商家朋友借了私家车，直奔912国道……”

十

米芳在结案报告上签上自己的名字，而后，拎着提包走出刑侦支队的办公大楼。

警车在不远处等着她。现在，她要和顾强再次拜访胡小梅的母亲。

胡小梅生前曾买了三张人身意外保险。但是，提取150万元的意外保险的理赔金，需要家属向保险公司出具相关的死亡原因及死亡证明。

胡母打来电话，希望刑侦支队和司法鉴定部门出具一张官方的胡小梅死亡原因及证明。

相关材料和证明已经开具，就放在米芳的提包里，只是死亡原因的结论为非意外身亡。

甘露河坠河“自杀”案，经刑侦支队侦查及现场证据认定，确认此案预谋及实施者为胡小梅。

涉案人员沙莉，因故意隐瞒犯罪现场相关事实，被处治安拘留。

案发当晚，沙莉的犯罪现场供述是这样的。

“我开车到达甘露河的时候，发现肖伟的丰田车已经停在河堤上了，奇怪的是，汽车没有顺在道边，而是横在了堤坝的公路上。

“我将车停在不远处，朝着丰田车慢慢走过去；这时，我感觉丰田车突然启动了，我好奇地走近一瞧，发现司机一侧的车窗是敞开的。肖伟歪着身子倒在一边，闭着眼睛的样子好像是睡着了；那个叫胡小梅的女人坐在副驾驶座后，面带微笑看着我。

“我用力推了一把肖伟，发现他身子突然歪向一边，我感到事情不太对劲，大声问：‘他怎么了？’

“胡小梅冷笑着说：‘这是你希望看到的，感谢你来送我们最后一程！’说完，她突然用手推上了自动挡。

“汽车开始朝堤坝移动。我大喊，快住手，你这个疯子！随后，我将右手伸进驾驶室，想关闭汽车引擎钥匙。

“我的手还没触到车钥匙，胡小梅迎面一拳打在我的脸上。我顿时眼冒金星，还是忍痛第二次扑上去，拼命抢夺车钥匙。这时，汽车引擎突然加速，汽车猛地越过河堤公路，从堤坡直接开进河道里。

“汽车的突然加速，将我一下子带倒在地上，差一点滚进甘露河里。

“当时，我内心很惊恐，想打电话报警求救，可是，我担心警察不会相信我说的一切；说不清为什么一个人跑到这里来；只得眼睁睁地看着汽车在河水中慢慢消失……

“晚上，我回到美容院之后，发现那条白金手链不见了。仔细回忆，感觉是抢夺车钥匙时脱落的。”

……

“甘露河发生的一切，每个细节都是胡小梅事先精心设计好的。”米芳对正在开车的顾强说。

“从公司资金撤走后发生的一切，胡小梅已经觉察到，肖伟与沙莉给她挖了一个陷阱。

“肖伟的情感背离与伤害，让她彻底绝望，她在心里开始谋划反击的报复计划。

“生日晚餐后，她在与肖伟开车回家的路上，突然提出要与沙莉见面。于是，汽车从市区转向912国道，然后抵达甘露河。

“到达甘露河后，她让肖伟将车停在路中央，让口渴的肖伟喝下事先准备好的掺有氰酸钾的易拉罐饮料。

“肖伟很快中毒身亡，她打开驾驶座位的车窗，关掉汽车引擎，静等着沙莉的到来……

“关于现场易拉罐内的氰酸钾来源，我们对死者胡小梅多年前工作过的医院进行了调查。

“药剂师出身的胡小梅，曾担任过某医院两年危险品仓库保管员，有接触此类药物的机会。”

米芳的调查结果与补充推论，出乎人们的意料之外。

“假如胡小梅真想与肖伟一起自杀，何必将沙莉约到甘露河来呢？”顾强问。

“这正是胡小梅畸形的复仇心理。她就是想让沙莉亲眼看着心上人陪她一起死去。而这一幕带来的伤害，想必对沙莉后半生都是一种无法弥补的摧残和折磨。”米芳感叹道。

“如果真是肖伟服毒造成胡小梅的意外身亡，那么，这笔理赔金的受益人肯定是胡小梅的儿子。”顾强自语道。

“是啊！这只能作为一种假设了。”

“为了给儿子一个美好的未来，她真是不惜一切代价了！如果有一天，胡小梅的儿子知道母亲是个杀人犯，那么，这个孩子该如何接受这个残酷的事实呢？”顾强表情凝重地说。

“胡小梅永远是他的母亲，只是，这个聪明的母亲走错了路！”米芳缓缓说道。

警车在一排老楼前停下，米芳拎着提包走下车。此时，她突然感到，手里的提包异常沉重……■